P9-DNK-246

# LE TERRITOIRE DES BARBARES

Rosa MONTERO

# LE TERRITOIRE
# DES BARBARES

*Traduit de l'espagnol*
*par André Gabastou*

Éditions Métailié
5, rue de Savoie, 75006 Paris
www.editions-metailie.com
2002

Titre original : *El corazón del Tartáro*
© Rosa Montero, 2001
Pour la traduction française : © Éditions Métailié, Paris, 2002
ISBN : 2-86424-434-9
ISSN : 1264-3238

*À ma mère, qui m'a appris à raconter; à mon frère, qui m'a démontré qu'il était possible d'écrire des romans; et à la mémoire de mon père, qui m'a inoculé l'amour de la lecture.*

*L'enfant est le père de l'homme.*

WILLIAM WORDSWORTH

*Nul mortel ne traverse intact la vie sans payer.*

ESCHYLE

*Essaie de profiter de la grande fête de la vie
avec les autres hommes.*

ÉPICTÈTE

Le pire, c'est que les malheurs n'ont pas l'habitude de s'annoncer. Il n'y a pas de chiens qui hurlent à l'aube pour nous signaler la date de notre mort, et nul ne sait, au lever du jour, si c'est une journée de routine ou une catastrophe qui l'attend. Le malheur est une quatrième dimension qui adhère à nos vies comme une ombre; la plupart des humains s'arrangent pour oublier que leurs vies sont fragiles et mortelles, mais certains individus ne savent pas se protéger de la peur de l'abîme. Zarza appartenait à ce dernier groupe. Elle avait toujours su que l'adversité s'approche insidieusement, à pas feutrés.

Ce jour-là, Zarza se réveilla avant que le réveil ne sonne et elle remarqua aussitôt qu'elle était angoissée. C'était un malaise qu'elle connaissait bien, dont elle souffrait souvent, surtout le matin, dans le demi-sommeil, au sortir des limbes des rêves. C'est qu'il faut un certain degré de confiance dans le monde et en soi-même pour supposer que la réalité continue, de l'autre côté des paupières closes, attendant doucement qu'on se dégourdisse. Ce jour-là, Zarza n'avait pas spécialement confiance en l'existence, et elle garda les yeux fermés, craignant de regarder et de voir. Elle était couchée sur le dos, encore étourdie, et le monde autour d'elle avait l'air d'onduler, gélatineux et instable, sa personnalité diurne n'étant pas encore rassemblée. C'était une naufragée allongée sur un radeau flottant sur une mer peut-être infestée de requins. Elle prit la ferme résolution de ne pas ouvrir les yeux tant que la réalité n'aurait pas recouvré sa fermeté. Le retour à la vie est parfois un voyage difficile.

De l'obscurité extérieure lui parvint un long gémissement et elle serra un peu plus les paupières. C'était, en effet, une plainte presque animale, une lamentation rauque qui se répétait. Des murmures fébriles, des paroles entremêlées de pleurs, puis une cascade de soupirs. Tout à coup des craquements de bois, comme un voilier secoué par le vent. Voix d'homme. Cris. Coups bruyants de chair contre chair, suivis de nouveaux craquements rythmés. À quelques mètres des yeux clos de Zarza, du lit de Zarza, de la chambre de Zarza, un couple devait faire l'amour. Peut-être même engendraient-ils un enfant. À des heures pareilles, pensa-t-elle, incrédule et contrariée. De l'autre côté de la cloison, la vie explosait, tandis que Zarza émergeait lourdement d'une mer de gélatine. Le bruit des corps se poursuivait, toute cette exagération, ce vacarme mou. Réduit à ce tapage de voisinage, décomposé en frôlements et gémissements, l'acte sexuel en devenait ridicule et absurde. Une espèce de spasme musculaire, un exercice de gymnastique. La sonnerie stridente du réveil coïncida avec le hurlement final du couple. De mauvaise humeur, Zarza ouvrit un œil, puis l'autre.

Elle vit tout d'abord le réveil. Noir, carré, en plastique, banal. Il s'ébrouait encore, dompté et insignifiant, ses aiguilles indiquant huit heures deux. Rassurée par ce spectacle inoffensif, Zarza laissa son regard traîner dans la chambre. Dans la pénombre du matin d'hiver, elle reconnut le laid encadrement en aluminium de la fenêtre, les rideaux ternes et grisâtres, le placard, une chaise sans style, la table de nuit et la lampe de chevet, des étagères rudimentaires. Tout était aussi impersonnel qu'une chambre d'hôtel. Ou la chambre à coucher d'un petit appartement meublé, ce dont, en fait, il s'agissait. Zarza reconstruisit mentalement l'autre pièce : le canapé vert sombre, la table ronde de mauvais bois, trois chaises pareilles à celle de la chambre, un buffet trop grand pour un tel espace. Il n'y avait pas un seul tableau, pas une seule affiche, même pas un calendrier. Pas d'objets décoratifs, pas de vases, pas de cendriers. Comme trace personnelle, uniquement l'ordinateur portable sur la table du séjour et quelques livres éparpillés un peu partout.

On aurait dit qu'elle venait de déménager, pourtant elle était là depuis déjà deux ans. Zarza aimait que son monde soit ainsi, imprécis, élémentaire, dénué de mémoire, parce qu'il y a des souvenirs qui blessent comme la balle de quelqu'un qui se suicide.

Résignée, elle fronça les sourcils et alluma la lampe. Elle détestait, les sombres matins d'hiver, avoir à allumer la lumière électrique : éclairées par ces ampoules inopportunes, les choses devenaient lugubres. Elle contempla de nouveau, maintenant en pleine lumière, les rideaux poussiéreux, la fenêtre en aluminium, l'armoire en contreplaqué à quatre sous. Oui, sans aucun doute, cette maison était la sienne. Sans aucun doute, Zarza était revenue du monde de la nuit. Elle assimilait peu à peu, par cercles concentriques, les détails précis de sa réalité. C'était un jour ouvrable, elle travaillait, elle devait se lever. C'était l'hiver, peut-être Noël, non le 7 janvier, juste après les Rois. Les fêtes de fin d'année s'achevaient. C'était mardi, non mercredi ! Probablement mardi, trois jours avant le week-end. Il était un peu plus de huit heures, elle commençait à neuf, la boîte était en banlieue, elle devait se lever. Elle était éditrice et correctrice dans une grande maison d'édition, elle avait trente-six ans et s'appelait Sofía Zarzamala. Elle s'appelait Zarza. C'est tout. Rien de plus. Pas de pensée superflue. Elle devait se lever.

Elle arrêta le réveil qui s'agitait encore sur la table de nuit, s'assit sur le lit. L'air de la chambre enveloppa mollement son corps, comme une veste mal ajustée. Aux mêmes heures, au même moment, des milliers de personnes solitaires se levaient dans la carapace de leurs maisons vides. Zarza sentit le monde peser sur ses épaules. Si elle avait tout à coup une crise cardiaque et en mourait, on mettrait au moins deux jours avant de s'en apercevoir. Mais Zarza n'avait pas le temps de mourir, elle devait se lever.

En savates, elle se dirigea vers la salle de bains qui n'avait pas de fenêtre. Elle alluma la rangée d'ampoules qui encadraient la glace et se regarda. Toujours la même pâleur et l'ombre bleutée au-dessous des yeux. Peut-être à cause de la lumière artificielle ; peut-être, sous la violente lumière du soleil, n'aurait-elle pas cet aspect languide et morbide. Les gens disaient qu'elle était belle, du moins quelques-uns le disaient encore ; et elle l'avait cru très longtemps auparavant, dans une autre vie. Maintenant, elle se trouvait tout simplement bizarre, avec cette épaisse crinière rousse parsemée de cheveux blancs, comme un feu qui s'éteint ; cette peau laiteuse et ces cernes, ce regard sombre dans lequel il lui était impossible de se reconnaître. Un vampire diurne. Il y avait très longtemps qu'elle n'arrivait plus à se réconcilier avec son image. Elle ne se sentait pas tout à fait réelle. C'est pourquoi elle ne se faisait jamais photographier et évitait de se regarder dans les miroirs, les vitrines, les portes en verre. Elle ne se montrait qu'à son reflet, tous les matins, dans sa salle de bains. Elle affrontait le tain de la glace, les paupières lourdes et, dans la bouche, le goût saumâtre de la nuit, pour essayer de s'habituer à son visage actuel. Mais non, elle ne s'y faisait pas. Elle était toujours une étrangère. Tout compte fait, les vampires non plus ne peuvent contempler leur propre image.

À huit heures quatorze, Zarza entra dans la cabine de douche. Il y avait, dans la répétition des petits actes quotidiens, quelque chose de très réconfortant. Parfois, elle s'amusait à imaginer combien de fois encore elle ouvrirait ainsi le robinet d'eau chaude de la douche ; combien de fois elle enlèverait sa montre puis la remettrait. Combien de fois elle presserait le tube de dentifrice sur sa brosse à dents, se passerait du déodorant sous les aisselles et ferait chauffer le lait du petit déjeuner. Toutes ces bagatelles, qui s'enchaînaient, finissaient par construire quelque chose qui ressemblait à la vie. Elles étaient comme le squelette exogène de l'existence, des routines pour pouvoir continuer, tenir le coup, reprendre haleine sans avoir à penser. Et les jours glisseraient ainsi doucement le long des flancs du temps, béatement vides de sens. Il lui aurait été égal que le reste de sa biographie se réduise à une série d'automatismes, une liste de gestes routiniers inscrite sur un gros livre poussiéreux tenu par un bureaucrate qui s'ennuie : "À sa mort, Sofía Zarzamala s'est lavée 41 712 fois les dents, a agrafé 14 239 fois son corsage, coupé 2 053 matins les ongles de ses pieds" Mais à huit heures quinze, alors qu'elle commençait à se savonner, survint un événement inattendu qui mit un terme à l'inertie des choses : le téléphone sonna. Il sonnait rarement chez elle et, bien sûr, jamais à une heure pareille. Si bien qu'elle ferma le robinet de la douche, sortit de la salle de bains en glissant sans se faire mal, saisit au vol une serviette et, tout en laissant sur le parquet une légère traînée d'eau, atteignit l'appareil posé sur la table de nuit.

— Oui ?

— Je t'ai retrouvée.

Zarza reposa l'appareil d'un geste brusque et elle ne prit même pas la peine de se sécher. Elle ramassa par terre ses sous-vêtements, les mit ; puis, elle prit ses bottes, son pantalon de velours, son grand pull gris, sa veste de cuir retourné. Elle ouvrit le tiroir de la table de nuit, en retira l'argent et le mit dans son sac à main. Le téléphone recommençait à sonner, mais elle ne répondit pas. Elle savait que, si elle le faisait, elle réentendrait la même voix, peut-être la même phrase. Je t'ai retrouvée. L'appel avait mis en branle un chronomètre invisible, l'inexorable tic-tac d'un compte à rebours. Zarza fut si rapide que, trois minutes à peine après avoir reçu le message, elle était déjà prête. À huit heures dix-neuf, elle poussait la porte de son appartement sans savoir si elle pourrait y retourner un jour, tandis que, provoquant, envahisseur, triomphal, le téléphone retentissait dans son sillage...

Quand elle reprit conscience de la réalité et cessa de se concentrer uniquement sur sa fuite, Zarza s'aperçut qu'elle était au beau milieu du périphérique en train de faire son trajet quotidien pour se rendre à son travail. Elle avait dévalé les escaliers, regagné sa voiture en trois enjambées et traversé la moitié de la ville en se faufilant dans les bouchons parmi les protestations des autres conducteurs ; cependant, malgré sa précipitation, elle n'avait pu se débarrasser de la sensation de catastrophe imminente que l'appel avait provoquée en elle. Elle était donc là, éperdue, en pleine autoroute, comme tous les matins. Mais ce n'était pas un jour normal. Pour elle, les jours normaux n'existaient plus. Mais à vrai dire Zarza s'était toujours méfiée de la normalité ; elle avait toujours craint que le quotidien ne soit une construction trop fragile, trop ténue, aussi facile à détruire que la toile vaporeuse d'une araignée. Des années durant, Zarza avait essayé de consolider son petit étal de routines, mais l'armature s'était effondrée et elle devait faire quelque chose. Dans l'immédiat, il n'était pas question de s'approcher de la maison d'édition. S'*il* connaissait son domicile, *il* devait aussi savoir ce qu'elle faisait. Elle donna un coup de volant et prit la première sortie. Elle devait remettre ses idées en ordre. Elle devait réfléchir à ce qu'elle devait faire.

Elle s'arrêta quelques rues plus loin. Le hasard, ce romancier fou qui nous écrit, l'avait fait passer devant un café qu'elle fréquentait jadis. Il était huit heures cinquante et on venait d'ouvrir car l'endroit était à peu près vide, encore décoré de guirlandes de Noël fanées. Elle s'assit au fond, juste en face de la petite table qu'elle avait l'habitude d'occuper quand elle y venait bien des années auparavant. Elle était libre mais elle n'osa pas s'y mettre. Quelque chose l'en empêchait, un petit souvenir gênant en travers de l'estomac. Elle s'installa donc en face, à l'une des tables décaties de marbre et de bois, près de la fenêtre, et, pendant un bon moment, elle ne se soucia que de respirer.

— Qu'est-ce que vous désirez ?

— Un thé, s'il vous plaît

Respirer et continuer. Dans les pires moments, Zarza le savait, il fallait s'accrocher à des choses toutes simples. Respirer et continuer. Il fallait se débarrasser de tout superflu et résister, se cramponner à l'existence comme un animal, comme un mollusque à son rocher en face de la vague. De plus, elle avait toujours su que cela arriverait. Elle aurait dû s'y préparer. Mais elle ne l'avait pas fait. Zarza se méfiait d'elle-même et de la façon dont elle posait les problèmes. Des années auparavant, *il* disait souvent qu'elle avait une personnalité fuyante ; peut-être avait-*il* raison ; peut-être ne savait-elle pas affronter directement les choses ; pas plus que le souvenir qu'elle en avait gardé. Parfois elle pensait qu'elle était devenue historienne pour s'approprier la mémoire d'autrui et échapper à la sienne. Pour se souvenir de quelque chose qui ne lui fasse pas mal. L'historien comme parasite du passé des autres.

De la fenêtre du café, on voyait justement les tours de l'université où Zarza avait fait ses études ; c'était ici, dans ce lieu public, qu'ils avaient l'habitude de se retrouver après les cours. Elle était devenue médiéviste ; *lui* s'était spécialisé en histoire contemporaine. Mais très longtemps auparavant, dans une autre vie. Avant que la Reine n'apparaisse. Zarza fut reprise de nausées : peut-être était-ce le cadavre à moitié digéré de sa propre innocence, se dit-elle avec une grandiloquence moqueuse. Même si elle n'avait jamais été vraiment innocente. L'enfance est l'endroit où tu passes le reste de ta vie, pensa Zarza ; les enfants battus battront leurs enfants, les fils d'ivrognes deviendront alcooliques, les descendants des suicidés se tueront, ceux qui ont des parents fous le seront à leur tour.

Respirer et continuer! Elle devait s'endurcir et rassembler ses forces. Elle devait se préparer. Comme les guerriers avant la bataille. Par exemple, elle aurait dû manger quelque chose; elle ne savait pas quand elle pourrait le refaire. Elle repoussa la tasse de thé à laquelle elle avait à peine touché et appela le garçon.

– S'il vous plaît, un sandwich à l'omelette et un café.

C'était ce qu'elle prenait avec *lui*, quand ils venaient là. De l'omelette entre des tranches de pain grillé. En ce temps-là, ils prenaient encore du plaisir à manger, les allées ensoleillées existaient, ainsi que l'odeur de terre mouillée pendant les orages et la tiède paresse des dimanches matin. Elle n'avait jamais été innocente, mais cette vie de jadis, c'était presque une vie.

Elle pouvait essayer de fuir. Ou, au contraire, l'affronter. Il n'y avait pas d'autre solution. S'échapper ou le tuer. Zarza sourit amèrement en son for intérieur parce que ce choix lui parut absurde. Encore une fois, il n'y avait pas d'issue. Quoique, qui sait? après tout, peut-être n'était-*il* pas venu se venger. Peut-être lui avait-il pardonné.

Une famille venait de s'asseoir à la table d'en face, à son ancienne table, sans remarquer qu'elle était maculée de souvenirs. Un père et une mère de l'âge de Zarza; une fillette d'une dizaine d'années, une autre qui devait avoir six ans et un petit garçon, encore bébé. Le père avait assis à côté de lui l'aînée, une petite princesse aux cheveux longs et ondulés; la mère s'installa à côté de la deuxième, mais elle se leva aussitôt pour prendre le bébé dans le landau et le bercer. La petite se retrouva seule à un bout de table, seule et, toute en boucles noires, dévorée par la solitude. Elle était plutôt moche. Personne ne semblait lui accorder la moindre attention, comme il arrive parfois avec les enfants nés entre l'aîné et le dernier; mais c'était papa, surtout papa, qui était l'objet de son chagrin, ce papa qui n'avait d'yeux et de mots que pour la petite princesse; leur aparté amoureux était interminable, profil contre profil, presque lèvres contre lèvres, et la main de papa caressait la toison dorée de la belle, les épaules, la taille de cette nymphette souple aux hanches presque pubères. Le laideron les regardait, bouche bée, les yeux ronds et implorants, mais les autres ne remarquaient même pas son regard. Elle renversa alors son verre de lait sur la table et eut droit à une petite réprimande de son père, même pas une demi-minute d'intérêt ; puis papa continua à dévorer du regard sa petite princesse, tandis que maman, sourde et aveugle, ne s'occupait que du bébé qu'elle berçait ; et la fillette du milieu, l'oubliée, une affiche de Joyeux Noël crasseuse au-dessus de la tête, s'affligeait du manque d'attention et de tendresse de son père jusqu'au désespoir le plus total, jusqu'à en souffrir comme si elle avait été blessée. Jusqu'à désirer, Zarza le savait, qu'un soir, papa s'approche d'elle, la caresse, même si c'était comme ça, de cette façon bizarre, avec ses doigts chatouilleurs et visqueux, même si elle devait se taire dans le noir complet, mais qu'il la touche et l'aime, pour pouvoir apaiser cette souffrance.

Respirer et continuer. Soudain, Zarza eut l'impression d'étouffer. Il fallait qu'elle sorte du café, sente l'air froid de janvier sur ses joues, marche dans la rue. Elle avala la dernière bouchée de son sandwich, paya au comptoir pour ne pas perdre de temps et quitta les lieux. Il était neuf heures trente-cinq. Elle avait décidé de partir. C'était ce qu'elle avait de mieux à faire. S'éloigner de la ville, disparaître au moins quelques jours. Loin et à l'abri, elle pourrait réfléchir tranquillement et trouver une solution plus radicale. Le seul problème, c'est qu'elle risquait de perdre son travail. Zarza l'aimait. C'était l'une des rares choses qui lui plaisaient. Elle prit dans son sac à main le portable de la boîte et appela au bureau ; c'est Lola qui répondit, l'autre éditrice de la collection d'histoire.

— Lola, je ne peux pas venir.
— Qu'est-ce qu'il y a ?
— Des problèmes familiaux. Une crise. Mon frère, tu sais, improvisa-t-elle.
— Mais c'est grave ?
— Bon, je ne sais pas très bien, des trucs de mon frère. Je crois qu'il est un peu malade et qu'on a besoin de moi. Dis donc, une chose, si quelqu'un m'appelle… si quelqu'un m'appelle, tu dis que je suis partie en voyage, que je ne suis pas ici.

– Comment?

– Si quelqu'un m'appelle, tu lui dis que je suis partie en voyage, que je ne suis pas ici. Mieux, je suis à l'étranger, et tu ne sais pas quand je serai de retour.

– Qu'est-ce que ça veut dire?

– Rien, des trucs à moi. Il se peut que je sois absente plusieurs jours, dis-le à Lucía.

– Elle sera furieuse. Le livre est très en retard.

– Pas grave. Dis-lui ce que je t'ai dit.

– Non, ça va retomber sur moi... entendit-elle Lola grommeler tandis qu'elle raccrochait. Elles ne s'étaient jamais très bien entendues. Ni très mal. Zarza ne pouvait pas, ne voulait pas avoir d'amis.

Mais elle avait Miguel. Zarza ressentit tout à coup le besoin de le voir. Elle ne voulait pas s'en aller sans lui dire au revoir. Elle ne pouvait pas disparaître comme ça. Neuf heures quarante. Les visites commençaient à dix heures. Elle monta dans sa voiture et roula encore au milieu des bouchons, vers le nord, sous un ciel triste, minéral. À travers les vitre des autres véhicules, on voyait des visages tendus et sombres, des visages de gueule de bois après les fêtes, accablés par cet excès de réalité qui, les matins nus d'hiver, fond sur les choses.

Personne n'avait ramassé les feuilles tombées pendant l'automne dans le petit jardin de la Résidence, et maintenant le tapis végétal était recouvert de boue et à moitié pourri après les dernières pluies. Les haies non plus n'avaient pas été correctement taillées ni le gazon ressemé. À en juger par le jardin, la Résidence était un peu négligée. C'était un bloc de béton rectangulaire des années 30 ; la porte principale était accessible par un perron en fer à cheval bordé d'une balustrade de fer, seul ornement de la façade. Zarza sonna et attendit qu'on ouvre tout en guettant par les fenêtres sans rideaux et fermées par des barreaux.

– Bonjour. Je viens voir Miguel.

– Bonjour, mademoiselle Zarzamala. Il est dans la salle de jeux.

20

Ce que l'infirmière appelait pompeusement la salle de jeux était un cagibi au sol recouvert de liège et aux murs blancs. Il y avait un canapé un peu défoncé, deux tables basses avec quatre ou cinq chaises chacune, une bibliothèque en tubes avec quelques livres et des boîtes de jeux : puzzles, petits chevaux, jeux de construction. Dans un coin, un petit clavier électronique et le tabouret afférent. Au moins il y faisait chaud, en fait trop chaud, une véritable étuve. Zarza enleva sa veste et s'approcha de son frère.

– Bonjour !

Elle ne le toucha pas. Miguel détestait qu'on le touche.

Le garçon la regarda avec une apparente indifférence. Il était assis à une table, à côté d'un jeu de construction en bois dont les pièces soigneusement rangées dans leur boîte semblaient n'avoir jamais servi. L'infirmière avait dû l'installer sur cette chaise une demi-heure plus tôt et elle ne s'était plus occupée de lui.

– Tu vas jouer avec ce jeu ?

Il fit signe que non de la tête et lui montra ce qu'il avait dans la main. Un cube de plastique composé de petits carrés de six couleurs.

– Ah ! ton Rubicube… Très bien, formidable… Ça, c'est un jeu amusant et intéressant.

Quelle ironie ! C'était précisément *lui* qui avait offert à Zarza le Rubicube, bien des années auparavant, en guise de malicieux défi intellectuel. Un casse-tête diabolique, un passe-temps pervers inventé en 1973 par Erno Rubik, un architecte hongrois ; les petits carrés étaient, en fait, des cubes qui pivotaient sur eux-mêmes, et le problème était d'arriver à ce que toutes les faces du polyèdre soient d'une seule et même couleur : une entièrement rouge, une autre entièrement verte, une autre entièrement blanche… Zarza avait essayé pendant des mois et des mois, sans jamais y parvenir. Un échec compréhensible dans la mesure où le Rubicube a 43 252 003 274 469 856 000 positions différentes et qu'une seule correspond à la solution, c'est-à-dire celle qui correspond à la répartition précise et harmonieuse d'une couleur sur une même face. Par conséquent, tourner l'objet au hasard ne mène à rien ; si une personne faisait dix mouvements par seconde sans jamais s'arrêter, il lui faudrait cent trente-six mille années pour exécuter toutes les combinaisons possibles. Zarza finit par se lasser de ce martyre et oublia le casse-tête qui traîna un certain temps dans la maison. Mais un jour, Miguel découvrit le cube et succomba littéralement à son charme. C'était désormais son objet préféré ; il passait son temps à faire pivoter les petits dés colorés de ses mains délicates et un peu gauches. Comme maintenant.

– Tiens. Je te le prête un petit moment, dit tout à coup Miguel en lui tendant le Rubicube.

Zarza savait que c'était une considérable démonstration de tendresse, aussi le prit-elle.

– Merci beaucoup, Miguel. Je suis ravie que tu me le prêtes. Tu es très gentil.

Le garçon enfouit son menton dans sa poitrine et sourit. Un petit sourire, comme un rictus. Il aurait trente-deux ans au printemps, mais il faisait plus jeune. Ses cheveux étaient d'un roux beaucoup plus vif que ceux de Zarza ; pour le reste, ils se ressemblaient, la même peau blanche et les mêmes yeux bleu foncé : l'héritage O'Brian, du côté maternel. En fait, c'était un beau garçon, très beau même ; mais, au premier coup d'œil, on remarquait en lui quelque chose qui ne collait pas, quelque chose d'inachevé, d'indéterminé et d'inquiétant. Il était très mince, raide comme un piquet, ses épaules saillantes et ses omoplates ressortaient comme des ailerons. Il était toujours recroquevillé sur lui-même, les bras repliés et les mains jointes à la hauteur de la poitrine, tandis qu'il jouait avec le Rubicube ou se pinçait les doigts.

– Comment ça va ? lui demanda Zarza.

Miguel regarda par la fenêtre la plus proche.

– Marta a un chien, dit-il.

– Ah oui ! Chouette ! répondit Zarza en se demandant qui pouvait bien être Marta.

– Quand il mange, il fait glup, glup, glup. C'est un cochon. Moi aussi.

– Toi aussi, tu es un cochon ?

– Moi aussi, je veux un chien.

Les yeux bleus de Miguel se noyaient dans une expression opaque et craintive. Il était né ainsi, bizarre, lent dans ses pensées et ses réflexes, enfermé dans son monde. Il avait une case en moins, ce qui se voyait sur son visage ; mais Zarza pensait parfois qu'il y avait aussi en lui quelque chose que les autres n'avaient pas. C'est pourquoi il était si lointain, étrange. Timide et recroquevillé sur lui-même, avec ses petites mains fébriles, il ressemblait à un écureuil en train d'ouvrir une noix. Non, pas un écureuil, plutôt une petite chauve-souris, la tête enfoncée dans les épaules et les ailes repliées sur le dos.

Dans la pièce, il n'y avait qu'une autre personne, un type peut-être nonagénaire, chétif et tout ratatiné comme seuls peuvent l'être ces individus vieux comme Mathusalem qui ont l'air d'avoir déjà perdu leur enveloppe mortelle. Il portait une robe de chambre de flanelle grenat, très élimée, et tenait miraculeusement debout en s'appuyant sur un bâton et en s'adossant à la fenêtre du fond.

– Miguel, tu as dû remarquer qu'aujourd'hui je suis venue plus tôt que d'habitude…

Miguel s'étreignit lui-même et se mit à se balancer d'avant en arrière. Il avait les oreilles trop grandes et trop décollées, de grandes oreilles fragiles et presque transparentes qui avaient l'air de battre comme des ailes contre son visage.

Zarza le réprimanda :

– Ne fais pas ça ! Pourquoi tu fais ça ? Tu vas t'énerver.

– Tu vas t'en aller. Tu vas t'en aller comme avant. Encore une fois ! Tu vas t'en aller. On a tous peur.

L'Oracle. Des années auparavant, c'était *lui* qui l'avait surnommé l'Oracle : un sobriquet moqueur et malicieux, mais aussi très juste, car souvent, parmi les phrases puériles ou apparemment incompréhensibles que disait le garçon, se glissaient des remarques étrangement sensées, des présages d'une finesse à donner des frissons. Cette capacité à exprimer l'indicible faisait partie des étrangetés de Miguel, du trésor de sa différence. Zarza tressaillit.

– Pourquoi tu dis que je vais m'en aller?

– Je ne veux pas de chiens. Je ne veux pas, je ne veux pas. Lit, lit, lit.

Le garçon se cacha les yeux avec les mains.

– Je ne veux pas te voir. Lit, lit, lit.

– Tu ne peux pas aller au lit, Miguel. C'est le matin et tu viens de te lever. Allons, ne sois pas bête… Enlève tes mains et regarde-moi… Regarde-moi, s'il te plaît! Ah, c'est mieux… C'est vrai que je vais devoir peut-être partir pour quelques jours, mais c'est juste pour mon travail. Je vais revenir très vite, tout de suite, avant que tu t'aperçoives que je suis partie.

– Donne-moi mon cube, réclama-t-il.

Elle le lui rendit et Miguel se mit à faire pivoter les petits dés sans arrêter de se balancer sur son siège. Comme toujours, s'il ne se calme pas, il va avoir de la fièvre, pensa Zarza, inquiète. Quand ils ont de fortes poussées de fièvre, les malades, surtout les enfants, peuvent être sujets à des délires géométriques. L'obscurité de leurs cerveaux se remplit d'images tridimensionnelles avec les formes élémentaires euclidiennes, polyèdres asphyxiants en rotation lente, arrogantes danses de triangles. Comme si la poussée de fièvre parvenait à dénuder le dessin basique de ce que nous sommes, à nous réduire à cette structure originelle que nous partageons avec le reste de l'univers. Dépouillés de tout, nous sommes géométrie. Même si un jour, nous les humains, il nous arrivait de rencontrer un extraterrestre, pensa Zarza, il y aurait de fortes chances que nous nous comprenions en montrant un Rubicube.

– Et pourquoi? grogna soudain le nonagénaire qui était à l'autre bout de la pièce.

Zarza le regarda; le vieillard avait levé la tête et contemplait le ciel triste et gris à travers les barreaux de la fenêtre. Il tendit un bras fin comme un roseau et brandit son poing ridé vers les nuages. Le vieillard furieux apostrophait les hauteurs.

– Et pourquoi est-ce que je dois mourir, hein? Uniquement parce que je suis vieux? Hein?

Zarza rapprocha sa chaise de celle de son frère.

– Écoute-moi, lui susurra-t-elle. Arrête de bouger comme ça, ou tu vas tomber malade. Calme-toi. Je ne t'abandonnerai plus jamais. Je te le promets. Crois-moi.

Miguel ferma les yeux et cessa de se balancer. Puis il mit une main dans la poche de son pull et en sortit un papier.

– Tiens. Pour toi!

– Qu'est-ce que c'est?

C'était une enveloppe blanche et froissée. Elle en déchira le rabat qui était collé et en sortit une feuille de papier. Au milieu, une phrase écrite à la main :

*Je suis venu encaisser ce que tu me dois.*

Zarza sentit l'air se glacer dans ses poumons.

Miguel dut remarquer son émotion, car il recommença à se balancer, maintenant beaucoup plus rapidement.

– D'où tu sors ça? Qui te l'a donné? demanda Zarza presque en criant, et en essayant de garder son sang-froid.

En arrière, en avant, en avant, en arrière.

– Arrête! Arrête et réponds! Qui te l'a donné, Miguel?

En arrière, en avant, en avant, en arrière.

– C'est Nicolás, non? Nico est venu ici, n'est-ce pas?

En arrière, en avant. Lentement, très lentement.

– Dis-le-moi, Miguel. C'est Nicolás, j'en suis sûre…

Le garçon s'arrêta et la regarda. Il avait les yeux emplis de larmes et sa bouche faisait un cercle mou, comme une sorte de lippe.

– N'aie pas peur, Miguel, ne t'inquiète pas. Quand est-ce que Nico est venu? Hier?

– Oui. Aujourd'hui. Hier. Demain.

Miguel faisait nerveusement pivoter son Rubicube.

– Du calme… du calme, il n'y a rien de grave… Qu'est-ce que Nico t'a dit? Voyons, fais un effort, qu'est-ce qu'il t'a dit?

– Qu'il m'aime.

Zarza reprit précipitamment son souffle.

– Et de moi? Il t'a dit quelque chose de moi?

– Toi, tu ne m'aimes pas, parce que tu vas t'en aller. Tu ne me plais plus.

Zarza fronça les sourcils.

– Et toi, tu ne m'écoutes pas. Je te dis que je ne vais pas partir, dit-elle, un peu irritée.

Zarza avait pris l'habitude de ne rien ressentir. Elle avait mis des années. Elle ne permettait à personne d'approcher d'elle au point de laisser, en disparaissant, la trace de son absence. Courtoisie et froideur, telle était sa stratégie. Ne jamais rien écouter. Ne jamais rien raconter. À vrai dire, même à elle-même, elle ne racontait pas grand-chose. Elle avait contracté l'habitude de ne rien ressentir, mais Miguel la déconcertait. Il était le seul être vivant à pouvoir encore la blesser. C'est pourquoi, quand Zarza remarquait que des sentiments commençaient à s'agiter en elle et que quelque émotion molle et visqueuse relevait la tête, elle s'empressait de les écraser sans pitié. Comme des vers de terre à coups de marteau.

– J'aime les couleurs calmes, dit le garçon.

– De quelles couleurs tu parles?

– Les couleurs calmes qui sont dedans.

Zarza soupira, ou plutôt maugréa. L'effort qu'elle fournissait pour dominer ses sentiments l'emplissait toujours de frustration et de colère. C'est pourquoi elle avait une envie presque irrésistible d'invectiver son frère. Oui, ou sinon de l'étreindre, de serrer cette poignée d'os fragiles contre sa poitrine. Mais Miguel ne supportait pas les contacts physiques et, de toute façon, elle-même ne savait plus très bien comment on étreignait quelqu'un.

– Je dois m'en aller, dit Zarza en se levant brusquement.

– Je ne veux pas que tu te dépêches.

– Pourquoi voudrais-tu que je me dépêche?

– Tu te dépêches, et puis tu n'es plus là.

– Bon, alors je ne vais pas me dépêcher, mais, de toute façon, je dois m'en aller. Mais je te promets que je reviendrai.

Le garçon la regarda d'un air étrange, vide, désolé, qui voulait peut-être signifier ne t'en va pas, ou je ne te crois pas, ou encore j'ai peur. Zarza avait déjà vu cette expression sur le visage de son frère, dévasté, inerte, fragile jusqu'à l'angoisse.

– Je dois m'en aller. Je m'en vais, murmura-t-elle.

Elle tendit un bras et effleura la joue du garçon. Un contact très léger que Miguel supporta en regimbant, mais sans reculer, partagé entre le plaisir et la souffrance, comme un chien battu qui reçoit en tremblotant le frôlement de la main de son maître sans savoir s'il se terminera par un coup ou une caresse.

En sortant, Zarza chercha l'infirmière.

— Pourriez-vous me dire quand est-ce qu'est venue la personne qui a rendu visite à mon frère? demanda-t-elle en prenant le ton le plus neutre possible.

— Quelle visite?

— Mon frère a reçu, il n'y pas longtemps, la visite d'un homme... Hier peut-être, ou avant-hier.

— Personne n'est venu ici. À part vous, bien sûr, et la dame de Taberner qui, soit dit en passant, ne se montre pas souvent, Miguel ne reçoit pas de visite. Je dirais que le pauvre garçon est un peu seul.

— Je sais fort bien que normalement personne ne vient, dit Zarza d'un ton irrité. Je parle de ces derniers jours... Je suis sûre qu'il a vu un homme.

— Mais pas du tout, madame. C'est Miguel qui vous l'a dit? Vous savez bien qu'il aime broder... Moi, je vous assure qu'il n'a reçu aucune visite. Et encore moins d'un homme. Vous voyez bien qu'en plus, il faut sonner pour entrer; c'est donc... impossible.

Zarza froissa le papier dans son poing et retint son souffle. Elle sentit la peur trépigner de nouveau dans son ventre et fit demi-tour sans même dire au revoir à l'infirmière. Elle quitta la Résidence encore sous le choc et, une fois sortie, resta quelques instants debout sur les feuilles pourries, évaluant les dimensions du monde ennemi. Dehors, quelque part, *il* était là, Nicolás, prêt à se venger. Il était le chasseur et, elle, la proie. La partie de chasse avait probablement commencé depuis un certain temps, même si elle ne s'en était rendue compte que maintenant. Nicolás avait dû passer la ville au peigne fin pour la retrouver; le nom de Zarza ne figurait pas dans l'annuaire et nul ne connaissait son adresse ni ne savait où elle travaillait. Autrement dit, personne ne pouvait lui faciliter la tâche.

Peut-être l'avait-il détectée lors d'une visite qu'elle avait rendue à Miguel ; elle imagina Nico tapi des jours et des jours durant aux abords de la Résidence, attendant patiemment qu'elle se montre. Elle frissonna et scruta en vain les angles des rues avoisinantes. Oui, c'était sûrement ici qu'il l'avait retrouvée, puis il avait dû la suivre jusqu'à ce qu'il sache où elle habitait. Il devait l'observer depuis des jours et des jours, voire des semaines. Zarza se sentit mise à nu, malade, blessée par le regard obstiné du chasseur. Le jeu avait donc bel et bien commencé depuis fort longtemps et, sans le savoir, elle était en train de perdre. Mais maintenant Zarza avait changé d'avis : elle ne voulait plus s'en aller. Elle ne partait plus. À cause de Miguel à qui elle avait fait cette promesse ; et à cause d'elle-même. Les choses étant ce qu'elles étaient, il ne lui restait plus qu'à accepter la partie et à livrer la bataille. Et la première chose qu'elle ferait, ce serait de retourner à la cité de la Reine, dont elle croyait être sortie pour toujours.

La cité de la Reine était au-delà du temps et de l'espace. Plus exactement, elle possédait son propre temps et son propre espace, différents de ceux de la ville conventionnelle des embouteillages, des cartes bancaires et des bureaux. C'est pourquoi toutes les deux coexistaient sans vraiment se frôler, même si, parfois, en marchant dans la rue, Zarza pouvait reconnaître les signes de la ville maudite à tel ou tel angle de rue. Normalement, les autres piétons passaient sans rien voir, mais elle, elle voyait et se souvenait sans le vouloir. Il y avait sept ans que Zarza avait quitté le monde de la Blanche.

Elle prit tout de suite sa voiture et se dirigea directement vers la banlieue. Elle passa sur des ponts aériens, traversa des quartiers populaires et longea la gare routière du sud et des lotissements de maisons mitoyennes identiques, comme les grains multicolores d'un collier à quatre sous, puis une zone misérable de petites maisons basses, pleine de boue et de chiens squelettiques. Plus loin, un territoire semi-urbain avec plus de dépôts industriels que d'arbres. La cité de la Reine ne se limitait pas à une partie de la banlieue ; elle était un peu partout. Le plan de la ville conventionnelle et celui de la cité maudite se superposaient, partageant à l'occasion le même espace : certains quartiers paisibles et bourgeois le jour, mais troubles et marginaux au petit matin. Même dans le centre-ville, la Blanche pouvait imposer son empire empoisonné. Si Zarza s'était déplacée jusqu'à ce coin lointain et perdu, c'est parce qu'elle était à la recherche de quelqu'un de précis. Elle voulait rencontrer le duc.

Elle dut faire de nombreux détours. Il y avait très longtemps qu'elle n'y allait plus et, jadis, c'était toujours de nuit. Ou du moins dans sa mémoire, cette partie de sa vie était-elle toujours nimbée d'obscurité : la cité de la Reine était un territoire nocturne. Elle eut du mal à trouver sa route parmi les petits chemins boueux qui débouchaient abruptement sur un dépotoir ou une vieille ferme, dernier témoin du passé rural de l'endroit, ou encore un mur de clôture à moitié écroulé et recouvert de graffitis illisibles. Elle crut enfin reconnaître au bout d'une piste bitumée la masse sombre d'une étrange usine à laquelle s'adossaient quelques petites maisons, telles des chaumières médiévales sur les flancs d'un château.

Elle laissa la voiture à l'entrée de la grappe de maisons et descendit. Trois adolescents rébarbatifs, en anorak, étaient debout, adossés à un mur. Zarza les dévisagea ; elle était à peu près sûre de ne pas les connaître, mais elle savait qui ils étaient et ce qu'ils faisaient. Il fallait passer par eux pour entrer.

— Salut ! dit-elle en s'adressant au garçon de droite.

C'était le plus petit des trois, mais le seul qui n'avait pas regardé ses camarades tandis qu'elle approchait. Zarza en déduisit qu'il faisait office de sentinelle.

— Salut ! répéta-t-elle face au silence du groupe. Je voudrais parler un moment avec le duc.

Le garçon le plus petit la dévisagea quelques secondes, puis fit lentement non de la tête.

— Pourquoi tu veux le voir ? demanda-t-il cependant.

— Des trucs à moi. Il me connaît. Ce ne sera pas long.

Suffisant et condescendant, l'adolescent sourit et refusa de nouveau.

— Tu n'as pas besoin de voir le duc pour ça.

— Je ne viens pas *pour ça*, répondit Zarza, irritée. Je veux juste lui parler. Lui dire quelque chose.

Le garçon se racla la gorge tout en laissant, avec un air de profond ennui, son regard traîner à l'horizon. Puis il haussa les épaules.

— C'est pareil, le duc n'est pas là. Allez, ouste !

— Benja ! entendit-on aussitôt un peu plus loin. Laisse-la passer.

C'était la voix du duc. Zarza se retourna et eut le temps de voir l'homme se détacher d'une fenêtre dans le groupe de maisons le plus proche.

– Tu as entendu, dit le garçon sans décoller du mur, manifestement contrarié d'avoir à céder. On entre par là.

C'était une demeure au toit de tuile, basse et blanchie à la chaux. La porte en bois avait deux battants, comme dans les villages. Zarza leva la crémone et, sur le seuil, dit :

– On peut?

– Arrête tes chichis! Entre et abrège! grogna quelqu'un à l'intérieur.

Elle pénétra dans une pièce de dimensions moyennes, au sol carrelé et garnie de meubles en bois foncé : un buffet, un long banc, une lourde table, de grandes chaises. Dans un coin, un poêle presque rouge chauffait la pièce; sur un mur une image en couleurs d'une vierge entourée d'angelots aussi grassouillets et boudinés que des cochons de lait. Tout était en ordre, impeccable, avec cette extrême propreté austère des couvents.

– Qu'est-ce que tu veux de moi, bordel? demanda le duc; et le *tu* dans sa bouche semblait la pire des insultes.

Il était assis sur une chaise, près de la table. C'était un grand type aux épaules tombantes, de bien plus de cinquante ans, peut-être même soixante. Il portait un costume noir bien coupé, de bonne qualité, mais très froissé, comme s'il avait dormi avec; dessous, une chemise blanche à jabot de jour de fête, sans cravate, le col ouvert. Il était en chaussettes, d'horribles chaussettes synthétiques d'un marron incongru. Dans sa tête, Zarza le voyait plus robuste; il était maintenant plus bedonnant, comme si sa volumineuse poitrine, jadis puissante, avait glissé vers le bas. Il avait une grosse tête aux yeux très écartés et le regard congestionné et larmoyant des alcooliques. Un regard mauvais, violent. Zarza se racla la gorge.

– Je ne sais si… je ne sais si vous vous souvenez de moi…

– Bien sûr que je me souviens. Mais je suis étonné de te voir. Je te croyais morte à l'heure qu'il est.

Rester concentrée, se dit Zarza : face à l'ennemi, il faut être précis.

– Je viens vous dire que… je viens vous annoncer que Nicolás est dans la rue…

Le duc riva sur elle ses petits yeux rougis. Zarza essaya en vain de soutenir son regard.

– Tu viens me le dire ? dit-il d'un ton ironique. Ou tu viens me le demander ?

Zarza ne dit rien.

– Je sais que cette merde est dehors. Il est sorti il y a quatre ou cinq mois. Ton information arrive un peu tard. Tu es venue pour ça, pour confirmer ? Ou pour moucharder ? Qu'est-ce que tu veux ? Que je le tue ? Tu veux que je t'en débarrasse ?

Zarza aspira un bon coup et parla d'une traite en mâchonnant les mots.

– Non. Ce n'est pas ça. Sincèrement, je suis venue vous demander où est Nicolás. Où je peux le trouver. Je sais que vous aussi, ça vous intéresse, et comme vous savez tout…

– Ça m'intéresse ? Façon de parler, dit le duc, comme s'il ruminait. Tu te trompes : vous ne m'intéressez absolument pas, ni toi ni lui. Toi, pour moi, tu peux tomber raide morte tout de suite ; et la seule chose qui m'intéresse chez lui, c'est qu'il me doit quelque chose. Il me doit la perte de mon petit-fils, l'aîné. Avant d'être son ami, mon petit-fils était un brave garçon. Un peu sot, mais un type bien ; il en vivait mais sans y toucher, comme Benja, Benjamín, le seul petit-fils qu'il me reste. Tu viens de le voir dehors. Nicolás est arrivé et ç'a été la fin. Nicolás est toujours vivant, mais mon petit-fils est mort. Nicolás, le petit monsieur. Vous, les enfants de rupins, vous êtes les pires : vous vous arrangez toujours pour que ce soient les autres qui trinquent. Donc oui, d'une certaine façon, je cherche Nicolás. Mais très lentement, parce que j'ai toute la vie pour le retrouver. Je ne sais pas où il est et si je le savais je ne te le dirais pas. Je te laisse à tes trousses, ma petite. À chacun de purger sa peine.

À ces mots, il se leva et, ventripotent et titubant, s'approcha de Zarza, tandis qu'elle reculait tant qu'elle sentit la paroi se coller contre son dos.

– Un mouchard est toujours un mouchard, ajouta le duc, c'est dans sa nature. Celui qui trahit une fois trahira toujours. Tu vois, tu l'as déjà fait et tu viens le refaire au galop. Une balance, c'est un mec qui n'a même pas de couilles pour soutenir le poids de son pantalon. Une merde qui ne respecte ni père ni mère. Ce que tu es, petite pute!

Le duc s'était jeté sur Zarza et il l'écrasa de toute la masse de son corps contre le mur. Il tendit l'une de ses grosses mains et saisit le visage de la jeune fille, lui comprimant les joues jusqu'à lui faire entrouvrir les lèvres. Zarza remarqua – stupide et inutile réflexe de recherche de détails – qu'à l'intérieur du col de sa chemise, il y avait une trace noirâtre de crasse.

– Nous, ce qu'on fait avec les mouchards, c'est leur couper la langue, puis la leur enfoncer dans le trou du cul. Mais comme tu es une femme, je vais te laisser repartir. Tu vois, et après vous allez raconter des tas de salades sur le machisme…

Il partit d'un grand éclat de rire et embrassa les lèvres de Zarza en introduisant un instant dans sa bouche sa grosse langue visqueuse. Zarza poussa un cri étouffé, se libéra de son emprise et sortit en courant par la porte; le duc, qui était derrière elle, la laissa sortir en riant sous cape.

Benja et les autres l'observaient de loin, toujours adossés au mur de l'entrée. Zarza ralentit, assurant sa démarche pour que les garçons ne remarquent pas ses jambes qui flageolaient. Tout en se dirigeant vers la voiture, elle regarda autour d'elle, feignant une sérénité qui lui faisait totalement défaut. Plus loin, de l'autre côté du petit ravin, il y avait les autres maisons de l'endroit. Celle qui avait une porte verte devait être la maison de Baltasar, et l'autre, toute petite, celle de Carlos, le boiteux. Les vieux souvenirs l'assaillirent, grisants et lancinants. Dans le creux du ravin, près de la fontaine, un corps était allongé par terre, ou plutôt écroulé, dans une position invraisemblable, comme s'il n'avait plus de colonne vertébrale. Il faisait penser à un supplicié du Moyen Âge, abandonné aux portes d'un château.

– Qu'est-ce que tu lui voulais au vieux? demanda Benja quand elle passa devant lui.

– T'occupe! répondit brusquement Zarza en dissimulant le trouble de sa voix.

À ce moment précis, les nuages hivernaux s'entrouvrirent et un rayon de soleil illumina les maisons. Il se produisit alors quelque chose d'inouï: la campagne environnante, recouverte de monticules de terre noirs, éclata en une cataracte de scintillements, d'étincelles aveuglantes, de froids éclairs. C'était un véritable incendie, tout était irisé et clignotait.

– Qu'est-ce que c'est? demanda Zarza, le souffle coupé.

– Ça? répondit Benja en feignant l'indifférence, c'est l'usine de déchets du coin.

– La quoi?

– L'usine; on y recycle le verre. Toutes ces petites collines, c'est du verre pulvérisé. C'est joli sous le soleil, non? ajouta-t-il sans pouvoir s'empêcher d'en tirer quelque fierté.

Autour des maisons, le monde brûlait, comme si c'était un endroit merveilleux. Jusqu'à ce que, tout à coup, les nuages se referment et les diamants se transforment de nouveau en détritus. Zarza et le garçon cillèrent en essayant d'accoutumer leurs yeux éblouis à la mélancolie de la vie morne.

– Bon, dit Benja, reviens quand tu en auras envie.

Zarza ravala sa salive et monta dans sa voiture.

Elle fit le long trajet du retour comme une somnambule.

De temps en temps, elle baissait la vitre et sortait la tête pour cracher, parce qu'il lui semblait que le duc avait laissé dans sa bouche une salive épaisse et nauséabonde, la bave empoisonnée d'un serpent. Ce n'était pas la première fois qu'elle ressentait ce dégoût indicible, mais les autres, elle avait été protégée par la Blanche. Parce que la Reine veillait sur ses victimes. Elle les enveloppait de son amour glacé jusqu'à les tuer, comme l'araignée enveloppe la mouche dans sa fine soie.

Elle était déconcertée. Elle avait fondé tous ses espoirs dans la possibilité de découvrir l'endroit où se dissimulait Nicolás, avec la conviction presque magique que si elle connaissait sa cachette, elle pourrait devenir le chasseur de son chasseur, le prédateur, et ne plus être la proie. Cette transmutation était une façon de se sauver et, dans l'immédiat, elle n'en voyait pas d'autre. Mais ce n'était pas que cela, elle avait été frustrée dans ses projets, perturbée. Les mots du duc avaient touché une blessure intérieure, un noyau de mémoire qui se consumait. Pendant ces sept dernières années, elle s'était maintenue à flot en se construisant une vie méticuleusement vide de tout souvenir et voilà que le passé commençait à s'agiter dans sa sépulture, comme un mort-vivant, menaçant de surgir et de tout détruire.

Zarza retournait donc en ville tout en sachant qu'elle allait à la rencontre de Nico. Il était quelque part dans ce profil bariolé de bâtiments, attendant patiemment sa venue, comme Poing-de-Fer attendit des années durant le Chevalier à la Rose pour que s'accomplisse fatalement le destin de l'un et de l'autre. Elle avait, soudain, repensé au livre qu'elle était en train de préparer pour la maison d'édition : une édition de luxe du *Chevalier à la Rose*, la belle légende écrite au XIIᵉ siècle par Chrétien de Troyes et découverte par hasard dans les années 70, par un jeune médiéviste anglais, Harris, dans les manuscrits d'un vieux monastère. Ce très vieux récit d'amour et de haine, de rivalité et de dépendance, lui semblait maintenant correspondre, d'une certaine façon, à sa propre vie. Il lui déplut de se souvenir du livre, parce qu'il s'agissait de l'une de ces œuvres qui, comme *Les Mille et Une Nuits*, s'accompagnent d'une malédiction. Dans le cas des récits de Schéhérazade, on disait que celui qui lisait le texte dans son intégralité mourait subitement. Quant au *Chevalier à la Rose*, on prétendait que tous ceux qui avaient quelque chose à voir avec le texte étaient condamnés à un destin cruel. Le poète Chrétien le faisait déjà remarquer au début du livre : "C'est une histoire funeste…" Effectivement, l'œuvre resta enfouie dans un monastère de Cornouailles et ne fut jamais publiée ; et quand Harris la dépoussiéra, huit siècles plus tard, la plupart des historiens consacrés, comme Jean Markale ou Georges Duby, la considérèrent comme un faux. Harris fut congédié de son travail et vivota, une dizaine d'années, en butte à l'ignominie, jusqu'à ce que le grand médiéviste Jacques Le Goff publie son célèbre et irréfutable essai prouvant l'authenticité du *Chevalier à la Rose*. Mais c'était trop tard ; Harris était devenu un homme aigri, un alcoolique, un misérable qui traîna de dispute en dispute et de querelle en querelle avant de mourir prématurément d'une cirrhose.

Mais qui sait ? Peut-être en était-il déjà ainsi. Peut-être Harris avait-il toujours été un type atroce et le scandale ne lui avait-il servi que d'excuse et de stimulant. Jusqu'où les revers de fortune peuvent-ils justifier nos mesquineries ? Jusqu'où le boiteux peut-il être boiteux et méchant ? Est-il permis à l'aveugle d'être despotique ? Dans quelle mesure la bassesse peut-elle être pardonnée, par exemple, par le suicide d'un père ou la mort d'un enfant ? Peut-être était-ce ce qui lui arrivait ? Zarzamala, *zarza mala*, autrement dit la mauvaise ronce ; peut-être Zarza avait-elle été, dès le départ, une plante tordue et épineuse, une mauvaise ronce née pour le malheur, pour porter le poids d'un destin contraire. Zarza la moucharde, comme disait le duc.

Une balance, avait-il dit aussi, est une merde qui ne respecte ni père ni mère. La mère de Zarza était une Irlandaise mélancolique qui passait sa vie au lit, dans la pénombre, entourée d'un halo de mouchoirs mouillés de larmes. Son père, en revanche, était Dieu. Il l'avait dit lui-même à Zarza alors qu'elle avait cinq ans. Mais c'était le Dieu de l'Ancien Testament, une divinité qui égorgeait les enfants.

Zarza se souvenait des après-midi d'été. Il y eut d'autres moments et d'autres événements, mais elle se souvenait surtout de ces après-midi chauds et lourds, quand son père s'allongeait sur le canapé de son bureau et essayait en vain de faire la sieste. Il appelait alors Zarza et quand la gamine entrait en tremblant dans la pièce, elle le retrouvait souriant, déchaussé, les cheveux ébouriffés, en maillot de bain et en peignoir.

— Viens ici, ma jolie. Nous allons jouer au jeu de la petite fille gentille et de la petite fille méchante. Qu'est-ce que tu en dis?

Zarza se disait que c'était un jeu angoissant, mais elle savait que la question de son père ne souffrait pas de réponse. Alors elle se mordait les ongles, se balançait tantôt sur un pied, tantôt sur l'autre, serrant ses petits poings contre sa poitrine et sentant son cœur battre comme un bourdon enfermé dans une boîte.

— Voyons, voyons… Quelle est la première chose que tu aies faite ce matin en te levant?

— Je… je… balbutiait-elle.

— Allons, allons, comme ça, sans réfléchir.

— J'ai… je me suis lavée les dents.

Le père souriait d'un air bonasse, les tempes constellées de petites gouttes de sueur.

— Comme cette petite fille est, est, est… disait-il malicieusement, prolongeant son trouble… est méchante! Trèèès méchante, oui monsieur! Parce que les dents, il faut les laver après le petit déjeuner, pas avant.

— Mais papa, arguait Zarza au bord des larmes, l'autre jour, j'ai répondu la même chose et tu as dit que j'étais très gentille.

– Mais l'autre jour, c'était l'autre jour, ma chérie. C'est moi qui fixe les règles, si bien que je les change quand je veux. Je suis ton père, et ton père, c'est Dieu, ma petite, expliquait-il alors de fort bonne humeur en lissant avec délectation son impeccable moustache. Bon, passons à la deuxième question, et voyons si tu es plus attentive… Voyons… Combien de verres de lait dois-tu boire par jour ?

Zarza tremblait, pensant que ce jeu aurait dû s'appeler plutôt le jeu du père gentil et du père méchant. Mais elle n'avait pas le droit, elle devait continuer ; elle reprenait son souffle et répondait :

– Qua… quatre.

Papa se tordait de rire.

– Mais, mon petit cœur, tu veux nous ruiner ? Une petite fille très méchante, vraiment très méchante ! Deux verres par jour, c'est largement suffisant… Si tu continues comme ça, il me semble qu'on va en avoir vite fini pour aujourd'hui…

Si Zarza avait cinq réponses justes, c'est-à-dire si son père les lui concédait, la fillette recevait un baiser sur la joue et quelques petites pièces de monnaie, puis elle pouvait s'en aller. C'était ce qui se passait parfois : après plusieurs erreurs et une terrible inquiétude, Zarza était libérée. Mais en général, elle perdait ; elle faisait les cinq fautes fatidiques qui la condamnaient au châtiment.

– Ah ! tu as perdu encore une fois ! proclamait son père entre deux éclats de rire. Tu ne sauras jamais jouer à ce jeu.

Battue, Zarza devait baisser sa culotte et se mettre à plat ventre sur les genoux de son père. Et il commençait alors à lui administrer une fessée, d'abord pas très fort, la paume bien ouverte, sur ses fesses nues. Le soleil de la sieste pesait sur le monde, réchauffant l'air du bureau malgré les portes coulissantes ouvertes sur le jardin et la piscine ; et dans cette atmosphère lourde et suffocante tombait et retombait la main de papa sur le derrière rond de la petite Zarza ; d'abord doucement, puis plus fort et de nouveau doucement ; par la suite, elle avait droit à quelques claques bien sonores sur sa peau rougie et enfin à une série de coups rythmés ; les mains de papa étaient, par moments, presque caressantes, à d'autres, elles faisaient mal, tandis que par la fenêtre ouverte pénétrait une odeur entêtante de chlore et le bourdonnement malsain des frelons.

Tout à coup, le portable sonna, une petite musique niaise et sautillante que Zarza écouta avec effroi. Dès la première note, elle sut qu'il s'agissait de Nico. Tout en conduisant, elle fouilla frénétiquement dans son sac jusqu'à ce qu'elle trouve l'appareil, elle l'approcha ensuite de son oreille avec une certaine appréhension comme si le simple fait d'écouter pouvait la blesser.

– Oui…

– Tu vas encore raccrocher ?

C'était lui, il n'y avait pas à en douter ; une voix plus rauque, plus âgée. Mais il y avait sept ans qu'ils ne s'étaient pas parlés, et sept ans c'est beaucoup, surtout en prison.

– Non… susurra-t-elle, presque à bout de souffle.

Comment avait-il pu découvrir ce numéro de téléphone ? Mais Nicolás avait toujours été le plus intelligent, le plus intrépide de tous, le plus capable.

– Tant mieux. Tu n'arranges rien en fuyant. Tu sais que, de toute façon, je vais te coincer.

C'était vrai : Zarza le savait.

– Qu'est-ce que tu veux de moi ?

– Tu me le demandes encore ? Te faire payer pour ce que tu m'as fait.

– Où es-tu ?

– Toujours derrière toi, dit-il. Et il raccrocha.

Et si c'est vrai ? pensa Zarza ; et s'il me suit ? Elle était sur l'avenue d'Uruguay, dans le flot de voitures plus ou moins fluide du milieu de la matinée. Elle regarda dans le rétroviseur : il était peut-être dans cette voiture rouge, ou dans la Peugeot blanche,

40

ou même dans la camionnette... Il avait dû sûrement l'attendre dans la Résidence de Miguel; quand elle avait regardé autour d'elle, elle n'avait pas su le découvrir, mais il était, à coup sûr, blotti comme une bête nuisible et rusée, caché dans une voiture ou à un angle de rue. Oui, il était évident qu'elle était une imbécile, Nico avait dû l'attendre dans les alentours de la Résidence et maintenant, il était derrière elle, l'observant avec l'impunité du chasseur. Perturbée par l'angoisse, elle longea l'arête du trottoir au milieu des coups de klaxon des autres conducteurs jusqu'à ce qu'elle trouve une place pour se garer. La Peugeot blanche passa, la camionnette passa, la voiture rouge passa. À côté d'elle, les véhicules continuaient à avancer en cadence comme un troupeau de bêtes en métal. Elle resta un bon moment arrêtée au bord du flot de voitures et de la vie routinière du matin, attendant que ses pulsions se normalisent. Apparemment, il n'y avait personne derrière elle. Zarza respira profondément: elle ne pouvait se permettre d'avoir de telles peurs. Elle essaya de savoir quel était le numéro de Nicolás, mais il n'y avait rien sur l'écran du portable. Elle consulta sa montre: onze heures quarante. Elle se rendit alors compte qu'elle était juste à côté de la maison de Martina; elle n'y avait pas pensé jusqu'alors, mais celle-ci avait peut-être des nouvelles de Nicolás. Toutefois, il y avait très longtemps que Zarza ne voyait plus sa sœur et elle ne savait pas comment elle réagirait en sa présence. Toujours est-il qu'elle décida de lui rendre visite. Elle ne voyait pas ce qu'elle pouvait faire d'autre.

Elle laissa la voiture où elle était et se mit à marcher. Il suffisait de tourner au premier coin et de descendre la rue Colombia pour arriver à la rue del Perú. Les soldes de janvier avaient commencé et, comme c'était un quartier commercial, il y avait du monde sur les trottoirs. Oui, naturellement, elle pouvait toujours suivre sa première impulsion et quitter la ville, voire le pays. Disparaître dans les replis de la Terre, comme son propre père. Mais avec quel argent? Pour quoi faire? Sa vie actuelle n'était pas une telle réussite qu'elle méritait qu'on se batte pour elle. En fait, elle était plate et anodine. À part ses visites à Miguel et ses manuscrits médiévaux, ses journées étaient un vague étourdissement, une somnolence sans rêves. Une torpeur relativement attrayante parce que l'abrutissement est l'état le plus proche de l'innocence. Mais l'arrivée même de Nicolás l'avait arrachée à ce rêve diurne, à cette quotidienneté soporifique. À peine réveillée, Zarza découvrait qu'elle était trop lasse pour continuer à fuir ; elle se sentait plus vieille et sans énergie, comme si son squelette était trop lourd pour elle. Non, elle ne partirait pas. Elle avait promis à Miguel de ne plus l'abandonner. Elle aurait beau courir et se cacher, il finirait par la retrouver.

Zarza marchait dans la rue et, pour la première fois depuis longtemps, elle regardait autour d'elle, attentive au moindre détail suspect, au moindre bruit, aussi vive qu'un écureuil dans un champ sans arbres. Ce n'était pas une attitude habituelle chez elle, car elle essayait toujours d'éviter les lieux publics et, quand elle ne pouvait faire autrement que se mêler à la foule, elle avançait les yeux rivés sur le sol. Elle avait horreur que les gens d'autrefois la reconnaissent ; que surgisse quelqu'un qui l'avait connue à l'époque cruelle de la Blanche. Son physique irlandais, si peu courant, était un inconvénient : on ne l'oubliait pas. C'était déjà arrivé une fois ; dans le métro, un soir, alors qu'elle revenait de la maison d'édition. Le wagon était à moitié vide et l'homme s'était approché, probablement encouragé par l'exiguïté de l'espace et l'absence d'issue.

– Ça alors ! La jolie rouquine aux taches de rousseur sur les cuisses... avait-il dit sans acrimonie, presque poliment.

C'était un individu d'une soixantaine d'années, rondelet et chauve, qui portait un costume foncé à quatre sous et une chemise en Tergal blanche. Zarza ne se souvenait pas du tout de lui. Elle ne l'avait jamais vu.

– Alors ? On va au travail ? avait-il demandé en esquissant un pathétique sourire narquois.

– Je crois que vous vous trompez de personne, avait répondu Zarza, la gorge sèche.

– Tu parles si je me trompe ! Et même que ça n'avait pas du tout marché... avait dit le type.

42

Puis sa voix s'était éteinte lentement et il n'avait plus insisté. Peut-être était-ce un brave type. Zarza l'aurait tué. Elle aurait voulu lui planter un couteau juste au-dessus du nombril, dans ce ventre qu'on devinait volumineux et mou, ouvrir vers le bas ses entrailles graisseuses et arriver jusqu'à son membre flasque et ridé, ce morceau de viande foncé et prétentieux et le trancher net. Mais elle ne le fit pas. Elle ne l'émascula pas, ni lui ni les autres, tous les autres ventres anonymes des années cruelles. La seule chose que fit Zarza ce soir-là, ce fut de quitter le wagon à la première station; le lendemain, elle acheta une voiture d'occasion et elle ne reprit plus jamais le métro.

Zarza pensait péniblement à tout cela en marchant dans la rue d'un pas vif. Autour d'elle, la ville commerçante bouillonnait, la ville heureuse et lumineuse qui avait toujours été la ville des autres. Pas plus Nicolás qu'elle n'avaient réussi à vivre dans l'insouciance. Elle se souvenait de la maison de son enfance comme d'une immense chambre à coucher toujours plongée dans la pénombre; sentant la maladie, les draps sales et l'air surchauffé, cet air immobile et vieux des pièces qui ne sont jamais aérées. Et il y avait des nuits interminables et des couloirs sombres, et au bout de tous, on tombait sur papa blotti, papa grand, beau et moustachu, papa le chasseur, avec ses baisers et ses mains qui, parfois, faisaient mal. Impossible de lui échapper: il était l'araignée régnant dans sa toile. Quand la poétesse argentine Alejandra Pizarnik s'était suicidée à trente-six ans, on avait retrouvé sur sa table un papier avec ses derniers vers: "Au centre exact du chaos/régnait Dieu, l'araignée." Quand Zarza lut ces lignes, elle les reconnut comme siennes et pensa que la maison de son enfance devait ressembler à la dernière demeure de Pizarnik. À coup sûr, des endroits identiques, des enfers parallèles, des cauchemars reliés par le même fil de soie abdominal.

Juste à ce moment-là, elle le sentit. Elle était presque arrivée au coin de la rue del Perú quand elle sentit, dans son dos, quelqu'un fouler la lisière de son ombre. Elle eut terriblement envie de se retourner et de regarder derrière elle, mais elle n'osa pas. Elle retint d'une main son cœur défaillant: Nico était là. Elle s'en rendait compte. Elle le savait. Elle pressa un peu le pas parmi les passants placides et chargés de paquets, mais elle ne réussit pas à se débarrasser de l'emprise de cette présence dans son dos. Zarza se mit à transpirer malgré le froid. Devant elle s'ouvrait maintenant la rue del Perú, un passage résidentiel, sans boutiques, à ce moment-là vide de piétons et de voitures. Au fond, il y avait le porche de la maison de sa sœur, mais Zarza n'osa pas continuer, elle ne pouvait s'aventurer dans cette rue solitaire poursuivie par son chasseur. La tête lui tournait. Étourdie, elle se mit à courir dans la rue Colombia, se heurtant de temps à autre aux passants qui la regardaient, mi-offusqués mi-étonnés, marchant nonchalamment dans cette ville heureuse où personne n'avait à courir pour sauver sa vie. Elle traversa des passages cloutés, sauta par-dessus les rebords des trottoirs et tourna à des coins de rue sans regarder où elle allait, le sang battant dans ses oreilles, le cerveau aveuglé par la peur, jusqu'à ce que l'épuisement lui enfonce une lame de fer au bas des côtes et qu'elle doive s'arrêter, à bout de souffle, pliée en deux par la douleur, ses mains appuyées sur ses genoux et une constellation de points noirs devant les yeux.

Deux pâtés de maisons plus bas, on voyait une entrée officielle, des drapeaux, quelques véhicules blancs de la police. Un commissariat. Zarza songea un instant à s'en approcher et à aller dénoncer Nico. Mais que leur dirait-elle? Qu'un ancien détenu la poursuivait? Avec quelles preuves? Que pourrait faire la police pour elle? Ils n'allaient évidemment pas la protéger et si Nicolás apprenait cette nouvelle dénonciation sa fureur redoublerait. Zarza la moucharde. C'était surtout de cela qu'il s'agissait: elle ne voulait plus être Zarza la moucharde. Le duc disait qu'aux balances, on leur coupait la langue, ce qui lui était vraiment arrivé, elle n'avait plus ni langue ni parole. Il y avait des années que Zarza ne disait plus rien de sensé, rien qui vienne de son cœur; elle n'avait même pas pu dire à son frère Miguel qu'elle l'aimait, qu'elle n'avait que lui. Dans la tête de Zarza des phrases s'embrasaient, tournoyaient sans trouver d'issue, des phrases que sa langue amputée de moucharde rendait muettes. Tant et si bien qu'elle ne le dénoncerait jamais plus.

Zarza redressa le buste, encore haletante et endolorie, et s'aperçut qu'elle ne sentait plus cette présence menaçante dans son dos. Elle se retourna : des passants, des voitures qui roulaient, pas de trace visible de Nicolás. Elle avait, une fois de plus, perdu son sang-froid. Elle s'était de nouveau laissée vaincre par la frayeur. Elle rebroussa chemin d'un pas normal et ce qui, quelques minutes auparavant, avait été un affolant décor de cauchemar n'était maintenant qu'un ennuyeux et banal quartier bourgeois. De toute façon, elle décida de ne pas rendre, pour le moment, visite à sa sœur ; elle préférait retrouver la protection de sa voiture, se mettre à l'abri, se sentir protégée, se calmer et peut-être téléphoner à Martina, si elle retrouvait son numéro.

Sa voiture l'attendait comme un chien fidèle au bord du trottoir ; elle y entra, épuisée et soulagée, comme quelqu'un qui arrive dans un refuge de montagne en pleine tempête de neige. Elle verrouilla les portes et déboutonna sa veste. Elle était encore en nage, tant à cause de la peur que parce qu'elle avait couru ; c'était une humeur visqueuse et envahissante, telle celle qui l'inondait, bien des années auparavant, quand la Blanche venait à manquer. Je suis idiote, se dit Zarza ; je vais finir par devenir folle si je continue à imaginer des fantômes un peu partout. C'est alors qu'elle vit le mot. Sur le pare-brise, *à l'intérieur de la voiture*, sur le tableau de bord. Une feuille blanche, pliée en deux. Zarza la prit, sur le point de s'évanouir, se sentant mourir à chaque mouvement : en tendant la main, en prenant le papier, en le dépliant. Sentant qu'elle n'aurait pas la force de le lire. Mais elle l'eut, parce que les êtres humains sont capables de supporter l'insupportable. Elle lut : *Toujours derrière toi et de plus en plus près.*

La première fois qu'elle s'abandonna à la Blanche, Zarza vomit. Il était normal que les premières fois tu vomisses, comme si la Reine voulait jouer cartes sur table et t'avertir, dès le départ, que son amour allait te décomposer les entrailles, que son immense séduction n'était qu'un mirage scatologique. Mais la rigueur des débuts ne dissuade personne : même quand les nausées te secouaient, tu voulais continuer à te jeter dans ses bras, te fondre en elle et disparaître dans sa beauté glacée. C'est que la première fois, il est déjà trop tard : souvent un seul de ses baisers suffit à faire tomber à ses pieds. Ce qui arriva à Zarza, quinze ans auparavant. Elle expulsa jusqu'à son âme par la bouche mais, à l'intérieur d'elle-même, ce fut comme un feu d'artifice, tel un colossal orgasme. Elle entra dans le palais de la Reine où tout était bien-être et propreté. Même les habits puants de Zarza, maculés de ses propres vomissures, ne souillaient pas cette atmosphère resplendissante et sereine. La beauté de la Blanche est paisible, comme le cœur d'un iceberg.

Ce fut Nicolás qui l'y mena. Il avait déjà rendu visite à la Reine deux fois et il voulut aussitôt prendre Zarza avec lui, comme il l'avait toujours fait. Dès leur plus jeune âge, ils avaient toujours été unis comme les doigts de la main. Ils étaient jumeaux et pourtant ils ne se ressemblaient pas physiquement ; Zarza et Miguel avaient hérité de la constitution celte et fragile de leur mère, tandis que Martina et Nicolás ressemblaient à leur père : grands et robustes, larges d'épaules, le teint olivâtre, les cheveux noirs et frisés. Mais, dès le berceau, Nico et Zarza avaient maintenu entre eux un niveau de communication extraordinaire, une telle complicité qu'elle finissait par en être inquiétante. Ils tombaient malades ensemble, ils riaient ensemble, ils pleuraient ensemble. Leurs dents sortaient en même temps et ils se cassaient le même os le même jour en tombant de leurs bicyclettes identiques. De fait, la seule idée de foyer que Zarza gardait en mémoire, c'étaient les bras de son frère, qui étaient devenus de plus en plus moelleux et protecteurs, mais aussi de plus en plus dominateurs au fur et à mesure que le garçon grandissait, se faisait homme, devenait deux fois plus épais que la gracile Zarza.

— Quand on sera grands, je construirai une maison au centre d'un parc et, toi et moi, on ira y vivre, disait souvent Nicolás par ces après-midi humides et sombres d'hiver où l'ennui ressemblait trop à de la tristesse.

— Et Miguel. Nous et Miguel, ajoutait alors Zarza.

— Bon, Miguel peut venir aussi. La maison sera comme un château et tous les gens du village seront intrigués par nous, parce qu'ils ne nous verront jamais ou pratiquement jamais. Et quand ils nous verront passer à toute vitesse dans une voiture noire, ils penseront que nous sommes mari et femme.

— Et que Miguel est notre fils…

— Qu'est-ce que tu racontes… Cet imbécile sera trop vieux pour être notre fils.

— Miguel n'est pas un imbécile. C'est toi, oui, qui es un idiot… disait Zarza d'un ton irrité.

— Tu m'as traité d'idiot? Tu m'as traité d'idiot! répliquait Nico piqué au vif en jouant les fortiches, mais sur un ton badin.

Toutes les disputes se ressemblaient. Nico essayait d'immobiliser Zarza qui se défendait en le pinçant et en lui tirant les cheveux. Ils roulaient tous les deux sur la couverture qu'ils avaient étendue par terre; à la fin, Nico se retrouvait toujours dessus et Zarza se rendait, fâchée, mais pas vraiment mécontente d'avoir perdu. Parce que Nicolás devenait alors l'être le plus magnanime et le plus affectueux de la planète, et les deux enfants se couchaient en s'étreignant et écoutaient la petite boîte à musique. C'était leur foyer.

La boîte à musique était un cube parfait de bois de santal parfumé et orné d'une rose en marqueterie sur le couvercle. En fait, il s'agissait d'un coffret à bijoux; quand on soulevait le couvercle, la face avant s'ouvrait en même temps, révélant de petits tiroirs tapissés d'un vieux velours rouge sang. À l'intérieur du couvercle, au lieu du traditionnel miroir, quelqu'un avait mis une photo en noir et blanc protégée par un verre. La famille Zarzamala-O'Brian au grand complet. D'après les habits, elle avait dû être prise en été par une journée radieuse qui mouchetait de lumières et d'ombres l'arrière-plan comme s'ils étaient dans la joyeuse fraîcheur d'une allée de peupliers, sous les feuilles vertes baignées par le soleil. Maman souriait et regardait l'appareil de face, ignorant qu'elle s'enterrerait très vite dans la tombe éplorée de son lit pour ne jamais en ressortir; dans ses bras, dans les bras improbables de cette mère encore vivante, Miguel n'était qu'une boule de chair, si mignon et si sain avec ses menottes potelées, ses dix petits doigts et ses dix petits ongles, parce que, à l'époque, il ne lui manquait encore apparemment rien de ce que tout enfant doit avoir. Martina, l'aînée, était à droite. Elle devait aller sur ses huit ans et était déjà hautaine et droite comme un i, mais elle souriait, elle aussi, comme souriaient les jumeaux âgés de quatre ans, main dans la main, portant la même petite chemise à raies, que de vie avant l'arrivée de la Blanche! Bref, ils avaient tous l'air heureux, plus heureux qu'ils ne l'avaient jamais été, mais Zarza n'avait gardé aucun souvenir de cette journée ni de cette allée ensoleillée, pas plus qu'elle ne se rappelait que jamais, au grand jamais, ils étaient sortis ensemble pour se promener. Parce que tout au fond, derrière le groupe, protégeant ou peut-être étreignant les siens de ses solides bras, il y avait papa, ce papa-Dieu, le père-araignée, même si sur cet instantané il avait l'air d'être le meilleur papa du monde avec son sourire bonasse et franc sous sa moustache arabe, avec la béatitude du père protecteur.

C'est maman qui leur avait offert la boîte à musique; mais peut-être ne s'agissait-il pas exactement d'un cadeau. Un après-midi, alors que leur mère était, comme toujours, lovée dans son lit et sa tristesse, elle avait dit simplement aux jumeaux : "Prenez." Ils avaient pensé que la boîte était un présent et elle devint un objet magique, un talisman de leur enfance. Souvent, surtout par les longs dimanches d'hiver longs et vides, Nico étendait une couverture sous la table de la salle à manger des invités. Cette table était un meuble lourd et encombrant, conçu pour douze couverts, dont on ne s'était jamais servi, parce qu'il n'y avait jamais eu d'invités. La salle à manger était toujours fermée, elle avait cet aspect maussade, hostile des pièces toujours closes et qui ne semblent jamais assez chauffées. À vrai dire, la maison tout entière était ainsi. Tel un édifice malade destiné à autre chose, à la vie réelle et vraie, mais qui, par quelque étrange malédiction, serait devenu de plus en plus inutile et vétuste, avec des salles à manger pour invités sans invités, des salles de jeux sans jeux, des chaises longues dans le jardin sans personne pour s'y allonger.

Mais sous la table, c'était un autre monde. Sous la table, couchés sur la couverture et une lampe de poche à la main, Nico et Zarza se sentaient à l'abri, protégés des pluies de météorites et des éclairs des dieux fulminants. La vie de la maison était cantonnée de l'autre côté de la porte fermée (des pieds traînant dans les couloirs, de lointains tintements dans la cuisine) et le simple fait d'être dans une pièce qui n'était jamais utilisée les éloignait encore plus du monde réel que le fossé bourbeux d'un château-fort. Ils prenaient avec eux la boîte à musique, en soulevaient le couvercle et entendaient sa mélodie, quelques notes fines et carillonnantes que Zarza avait toujours pris pour de la musique chinoise jusqu'au jour où, alors qu'elle était beaucoup plus âgée, elle reconnut quelques notes d'une *Gymnopédie* de Satie ; et ils contemplaient, étonnés et souvent irrités, le témoignage photographique de ce bonheur familial qu'il révélait et que, forcément, quelqu'un avait dû leur voler. Telle était la véritable saveur de l'enfance pour Zarza : la couverture rêche, la ritournelle chinoise, la pénombre protégée du refuge, les bras de Nicolás et, plus loin, juste au bord de la table, assis par terre, un peu de bave à la commissure des lèvres, toujours proche mais pas trop, il y avait le petit Miguel qui ne disait pas un mot et cachait peut-être quelques bleus sur ses jambes fines comme des allumettes ou son dos pâle et osseux.

Zarza n'avait jamais porté d'armes, même quand arriva ce qui arriva. Elle avait refusé d'en utiliser et c'est à cela qu'elle dut son salut. Si tant est que l'on puisse vraiment parler de salut. Presque à la fin, alors que tous les deux étaient fort mal en point et que Zarza avait été expulsée de la Tour parce que son allure négligée dissuadait les clients, Nicolás décida de se procurer des pistolets.

– Ce sont les derniers billets qui nous restent… comment peux-tu les gaspiller pour ce truc merdique ? protesta-t-elle.

– C'est justement pour ça, idiote, pour ça. Parce qu'il nous faut davantage d'argent.

C'est ainsi qu'il obtint ses armes, un vieux Beretta et un revolver, et il emmena Zarza hors de la ville par un vendredi pluvieux et, tout l'après-midi, à ses côtés, elle tira sur les branches des arbres rabougris des alentours de la ville pour s'entraîner et chasser la peur. Sans succès. Quand ils sortirent de chez eux le jour du hold-up, elle jeta le revolver dans un container d'ordures sans que Nicolás s'en rende compte.

Maintenant Zarza en était cependant arrivée à la conclusion qu'elle devait se procurer un pistolet. Le petit mot qu'elle venait de trouver à l'intérieur de sa voiture lui avait mis les nerfs à vif ; elle se sentait incapable de continuer à attendre son chasseur avec la passivité de l'agneau attaché à un pieu. Les armes à feu l'effrayaient, mais son frère la terrorisait encore plus. Elle n'avait pas la moindre intention de tirer sur Nico, mais elle voulait au moins pouvoir le menacer, résister un peu. Un pistolet en imposait, elle s'en était rendue compte. Quelqu'un qui avait un pistolet, c'était une voix.

51

Mais comment se procurer l'arme au marché noir ? La fois précédente, quoiqu'en rechignant, Zarza avait accompagné son frère quand il était allé acheter le matériel : elle n'avait jamais su dire non à Nico, et encore moins à cette époque. Elle essaya de se rappeler comment ils avaient contacté le trafiquant : ils avaient acheté les armes dans une petite boutique de la rue Miralmonte, sordide labyrinthe de la vieille ville situé sur le territoire de la Reine. Zarza décida d'aller y faire un tour. Bien des années avaient passé et il y avait peu de chances que le contact y opère encore, mais elle n'avait pas d'autre piste.

C'était maintenant un quartier piétonnier ; aussi le taxi la déposa-t-elle sur une minuscule place aux poubelles arrachées par les vandales et au sol jonché de frites, de grosses gouttes de ketchup sanguinolent et de sachets huileux du fast-food du coin. Un peu plus loin, commençait la rue Miralmonte. Zarza y entra et longea en vain les trottoirs. Elle cherchait une petite épicerie, l'un de ces minuscules commerces familiaux où l'on vend du pain frais, du vin en vrac et de la charcuterie. Cet endroit était resté gravé dans sa mémoire : au fond la glacière, contre les murs les étagères bourrées d'articles. Et la petite vieille aux cheveux teints en roux qui servait. Cette même petite vieille qui avait ordonné de la tête à un homme mûr, peut-être son fils, d'aller chercher la marchandise dans l'arrière-boutique, tandis qu'elle, imperturbable, coupait des tranches dans un jambon d'York, recouvert d'une pellicule de caoutchouc, qui ressemblait à une gigantesque gomme rose. Le type rapporta les armes enveloppées dans du papier d'emballage, comme s'il débitait du poisson. Tout juste s'il ne les pesa pas sur la balance.

Mais plus la moindre trace de cette petite boutique dans la rue Miralmonte. Il y avait une boîte d'informatique, une boutique de vêtements bon marché, un bar long et étroit, une mercerie. Elle observa tous ces établissements de l'extérieur : une normalité décourageante et la vieille aux cheveux en bataille n'était nulle part. Elle devait être déjà morte.

Ne sachant que faire, Zarza retourna à la petite place. Au milieu de l'espace exigu et triangulaire, assis sur le seul banc qui n'avait pas encore été cassé, il y avait un garçon d'une vingtaine d'années. Il faisait un froid de canard et une croûte de givre s'entassait sur les deux pouces de terre sale qui, en d'autres temps, avaient aspiré à être un jardinet. Rien n'engageait vraiment à s'asseoir sur ce banc polaire, mais le garçon était là, immobile et recroquevillé sur lui-même, juste couvert d'un blouson en jean. Zarza eut une idée. Parce qu'elle savait. Tout compte fait, c'était encore la cité de la Blanche.

— Salut, dit Zarza en s'asseyant à côté du type et en sentant le froid du banc lui mordre les cuisses.

Le garçon se contenta de lui jeter un vague coup d'œil.

— Salut, répéta-t-elle, je cherche une boutique qui autrefois était ici, il y a sept ans…

— Je ne sais rien. Je ne suis pas d'ici, murmura-t-il sans la regarder.

Non, bien sûr qu'il n'était pas de là! Tous venaient d'ailleurs et finissaient par devenir prisonniers de la Reine.

— Ça ne fait rien, ce n'est pas ce que je veux… Ce que je cherche, c'est une arme. Toi, peut-être que tu sais. Dans la rue, on sait toujours un peu tout, non?

Le jeune sursauta et la regarda, effrayé, miraculeusement réveillé.

— Je ne sais rien, répondit-il d'une voix beaucoup plus claire.

— N'aie pas peur. Je ne suis pas de la police. Je…

— Toi, tu veux ma perte, je ne sais rien! cria l'autre. Il se leva d'un bond et fila vers le bas de la rue, disparaissant comme un feu follet à la première encoignure. Zarza resta sur le banc, bouche bée, prise dans un tourbillon d'air froid.

Je suis une imbécile, pensa-t-elle, je suis une imbécile. Elle était encore sonnée, cherchant à digérer ce qui s'était passé. Avant, ça ne me serait pas arrivé, pensa-t-elle; avant les choses n'étaient pas comme ça. Avant elle faisait partie du monde de la Reine, mais plus maintenant. Les sujets de la Reine partageaient une même réalité; non pas qu'il y eût entre eux une grande complicité, mais plutôt un égoïsme aveugle et frelaté. Cependant ils possédaient un langage commun. Ils pouvaient se comprendre. Maintenant Zarza avait franchi la frontière, elle n'appartenait plus au monde de la rue, à la ville nocturne, et les sujets de la Reine la fuyaient. Mais elle n'appartenait pas non plus à la ville diurne, à la vie toute simple et relativement satisfaite, ou du moins à la vie ennuyeuse. Parce que là où règne l'ennui, la souffrance n'existe pas. Elle avait essayé de s'inventer un semblant de grisaille avec sa vie quotidienne insipide et ses petites routines, mais elle n'avait jamais réussi à s'intégrer vraiment à une vie inoffensive et niaise. Zarza – maintenant elle s'en rendait compte – flottait au beau milieu du vide, elle n'était ni dans un monde ni dans un autre, mais sur la terre brumeuse de personne. Elle s'adossa au banc gelé, dont les barres lui entraient dans le dos, et contempla avec des yeux d'étrangère la cité de la Blanche, cette grande ville minérale, crasseuse et babylonienne qui se pressait autour d'elle, une sorte de Calcutta avec des fast-food. Quelque part, dans ce sombre labyrinthe blessé, il y avait sûrement Nicolás, son chasseur, son frère, son bourreau. Zarza frissonna et songea une fois de plus à la nécessité de se procurer une arme. Et c'est alors qu'elle pensa à Daniel.

Daniel était le barman du Désiré, ou du moins l'était-il huit ans auparavant, quand Zarza avait cessé de le voir. Le Désiré était le bar à hôtesses où travaillaient les meilleures filles de Caruso ; au début, Zarza s'y trouvait aussi. Daniel était l'âme du lieu. Les filles se sentaient en sécurité avec lui, non pas parce qu'il avait recours à la force brutale (quand il fallait donner des gnons, on faisait appel aux "gros bras" de Caruso) mais parce qu'il réussissait à éteindre toute velléité d'agressivité par des paroles judicieuses et pleines de bon sens. C'était un type mince et élégant ; il ressemblait à un prince italien avec ses cheveux raides et noirs, ses sobres chemises de soie et ses pantalons à pinces qui dissimulaient l'excessive largeur de ses hanches. Pourtant, il était issu d'une famille de banlieue fruste et décomposée. Dès son plus jeune âge, il avait dû s'occuper d'une horde de frères ; c'est à peine s'il était allé à l'école, mais il avait appris à lire et à écrire tout seul et ses lettres laborieuses et serrées ressemblaient à des insectes. Il avait en plus un instinct inné de la beauté ; même s'il ignorait tout des époques, des styles et des maîtres, il aimait la peinture et la porcelaine ancienne et était capable d'arranger un bouquet de fleurs dans un pot de façon plus harmonieuse qu'un maître jardinier japonais. Il était très efféminé, mais peu enclin à se comporter avec l'exubérance tapageuse propre aux serveurs *gays* dans ces lieux nocturnes. En fait, il parlait peu et était assez réservé dans la manifestation de ses émotions ; mais il savait écouter ou du moins savait arborer cette expression mi-neutre mi-attentive de celui qui s'intéresse à ce que l'autre dit mais sans jamais prononcer de jugement moral. Ainsi, en s'impliquant et en restant savamment distant, cette formule infaillible des psychanalystes, Daniel avait réussi à devenir une sorte d'institution de la Tour et de ses environs : tout le monde le choisissait pour en faire le dépositaire des confidences. S'il était encore au comptoir, pensa Zarza, Daniel devait bien savoir où l'on pouvait trouver un pistolet.

En ce temps-là, autrefois, dans l'autre vie, l'ère de la Blanche, Daniel habitait dans les parages, la rue Trovadores, près du centre. Zarza consulta sa montre ; treize heures cinq. À cette heure-là, il devait encore dormir. Tant mieux, ainsi elle le trouverait chez lui. Du moins s'il n'avait pas déjà déménagé.

Zarza ne se souvenait pas très bien du numéro de l'entrée, la deuxième à droite après le feu. De plus, celle-ci n'avait pas changé : peut-être était-elle juste un peu plus sale, un peu plus rongée par l'humidité, un peu plus écaillée. Elle monta à pied, il n'y avait pas d'ascenseur jusqu'au quatrième et dernier étage. La porte de Daniel venait d'être repeinte d'un vernis vert fluo. Zarza crut y déceler l'enthousiasme rénovateur des nouveaux locataires et elle craignit le pire, il n'empêche qu'elle appuya sur la vieille sonnette, recommença deux fois, les sons stridents rebondissant dans le silence. Elle allait repartir quand elle entendit un bruit de verrou tiré parcimonieusement. La porte s'ouvrit et Daniel, endormi, apparut. Il portait un tee-shirt orné d'une inscription publicitaire, un pantalon de pyjama lilas trop court, il avait jeté un vieux peignoir sur ses épaules et ses pieds nus étaient enfoncés dans des chaussures montantes à la fermeture Éclair ouverte. L'homme s'adossa à l'encadrement de la porte et leva les sourcils, mi-surpris mi-interrogateur. Zarza sentit une rougeur violente et inattendue lui enflammer les joues. Elle se racla la gorge, mal à l'aise, parce qu'elle n'avait pas prévu que cette rencontre pourrait la troubler.

— Salut, Daniel… Tu te souviens de moi ?

— Bien sûr, grogna-t-il avec la voix rauque et grave de ceux qui viennent de se lever. Bien sûr. Comment ne me souviendrais-je pas de toi ! Tu es Zarza.

— Excuse-moi de te déranger. Tu dormais, bien sûr. Mais je voulais te demander un service.

Daniel la regarda sans ciller, comme s'il s'interrogeait sur les complications à venir. Après tout peut-être luttait-il simplement pour se réveiller. Au bout d'un moment, il haussa les épaules.

— Bon, entre!

Zarza suivit l'homme. L'appartement venait, lui aussi, d'être repeint. Il y avait des tapis de corde, des rideaux de coton aux couleurs brillantes, des reproductions de Vélasquez arrachées à quelque revue et punaisées aux murs. Un endroit modeste mais décent. Daniel traîna ses chaussures informes jusqu'au frigidaire, en sortit un Coca-Cola et se laissa tomber sur une chaise près de la table basse. Il était plus gros, pensa Zarza. Bien plus gros, et il avait vieilli. Des cernes rougis par le sommeil, quelques cheveux se battant en duel, la ligne de son crâne transparaissant sous sa calvitie naissante : qu'étaient devenus ses beaux cheveux raides et noirs, sa lourde frange princière ? Les kilos superflus avaient arrondi ses hanches, dessiné un embryon de double menton et ils s'entassaient dans les replis proéminents sous le tee-shirt trop juste. À son bras droit, sur l'os du poignet, il y avait un petit tatouage. Ce qui étonna Zarza, parce que le Daniel dont elle se souvenait n'était pas très partisan de ce genre d'ornements épidermiques. En regardant plus attentivement, elle vit une petite rose bleue et rouge bordée d'un nom de garçon : JAVIER. Ce qui lui parut encore plus étrange, car le très discret Daniel ne parlait jamais de ses amours. Évidemment, tout cela c'était avant, bien avant, huit ans auparavant. Que s'était-il donc passé depuis ? Toujours est-il que Daniel était devenu physiquement une autre personne. Il avait encore un visage agréable et une certaine distinction naturelle, mais il ne ressemblait plus à un prince toscan, plutôt à une matrone romaine. Le temps avait été sans pitié. Zarza se demanda jusqu'à quel point elle aussi donnait à voir de tels ravages. Tout compte fait, ils devaient avoir à peu près le même âge ; peut-être Daniel avait-il deux ou trois ans de plus qu'elle, ce qui en faisait un quadragénaire. Elle aussi frisait dangereusement la quarantaine, ce qui ne laissait pas de la surprendre quand elle y pensait : comment avait-elle pu être si négligente pour vivre sans même s'en rendre compte, pour perdre misérablement tant d'années.

– Tu es en forme, dit tout à coup Daniel, comme s'il avait pu lire dans ses pensées. Tu es assez en forme. Tu as bonne mine. Je ne m'attendais pas à te revoir. Je te croyais morte.

– Toi… toi aussi, tu es en forme, dit Zarza en mentant.

– Bof. Je suis devenu un phoque.

Daniel vida son Coca-Cola et fit claquer sa langue. Sous les trop courtes jambes lilas de son pyjama apparut furtivement une bande de mollets blancs et glabres.

– Je t'écoute.

– J'ai besoin d'un pistolet.

– Tu as besoin d'un pistolet?

– Mon frère est sorti de prison. Tu te souviens de lui? Nicolás, mon frère jumeau. Il est sorti de prison et il me menace.

– Pourquoi?

Zarza respira profondément.

– Parce que je l'ai dénoncé à la police.

– Ah ma petite, ça c'est pas bien…

Zarza accusa le coup, le dédain moqueur et la distance.

– Je ne suis pas fière de ce que j'ai fait, Daniel, mais je ne suis pas venue ici pour me justifier. Si tu veux et peux m'aider, parfait. Et si c'est non, c'est pareil. Je ne vais pas te raconter ma vie. Je ne suis pas une de tes clientes du Désiré, dit Zarza avec une certaine violence.

– Je ne suis plus au Désiré, répondit placidement Daniel. Je me suis disputé avec ce fils de pute de Caruso. Maintenant je suis au Hawaï. Un petit bar qui vient d'ouvrir, pas loin d'ici. Un antre plutôt pire. Tout empire tous les jours. Je me fais vieux.

– Dommage!

– Bof! Mais toi aussi, tu as pris de l'âge. À t'écouter, on dirait qu'il n'y a que moi qui ai vieilli.

– Je ne pensais pas à l'âge. Mais au fait d'avoir quitté le Désiré et tout ça.

Dans le fond, Zarza regrettait *tout ça*. Dommage, avait-elle dit, et elle songeait au corps replet de Daniel, aux années perdues, aux humiliations et aux échecs, aux petites sommes d'argent qu'elle avait volées dans son portefeuille tout à la fin, au

Désiré, au processus de démolition intérieure, à la disparition de l'espoir.

— Passons, dit-il. Donc tu veux flinguer ton frère ?

— Non ! Je veux simplement pouvoir me défendre. Le dissuader. Je veux lui montrer le pistolet, je veux qu'il voie que je suis armée.

— OK. Et pourquoi moi ? Qu'est-ce que j'ai à voir avec cette affaire ?

— Rien. Mais je n'ai personne qui puisse m'aider. Il y a longtemps que je ne suis plus dans la rue, je n'ai aucun contact. À toi, on te raconte tout. Je suis sûre que tu sais où on peut se procurer une arme.

Daniel la regarda d'un air songeur.

— Je ne sais rien. Et en plus, à supposer que je sache quelque chose, ces histoires d'armes, c'est très risqué. On ne sait jamais ce que l'autre va faire avec le flingue. Qui va y passer, dans quoi tu vas tremper.

— Mais tu me connais…

— Oui. Je te connais.

Zarza rougit de nouveau.

— Ça fait sept ans que je vis bien sagement. Je crois que je ne suis plus la même.

Il y eut un petit silence qui lui fit l'effet d'une violence insupportable. Elle se leva d'un bond, décidée à en finir.

— Bon, ça va, Daniel. Je m'en vais. Excuse-moi de t'avoir dérangé. Tu as raison, tu n'as rien à voir avec tout ça.

— Attends… attends, ne t'énerve pas, dit-il, flegmatique et moqueur. Assieds-toi. Assieds-toi donc… À l'époque non plus, tu n'étais pas une mauvaise fille. Je t'aimais bien. Le problème, c'était la merde dans laquelle tu t'étais mise. Je connais bien cette saloperie. L'un de mes frères en est mort.

La cité de la Blanche était un étrange territoire où les classes se mélangeaient, pensa Zarza. Parmi les sujets de la Reine, il y avait de tout, mais surtout des misérables venus des bidonvilles et des enfants de riches. La Blanche s'engraissait, avec une égale avidité, aux deux bouts de l'échelle. Toutefois, bien qu'à deux pas, Daniel n'était jamais tombé dans le piège. Zarza l'envia.

– Tu es fort, Daniel... Et tu as toujours su te maîtriser... C'est ce que j'admire le plus chez toi.

– Ce n'est pas de la maîtrise, ma petite, c'est une lutte à mort, quotidienne. La vie est une guerre. Non, la vie, c'est comme avancer dans un pays inconnu. Il faut que tu sois sans arrêt sur tes gardes et à l'affût... Et chaque jour qui passe, les choses empirent, parce que tu pénètres de plus en plus dans le pays des méchants, de plus en plus seul, de plus en plus cerné. Et toi, tu essaies de te battre ici ou là, à l'intérieur de la forêt, comme Rambo, l'armoire à glace des films. Regarde ma maison, je viens de la repeindre. Je l'ai peinte moi-même, avec un rouleau, et les portes avec de la laque. Et bien ça, c'est lutter comme un brave au beau milieu de la forêt. Parce que ce qui te vient tout de suite à l'esprit, c'est de tout envoyer au diable. Que le plafond s'écroule et que la cuisine se remplisse de merde. Des fois, il te faut beaucoup de courage rien que pour remonter la fermeture Éclair de tes chaussures. Pourquoi nettoyer, pourquoi se laver ? Pourquoi faire l'horrible effort de vivre... pour aller passer dix heures au Hawaï ? Et demain je n'y serai plus, je serai dans un autre club, encore plus minable. Puis dans la rue. Ensuite, avec de la chance, une institution de charité. Mais je suis là, tu vois. En train de peindre la maison. Parce que, malgré tout, nous ne sommes pas des animaux.

– Elle est très jolie, murmura Zarza qui se trouvait stupide. Vraiment, elle est très jolie et très accueillante.

Tout le contraire de ma maison qui est un tombeau, pensa Zarza. Daniel a opté pour la lutte, et moi je m'enterre. Zarza s'enfonçait dans sa petite vie comme sa mère dans la fosse pélagique de son lit de malade.

– Je connais une personne qui peut te procurer ce que tu veux, dit Daniel. Ce n'est pas un gros poisson, mais elle est fiable. Va à los Arcos, au pub irlandais qu'il y a là-bas, je ne sais pas son nom mais tu ne peux pas te perdre, et demande à parler à Martillo. Dis que tu viens de la part de Gumersindo, le type d'Hortaleza.

— Gumersindo ?

— C'est moi. C'est mon vrai nom. Mais comme il est très laid, j'en ai changé. Daniel, c'est plus élégant, non ?

Tout en parlant, l'homme grattait son tatouage d'un geste mécanique et inconscient.

— Et ça ? demanda Zarza sans pouvoir s'en empêcher.

— Quoi donc ? répondit Daniel d'un air innocent. Toutefois, il bougea son bras et cacha le dessin.

— Ça. Excuse ma curiosité, mais un tatouage c'est une façon de rendre quelque chose public, non ? Qui est ce Javier ?

Daniel leva le bras, fronça les sourcils et contempla la tache d'encre.

— Ne dis pas est mais était.

— Il est mort ?

— Il est parti. Il m'a quitté. Il n'y a rien de plus à en dire. Je ne me souviens même pas de son visage. C'est con que les tatouages durent plus longtemps que les souvenirs.

— Excuse-moi.

Le double menton de Daniel tremblota un peu et Zarza crut que l'homme allait pleurer. Mais, à sa surprise, il se mit à rire.

— Ce n'est pas vrai. Disons que ce n'est pas une connerie. Mon tatouage me plaît, tu sais… je ne sais pas comment dire. C'est mon petit bagage.

Zarza n'avait gardé en tout et pour tout qu'une image de sa mère debout, d'une mère verticale et mondaine avant qu'elle ne se mette au lit pour toujours comme quelqu'un qui tombe dans un précipice. Il avait dû y avoir des jours et des jours de promenades, d'allées de peupliers ensoleillées comme celle de la photo de la boîte à musique, au cours desquelles les pieds blancs et délicats de sa mère avaient dû fouler la poussière de la terre; mais Zarza ne se souvenait d'aucun. Quand se produisit l'épisode qui renforça cette image unique d'une mère arpentant les rues, Zarza devait avoir quatre ou cinq ans.

C'était donc une petite fille et elle était cachée dans la dépense de la cuisine. La villa familiale du 29 de la rue Rosas avait une immense cuisine revêtue de carreaux blancs, aussi imposante et inquiétante qu'une salle d'opérations, et une dépense, un réduit haut et étroit recouvert de lattes de bois du sol au plafond. Zarza se souvenait qu'elle était dans la petite pièce, dans la pénombre, tandis que la lumière s'infiltrait par le montant de la porte de verre poli. Les étagères, remplies de boîtes de conserve, de bocaux de riz et de sucre, de paquets de biscuits et de bouteilles d'huile, étaient suspendues au-dessus de sa tête, noyées dans l'ombre, bourrées et informes, menaçantes avec leurs angles agressifs et leurs recoins ténébreux que l'imagination infantile peuplait d'immondes bestioles. Les enfants rêveurs et peureux n'aiment pas les sinuosités sombres si bien qu'il était un peu surprenant que Zarza se soit enfermée dans ce petit réduit. Pourtant elle était là, retenant son souffle pour ne pas faire de bruit, son cœur battant la chamade entre l'odeur de pourri des fromages et le parfum d'herbe fraîchement coupée des savonnettes.

Quelqu'un ouvrit alors la porte de la dépense, ou peut-être s'ouvrit-elle toute seule, parce que Zarza se revoyait tranquillement postée à l'entrée, observant sa mère debout derrière la lourde table de bois blanc qui était au milieu de la cuisine. Maman regardait fixement Zarza et elle, qui était petite et contemplait la scène d'en bas, ne parvenait à voir que le visage de maman, avec ses beaux cheveux roux tombant en deux cascades de boucles sur ses épaules ; la table lui cachait le reste du corps, entre le coude et les cuisses ; puis, sous la surface plane, apparaissaient les longues jambes fines gainées dans une jupe grise bien ajustée, les bas transparents, les talons hauts. Maman regardait fixement Zarza d'en haut et celle-ci lui rendait son regard. Il faisait très chaud, une chaleur lourde, ce devait être l'été, par la fenêtre de la cuisine entrait une lumière grisâtre et écrasante, c'était peut-être la tombée de la nuit, sur la table de la cuisine, il y avait un lapin mort et déjà écorché, la nounou allait sûrement le préparer pour le dîner. Zarza ne parvenait à voir qu'un triangle de chair caoutchouteuse qui faisait penser à un moignon, sans doute la tête de l'animal. Derrière la table et le lapin, maman regardait fixement Zarza et celle-ci lui rendait son regard.

Alors maman se pencha en avant, ses boucles bougèrent et effleurèrent ses joues blanches d'Irlandaise. Maman faisait quelque chose que Zarza ne voyait pas, elle s'agitait tout en haut, remuait les bras, il y avait un tintement de métal, peut-être préparait-elle, elle-même, le lapin. La nounou apparut à ce moment-là à la porte de la cuisine et poussa un hurlement qui coïncida avec un épouvantable coup de tonnerre, la fenêtre s'ouvrit, claqua contre l'encadrement, une bouffée de vent brûlant entra, suivie de l'aveuglante lividité électrique d'un éclair. Zarza ne savait si la nounou avait crié par crainte de l'orage ou parce que la fenêtre lui avait fait peur en s'ouvrant, ou encore, parce qu'elle pouvait contempler de là où elle était les mystères terribles et indicibles des adultes. Ce qui se passait au-dessus de la table, ce que sa mère était en train de faire. Sous la table, exactement à la taille de son enfance, Zarza vit tomber par terre un couteau taché et quelques grosses gouttes sombres et lentes, pourvu que ce soit le sang du lapin, tandis que papa, car Zarza se souvenait que papa était, lui aussi, enfermé, caché avec elle dans la dépense, serrait ses épaules d'enfant pour la protéger et exhalait une odeur de terre mouillée et de savon aux herbes, le ciel explosait au-dessus de leurs têtes, la fenêtre claquait, on aurait dit la fin du monde. Mais non.

Los Arcos, formés de deux grandes cours reliées par des arcades de brique, occupaient l'intérieur d'un énorme immeuble de bureaux. Les cours avaient été conçues, à l'origine, pour un centre commercial élégant et moderne. Mais la Blanche avait pris peu à peu possession de l'endroit et les propriétaires des innocentes boutiques du début avaient fini par s'en aller ; parmi les premiers propriétaires des restaurants, deux d'entre eux s'étaient réveillés, un matin, les genoux brisés et, à la fin, deux ans plus tard, il n'y avait plus que quelques bistrots glauques, de nombreux pubs et beaucoup de bars, dont les patrons étaient tous des habitants de la cité nocturne de la Reine. Des barbares venus de la steppe glacée pour en finir avec la vie civilisée, des Tartares violents au cœur tordu.

Mais il était maintenant quatorze heures trente d'un jour de janvier et la plupart de ces endroits étaient fermés. Par chance pour Zarza, le San Patricio était l'un des rares antres ouverts. Comme il se voulait un pub irlandais, on y servait des repas rapides au comptoir. Deux ou trois employés de bureau perdus mastiquaient sans rien dire. Zarza s'approcha du type qui s'affairait derrière le comptoir. Jeune, un long nez et un œil qui louchait.

— Bonjour. Je cherche Martillo.

Le type la fixa de son œil bigleux.

— Oui. C'est pourquoi ?

— Je viens de la part de Gumersindo, risqua Zarza.

L'homme ne disait toujours rien et la regardait.

— De la part de Gumersindo, le type d'Hortaleza, précisa-t-elle de plus en plus nerveuse.

Il continuait à la contempler en silence, ou peut-être ne la regardait-il même pas, concentré sur la bière qu'il était en train de servir, avec les bigleux on ne sait jamais. Zarza commença à céder au découragement.

— J'ai l'intention de lui acheter quelque chose, avoua-t-elle, à bout de patience.

L'homme s'éloigna avec sa chope de bière et la posa sur le comptoir, devant l'un des employés. Puis il revint et s'essuya les mains avec un torchon.

— Dans dix minutes, dans le couloir des toilettes, dit-il.

— C'est?

— Là-bas, répondit le bigleux, par le couloir d'en face. Les toilettes sont là. Dans dix minutes. S'il n'y a personne, il n'y a personne. Moi je transmets et Martillo décide.

Zarza acquiesça de la tête.

— Très bien. Merci beaucoup.

Le couloir était un passage sombre et étroit qui reliait les deux cours. Au milieu il y avait les deux cabinets, pour hommes et pour femmes, du centre commercial des premiers temps. L'association des résidents avait essayé, à plusieurs reprises, de les fermer, mais les habitués de la nuit les avaient rouverts à coups de pied si bien que les portes étaient en lambeaux. Dans le couloir il n'y avait pas âme qui vive et un courant d'air glacial vous poignardait dans le dos. Zarza s'adossa au mur couvert de graffitis et attendit, de plus en plus inquiète et effrayée. Avant d'arriver, elle était passée à sa banque et avait retiré tout ce qu'elle avait sur son compte: 356 000 pesetas. Elles étaient au fond de son sac, toutes froissées, un butin des plus faciles à saisir pour n'importe quel loubard qui aurait voulu l'attaquer dans ce couloir solitaire et sinistre.

Mais ce qui l'effrayait le plus était l'éventuelle irruption de son frère. Quand elle avait trouvé le petit mot sur le pare-brise, Zarza avait laissé la voiture à sa place comme si elle était contaminée, imprégnée de la présence de Nicolás. Un territoire ennemi. En outre, elle craignait de faciliter la tâche du chasseur en continuant à utiliser sa voiture. Tout compte fait, Nico n'avait eu apparemment aucun problème pour la retrouver. Depuis, Zarza s'était déplacée en taxi et, pour essayer de ne pas laisser de trace, à chaque trajet elle changeait plusieurs fois de véhicule et d'adresse. L'argent filait, mais elle espérait ainsi réussir à le semer. Mais dans le fond, elle n'était, bien entendu, sûre de rien, parce que le chasseur était en elle et elle avait l'impression qu'il était aussi solidement collé à ses talons que son ombre. Zarza s'emmitoufla dans sa veste et s'enfonça encore un peu plus contre le mur rugueux.

Les dix minutes étaient largement dépassées et elle pensait que Martillo ne viendrait plus, quand elle entendit un bruit de pas répétés dans le couloir; l'écho frappait les murs glacés en produisant une réverbération quasi sous-marine. Sur le qui-vive, Zarza se redressa et vit arriver aussitôt une fille menue, toute jeune. Une adolescente, presque une gamine. Déçue, Zarza s'adossa de nouveau au mur. La petite jeune fille passa sans s'arrêter en lui lançant un coup d'œil intrigué; mais à peine s'était-elle éloignée de quelques mètres qu'elle fit demi-tour à la vitesse d'un chat et s'approcha de Zarza.

— Salut, dit-elle en la regardant d'en bas parce qu'elle était haute comme trois pommes. Martillo, c'est moi.

— Toi? s'étonna Zarza. Mais quel âge as-tu?

— Ça te regarde? répondit la petite d'un ton insolent.

On lui donnait treize ou quatorze ans, mais peut-être en avait-elle plus et sa fragilité était-elle une conséquence du rachitisme? Zarza avait vu beaucoup de garçons et de filles semblables, enfants de quartiers marginaux aux yeux bridés comme les siens, aux paupières lourdes et espiègles, à la grosse bouche qui avait l'air enflée. Elle avait une dent fendue, les cheveux longs et noirs, rasés aux tempes, et un anneau d'acier lui perforait la lèvre inférieure.

— Je ne sais pas… dit Zarza, hésitante. Peut-être que je me trompe…

La fille, méprisante, cracha par terre.

— Oui… Tu te trompes, mais *maintenant*… Il me semble que tu n'as pas fait d'affaires, ma belle!

À ces mots, elle fit demi-tour et se remit à marcher.

— Attends! Attends, Martillo, s'il te plaît…!

Zarza lui emboîta le pas. La fille s'arrêta.

— Ce n'est pas moi qui t'ai cherchée. C'est toi qui me cherches, grogna-t-elle, profondément vexée.

— Je sais, je sais…

— Et si je ne te plais pas, toi tu me plais encore moins…

— Non, ce n'est pas ça, ce n'est pas ça, excuse-moi, Martillo, je n'ai absolument rien contre toi, c'est que je m'étais fait une autre idée, je suis idiote, c'est ma faute. Ne t'en va pas, s'il te plaît, j'ai besoin de toi…

Martillo la regarda en fronçant les sourcils et en léchant d'un air pensif la rondelle en acier de sa lèvre.

— Tu dis que c'est Gumersindo qui t'envoie…

— Oui… Il m'a dit de te dire que c'était Gumersindo, le type d'Hortaleza.

— Comment tu le connais?

— On a travaillé ensemble, il y a des années, au comptoir d'un bar. Le Désiré. Mais il n'y travaille plus, il est au Hawaï.

— Et quel est son prénom? ajouta-t-elle, encore méfiante.

— Pour autant que je sache, tout le monde l'appelle Daniel.

Satisfaite, l'adolescente acquiesça.

— Oui, c'est un type réglo.

— Gumersindo m'a dit que tu pouvais me vendre tout ce dont j'ai besoin… dit Zarza profitant des bonnes dispositions de la fille.

Martillo se détendit un peu, écarta les jambes et prit solidement appui sur elles comme quelqu'un qui va entamer une conversation plus longue.

— Tout dépend de ce que tu veux…

— Tout dépend de ce que tu vends…

Martillo la dévisagea un instant, puis se mit à rire. Un tout petit rire tentateur.

— Je vends pas mal de choses. Maintenant, c'est à toi de parler. Parle fort et clair pour que je comprenne…

— OK. Je cherche un pistolet. Facile à manier.

– J'ai de tout. Un Norinco, une merveille. Assez léger, mais de 9 mm. J'ai aussi un Sominova, mais tu sais qu'avec les Sominova, il y a parfois des problèmes. Je crois que pour toi, le Norinco, c'est beaucoup mieux, qu'est-ce que tu en penses ?

Zarza acquiesça du bout des lèvres parce qu'elle ne voulait pas montrer qu'elle n'avait pas la moindre idée de ce dont l'autre parlait.

– Combien coûte le Norinco ?

– Hummmm… cinquante sacs, pas plus !

– Cinquante mille ? C'est énorme.

– Tu es folle ? C'est donné. Et cinq mille pour les balles.

Zarza hésita un instant à marchander mais, craignant le ridicule, elle n'insista pas.

– OK.

– Dans l'autre cour, là où il y a le fast-food. Dans combien de temps tu peux avoir l'argent ?

– Vingt minutes. Il faut que j'aille au distributeur, répondit-elle en mentant.

– Bon, attends-moi là-bas dans vingt minutes, dit la fille.

Et elle rebroussa chemin en trottinant.

Zarza se dirigea vers le fast-food, un petit local graisseux qui puait le beurre brûlé. Il était vide et il n'y avait à l'intérieur qu'une grosse femme à la tête auréolée d'une permanente qui aurait très bien pu venir d'un four crématoire. La femme nettoyait mollement les tables en plastique avec une vieille éponge qui ressemblait à une mèche de ses cheveux. Zarza s'assit dans le coin le plus éloigné de la porte.

– Je vous sers ? mâchonna la femme.

– J'attends quelqu'un. Un café.

– La cafetière est débranchée, dit l'autre avec une étrange satisfaction.

– Une bière.

Elle répondit machinalement parce que la dernière chose qu'elle souhaitait était de s'abrutir en buvant de l'alcool, même le peu d'alcool que peut contenir un demi. La femme posa une petite bouteille, sans verre, sur la table graisseuse malgré les coups d'éponge et retourna au comptoir en traînant le pas. Elle s'assit sur un tabouret, posa le coude sur le comptoir et regarda la porte, le menton levé, sans sourciller, avec cette mélancolique impassibilité des crapauds contemplant le crépuscule. Ainsi passèrent les minutes et disparut pour toujours une tranche de vie.

Martillo arriva au bout d'un moment, engoncée dans son blouson de cuir synthétique, une boîte à chaussures sous le bras.

— Tu as le fric ? demanda-t-elle à peine assise.

Elle n'avait pas salué la femme et celle-ci n'avait pas esquissé le moindre geste pour venir vers elle. La fille avait sans doute l'habitude de régler ses affaires dans ce local.

— Bien sûr, dit Zarza ; et elle montra discrètement la liasse de billets de 55 000 pesetas qu'elle avait préparée avant d'entrer dans le fast-food.

Martillo, à son tour, souleva le couvercle de la boîte et entrouvrit la serviette de bain élimée qui enveloppait le pistolet. Zarza sursauta sur son siège et regarda partout. La femme à la tête cramoisie était toujours figée dans son coin, plongée dans ses pensées ou son vide cérébral.

— Calmos ! dit Martillo. Ici, il n'y a jamais personne et celle-là, elle est au parfum. Impossible de trouver plus sûr !

Quelle situation absurde, pensa Zarza : une gamine qui trafique et vend des pistolets dans un fast-food. Un tressaillement lui parcourut l'échine ; les armes à feu avaient quelque chose de féroce, de glacial et de pervers, comme si elles catalysaient les destins, comme si, dès qu'on entrait en contact avec elles, qu'on touchait leurs lourdes et dures crosses, l'action commençait à s'accélérer, à se précipiter vers son dénouement, vers un fracas de morts et de ruines, vers quelque chose de dévastateur et de définitif. Comme si l'on commençait à défaire le Rubicube : quelques gestes et tu es perdu !

— OK, dit-elle en gardant son sang-froid.

Et elle tendit l'argent à Martillo qui lui remit la boîte. La fille compta tranquillement les billets puis, satisfaite, donna un coup de langue à l'anneau d'acier de sa lèvre et les rangea dans une poche. Puis elle leva les yeux et jeta à Zarza un regard souriant et intéressé.

— Tu veux le pistolet pour tuer ton mec?

— Ça te regarde?

Martillo se mit à rire en montrant sa dent de souris fendue.

— Toutes les femmes qui viennent acheter un engin sans rien y piger le font pour tuer leur mec. Ou lui faire peur.

— Et toi, qu'est-ce que tu en sais si je n'y connais rien?

— Calmos, calmooos… dit Martillo d'un ton aimable et moqueur. Dis donc, ma petite, je commence à avoir faim. On bouffe un morceau?

Zarza songea un instant à son estomac; elle n'avait pas envie de manger, mais elle devait tout de même se mettre quelque chose sous la dent. Pourquoi pas ici, maintenant. C'était mieux avec Martillo, dans ce coin paumé, que n'importe où ailleurs, exposée à l'irruption du chasseur.

— Pourquoi pas?

— Carmen, deux bigs avec bacon et fromage! Plus des pommes de terre en sauce! cria-t-elle. Puis elle se tourna vers Zarza et lui montra d'un signe de la tête la grosse femme. Elle n'est pas très futée mais elle n'est pas méchante… Tu ne bois pas ta bière?

Zarza fit non de la tête et Martillo la vida d'un trait.

— Seize, dit-elle ensuite.

— Quoi? demanda Zarza.

— J'ai seize ans. Et toi, tu ne piges rien à tout ça parce que dis-toi bien qu'aucun pistolet ne s'appelle Sominova. Sominova, c'était le nom d'une amie russe de Kiev. Une nana réglo. Au début, on faisait toujours les affaires ensemble.

— Et qu'est-ce qui s'est passé après?

Martillo haussa les épaules.

— Qu'est-ce que tu crois donc? Elle est morte.

Et elle se remit à rire, avec ses grosses lèvres écorchées, comme abîmées par la fièvre. La femme apporta les hamburgers et un plat de pommes de terre exsangues, évidemment réchauffées au micro-ondes et recouvertes d'une sauce rougeâtre douteuse.

Martillo se jeta sur le plat avec une avidité de chiot et, pendant un moment, ne s'intéressa qu'à ce qu'elle avait dans l'assiette. Tel un gnome ou un elfe, pensa Zarza, c'était une créature irréelle provenant d'un monde mal défini, entre la banlieue et le centre-ville, l'enfance et la maturité. L'innocence et la méchanceté.

– Donc, comme je t'ai dit, vous venez toutes pour la même chose. Ton mec te frappe ? Tu peux tout me dire ! J'ai vu de ces trucs ! Tu ne dois pas te laisser faire. Fous-lui une balle dans les couilles.

Zarza ravala sa salive.

– Non… Il ne m'a jamais frappé. Juste une paire de gifles, il y a des années…

– Mais t'as peur qu'un jour, il te tue.

Zarza acquiesça, furieuse contre elle-même. Elle se sentait incapable de mentir à Martillo, ou du moins de lui mentir davantage.

– Les types au sang froid, ce sont les pires. Ce sont eux qui finissent par te trancher la gorge. Les autres, ils perdent beau-coup de leur force dans le bordel qu'ils font, une beigne par-ci, une beigne par-là, tu vas voir ce que tu vas voir, je vais t'arracher les cheveux… Mais les froids, il faut faire gaffe à eux… Écoute ce que je te dis et tire-lui une balle dans les couilles… dit Martillo d'un ton plein de sagesse. Puis elle demanda : Tu veux que je t'apprenne ?

– Quoi ?

– À tirer, ma petite, quoi d'autre ? Tu es dans la lune ou quoi !

Zarza frissonna.

– Non, non… On m'a appris, il y a quelques années. Je crois que je vais m'en souvenir.

Martillo tendit le bras, posa la boîte à chaussures sur ses genoux, sortit l'arme sous la table et la manipula avec aisance, comme une adolescente son walkman.

– Ça, c'est le cran de sécurité, regarde bien. Approche, ma petite, ou tu ne vas rien voir… Tu l'enlèves, tu le remets, tu charges, tu appuies ici pour tirer, un jeu d'enfant, fais juste attention au feu.

— Quel feu? murmura Zarza en jetant un coup d'œil nerveux à la grosse femme. Mais la serveuse était revenue s'asseoir sur le tabouret, plongée dans sa quiétude de batracien.

— Celui qui sort du pistolet. C'est pour ça qu'on les appelle des armes à feu, parce que quand tu tires, pan! il faut qu'une flamme sorte par là. Et si elle ne sort pas, loupé, au prochain coup, ton pistolet peut éclater. C'est pour ça qu'il faut bien regarder.

— Et les gangsters qui tirent partout dans les hold-up, ils prennent le temps de regarder?

— Bon, ça fait partie du métier, tu ne regardes pas vraiment mais tu te rends compte, tu vois ce je veux dire?

Martillo enveloppa soigneusement le Norinco dans la vieille serviette. Une fillette qui habillait sa poupée.

— Depuis quand tu es là-dedans? demanda Zarza.

— Dans quoi? La rue, les armes?

— Je ne sais pas. Dans tout ça.

— Ça fait deux ou trois ans que je suis à mon compte... Ça roule. Personne ne me commande. Je ne dois rien à personne. Et je n'ai peur de personne, tu vois ce que je veux dire? Au pire, on me flingue un de ces quatre matins; mais je m'en fous. Je préfère crever jeune. Ma vieille a eu une vie de merde. Ça doit encore continuer mais je ne la vois plus. Je ne veux pas être comme ça. Vivre longtemps comme ça, ça me fait gerber. Ou on vit, ou on ne vit pas, tu vois ce que je veux dire? Gumersindo oui, ça c'est un type bien. Il s'est occupé de moi quand j'étais petite. On était voisins. Moi, j'étais comme un petit chien à quatre pattes dans la boue et Gumersindo me donnait à manger et me lavait. Gumersindo, c'est un type réglo, on peut lui faire confiance. À moi aussi, on peut me faire confiance. Dans mon milieu, tu sais, j'ai mes amis et mes ennemis. Et moi, je suis toujours l'amie de mes amis et l'ennemie de mes ennemis. Tout le monde sait à quoi s'en tenir avec moi. Disons que je sais où je suis et que tout le monde le sait aussi. C'est la seule chose qui compte. Vivre pour de vrai et être réglo. Et puis, si on te tue, eh bien tu es foutue. De toute façon, tout le monde y passe, alors... Et toi, tu es réglo?

– Pourquoi on t'appelle Martillo? demanda Zarza en changeant de sujet

– Ça te regarde? répondit la jeune fille, cette fois sans aigreur, presque affectueuse, tout en ingurgitant les deux dernières répugnantes pommes de terre et en suçant ses doigts enduits de graisse rouge comme de l'hémoglobine.

Puis elle vida la troisième bière qu'elle avait commandée, fit tinter en s'amusant la bouteille vide contre l'anneau d'acier et éructa béatement.

– Bon, ça va. Maintenant il faut que je parte. Tiens, prends ça.

Elle avait ressorti la liasse de billets de sa poche et elle en prit un de cinq mille pesetas.

– Tiens! Je te fais un rabais. Je t'offre les balles. Après tout, nous les femmes, il faut qu'on s'entraide contre ces animaux, non?

– Merci, dit Zarza.

– Invite-moi au banquet, d'accord? dit la fille, et elle lui fit un clin d'œil en se levant.

Si elle apprend que je suis une moucharde, une balance, et que j'ai fait des choses encore pires; si elle apprend ce que je suis vraiment, cette petite bête féroce va me cracher au visage, pensa Zarza. Mais, comme elle ne le savait pas, Martillo quitta le local, fière et satisfaite. Zarza la vit traverser la cour de los Arcos avec le port orgueilleux d'un général invaincu en route vers sa mort prochaine. Les créatures fantastiques ont toujours une existence éphémère.

Tant qu'elle demeura dans les bras de la Blanche, Zarza crut qu'elle n'en sortirait jamais. La Reine était une souveraine très jalouse ; elle exigeait de ses sujets l'abandon le plus complet, une reddition totale de l'âme et du corps, le sacrifice de l'intelligence. Tant que tu habitais dans la cité nocturne, il n'y avait pas un seul instant de ta vie qui n'appartenait à cette implacable maîtresse. La Blanche était comme le cœur d'un trou noir : une masse invisible et insondable qui avalait tout, un abîme d'un attrait irrésistible. Quand la Reine te happait dans son champ de gravitation, l'univers entier se dissipait entre ses plis.

Si bien qu'à la fin presque tout avait déjà disparu ; la ville n'avait d'autres rues que celles qui menaient à la Blanche, et il n'y avait plus de films à voir, de livres à lire, de trottoirs où se promener, de musiques à écouter, plus de conversations à soutenir. Ils ne mangeaient que pour survivre et ne parlaient que de ce qui était indispensable pour organiser l'arrivée de la Reine. Ils n'avaient pas non plus d'amis : ils ne voyaient plus leurs connaissances d'avant, et leurs nouveaux collègues, les compagnons de la Blanche, avaient une aveugle tendance à mourir. De plus, Nico et Zarza changeaient souvent de logement, chaque fois pour pire, essayant toujours d'échapper à des dettes ou à des ennemis, à des collègues à qui ils avaient dérobé quelques sachets d'héroïne et qui, par bonheur, crèveraient avant de pouvoir les leur réclamer. Dans ces sordides appartements régnait le silence ; à peine si l'on entendait, de temps à autre, le fredonnement de Miguel qui ne chantonnait plus que pour lui-même. Parce que Miguel vivait avec eux ; pendant très longtemps le peu de volonté qui restait encore à Zarza prit son petit frère pour objet. Qu'il ait au moins quelque chose à manger dans le frigidaire, qu'il dorme au moins à des heures fixes, qu'il ait quelques jouets pour s'amuser, une certaine apparence de normalité. Jusqu'au jour où Miguel fut, lui aussi, emporté par le tourbillon et où Zarza cessa de s'occuper de lui : elle ne pensait tout simplement plus à son petit frère. Ils continuaient à vivre tous les trois dans la même maison, Nico, Zarza et l'idiot, mais c'était incontestablement un foyer très différent du château construit au beau milieu du parc qu'avait imaginé Nico dans son enfance.

Bien des années auparavant, avant tout cela, il y avait eu une autre grande disparition, la première de toutes, celle de la mère, suicidée ou assassinée, à moins qu'elle se soit trompée au moment de prendre ces cachets dont elle se gavait. On l'avait retrouvée déjà froide, oubliée, raide dans son lit, une écume sanguinolente et desséchée lui scellant les lèvres. Personne n'embrasserait plus cette bouche poisseuse, personne n'arracherait la princesse endormie à son sommeil éternel.

Les jumeaux avaient alors quinze ans, c'était bien avant de connaître la Blanche. Mais la vie se refermait sur eux comme un piège, déclic après déclic, pièce après pièce, comme les carrés colorés du Rubicube. Grâce à l'héritage de leur mère, ils disposaient d'un argent de poche que leurs copains de collège trouvaient ahurissant. Leur triste condition d'orphelins leur semblait une raison suffisante pour tout se permettre. Où les êtres humains trouvent-ils assez de force pour résister à la douleur absurde, au mal irrationnel ? Toujours est-il que Nico et Zarza ne résistaient pas. Ils ne faisaient que s'étourdir. Ils commencèrent à boire n'importe quoi comme des trous, des bouteilles de vin qu'ils fauchaient dans la dépense ou des mélanges de rhum et de gin de leur cru, des alcools forts achetés au supermarché par un copain plus âgé après avoir touché une petite commission. Ils se couchaient très tard et se levaient à midi ; au petit matin, la maison résonnait de leurs faux pas. Ils avaient toujours eu de bonnes notes, mais ils arrêtèrent tout à coup de travailler. Ils durent redoubler et le directeur du collège convoqua leur père.

Mais M. Zarzamala ne se présenta pas au rendez-vous. On ne peut pas dire qu'à cette époque il accordait une attention démesurée à ses enfants. Parfois les jumeaux le croisaient, très tard dans la nuit, quand ils rentraient au bercail; et papa se contentait de les observer de loin d'un long regard calculateur tout en frisant ses moustaches.

M. Zarzamala s'approcha deux fois de ses enfants, les mettant, comme toujours, en danger. Par exemple, un soir de printemps, quelques mois après la mort de leur mère. Le temps était pluvieux et doux, et papa fit passer les jumeaux dans son bureau. Le fauteuil à oreilles, la lourde table, la porte coulissante qui donnait sur le jardin. Et une poignée de souvenirs fantomatiques flottant dans l'air paisible de la pièce comme la fumée rance d'un cigare.

– On dirait que tu te fais homme, Nicolás... dit papa tout miel et tout sourire. Tu as drôlement grandi ces derniers mois, tu me rattrapes presque... en taille.

Un petit rire fusa, comme s'il avait dit quelque chose de très drôle. Zarza fit mine de s'en aller; depuis le suicide, ou l'assassinat, elle ne supportait plus la présence de son père.

– Toi, reste tranquillement sur cette chaise et n'en bouge plus! aboya-t-il en pointant d'un mouvement impérieux un doigt vers elle.

Zarza se rassit.

Leur père fit quelques pas dans le bureau, son visage recouvrant la sérénité jusqu'à esquisser un nouveau sourire.

– Bien... Nicolás, on disait que tu grandis beaucoup... et que tu te prends pour un homme. Rien ne me ferait plus plaisir que d'en avoir la preuve, je t'assure, cher Nicolás... Qu'est-ce que tu dirais d'un petit coup pour fêter ton entrée dans le monde des hommes? Un verre en tête-à-tête? Comme des collègues?

Méfiant, Nico le regarda.

– Qu'est-ce que tu attends de moi?

Le père leva les mains, paumes ouvertes, comme pour témoigner de son innocence.

– Rien, mon fils. Je veux partager un bon moment avec toi. Il y a longtemps qu'on ne se parle plus… On boit un coup pour se donner du courage?

Nico haussa les épaules.

– Bon.

– Moi, je m'en vais, dit Zarza.

– Toi, tu restes ici, répéta son père moins brusquement, mais de façon toujours aussi inflexible. Toi, tu restes et tu participes à la conversation. Mais pas question de boire, parce que l'alcool ne réussit pas aux filles si jeunes… Ton frère, c'est autre chose, bien sûr, parce que ton frère, c'est un homme, un vrai… Si tu veux, je crois que j'ai un peu de jus de fruit dans les parages…

Il parlait tout en fouillant dans un petit frigidaire encastré dans la bibliothèque. Il en sortit trois verres, les remplit de glaçons et servit deux généreux whiskies et un jus d'ananas. Il posa un verre devant chacun d'entre eux et se rassit.

– Très bien, mes chers enfants… Buvons à notre santé. À la santé de la famille!… Avale-moi ça, Nicolás… et ne fais pas la grimace comme une demoiselle…

– Je ne fais pas la grimace, s'indigna le garçon.

Et il but spectaculairement son whisky en quatre gorgées avec une crânerie de jeune homme.

– Bravo! Voilà qui me plaît, s'écria papa en vidant lui aussi son verre.

Puis il les remplit de nouveau, recouvrant les glaçons qui restaient.

– Je crois qu'on va passer une soirée très amusante… annonça-t-il en souriant et en s'adossant de nouveau au dossier de son fauteuil.

Ce furent les dernières paroles qu'ils échangèrent. Après, ils ne firent que boire et se servir, boire et se resservir. Toujours la même quantité dans les deux verres, toujours la même fougue. La nuit tombait rapidement et le profil de Nico et de son père se découpait dans la pénombre sur le bleu lumineux de la fenêtre. Ils se ressemblaient tant: les mêmes yeux arabes, la même structure osseuse, grande et robuste, encore que ces derniers temps papa avait pas mal perdu de sa superbe, ses épaules commençant à tomber, son ventre à ballonner et la calvitie gagnant son crâne. Ils se ressemblaient tant, mais Nico avait quinze ans et papa plus de quarante. À la moitié de la seconde bouteille, Nicolas s'évanouit et s'écroula, inconscient et blanc comme un linge. Il avait les yeux révulsés et il se mit à vomir. Son père se leva et alluma la lampe de la table d'une main tremblante. Comme un projecteur, un halo de lumière impitoyable tomba sur le corps affalé.

– Regarde-le, quel spectacle… dit-il d'un ton méprisant et en bredouillant un peu. Il est beau, ton petit mec !

Et il quitta le bureau, droit comme un I, en marchant lentement et en s'appuyant en cachette contre les murs.

Je sais où est Nicolás, pensa tout à coup Zarza. Je sais où il est. Comme elle était bête! Comment n'y avait-elle pas pensé plus tôt? Enfermée dans l'un des cabinets délabrés de los Arcos, Zarza se frappait le front, maudissant son manque de perspicacité. Elle était entrée dans les toilettes pour mettre au point son pistolet; elle le sortit de la boîte et de la serviette usée, le tourna et retourna dans ses mains, récapitulant mentalement comment il fonctionnait. Les vieilles leçons de Nico rebondissaient dans sa tête, fragments décousus qui ne semblaient pas servir à grand-chose. Quand elle glissa les balles dans les niches de métal, elle commença à ressentir une vraie peur: le pistolet lui brûlait les doigts, comme si cet engin lourd et ingrat était capable de tuer par simple contact. Elle manipula alors le cran de sécurité et essaya de tirer contre le mur le plus éloigné. Rien. Il ne se passait rien. Impossible de faire fonctionner la détente. Zarza soupira, plus rassurée. En fait, elle espérait que le pistolet ne joue qu'un rôle dissuasif parce qu'elle ne pensait pas tirer sur Nico. Il n'empêche qu'elle était ravie d'avoir une arme, maintenant qu'elle croyait savoir où était son frère.

Au 29 de la rue Rosas, bien sûr. Dans la maison de toujours, la maison de leur enfance; dans la villa familiale désormais vide et abandonnée. Au début, leur père à peine disparu, le juge avait fait mettre les scellés; puis étaient venus les divers jugements et le paiement des dettes et des amendes. Nico et Zarza, toujours à court d'argent, avaient vendu leur part d'héritage à Martina. La bâtisse appartenait maintenant à leur sœur aînée, mais elle ne pouvait pas la vendre tant que le décès du père n'était pas officiel. Cela faisait plus de dix ans que la villa était fermée, mais Zarza avait encore un jeu de clés. Il était surprenant qu'elle ait encore sur elle ce trousseau inutile alors que tout dans sa vie disparaissait, comme emporté par un cyclone.

Aucun doute, son frère était au 29 de la rue Rosas. Un endroit discret et guère onéreux. *Primo*, un lieu parfait pour la harceler impunément, ce qu'il n'aurait jamais pu faire dans un hôtel ou une pension; *secundo*, la maison n'avait que des avantages pour un sans-le-sou. Oui, Zarza connaissait bien Nico, son frère *devait* être au 29 de la rue Rosas. Elle pouvait y aller et l'y surprendre. Elle pouvait lui parler et, pourquoi pas? le convaincre. Assieds-toi, lui dirait-elle en pointant méticuleusement son pistolet vers lui. Assieds-toi et parlons. Peut-être parviendraient-ils à un accord. Elle lui demanderait pardon, lui proposerait de l'argent. Mais Zarza n'avait que 300 000 pesetas. Elle était sûre que Nico trouverait cette somme ridicule, qu'il mettrait la barre beaucoup plus haut. Elle-même trouvait que ce n'était pas grand-chose: 300 000 pesetas pour sept ans de prison, c'était mesquin, presque offensant, même s'il s'agissait de toute sa fortune. Et des dettes bien plus lourdes étaient encore en souffrance. Elle secoua la tête pour chasser ses souvenirs, dont certains, abyssaux, qu'elle ne voulait ni ne pouvait affronter.

Premier problème à résoudre: les clés de la villa étaient dans un tiroir de son appartement. Ce matin, lorsqu'elle s'était enfuie, Zarza n'avait pas pensé une seconde à prendre le vieux trousseau. Elle devait donc retourner impérativement chez elle, ce qui ne lui plaisait guère, lui semblait même dangereux, parce que Nicolás pouvait l'y attendre. Zarza sourit froidement en son for intérieur, consciente de sa peur contradictoire: elle souhaitait trouver son frère mais elle craignait qu'il fît de même. Aller au 29 de la rue Rosas pour y surprendre Nico et tomber innocemment dans un guet-apens, ce n'était pas du tout la même chose. Pas plus qu'être le prédateur ou la gazelle. Zarza caressa la solide culasse de son pistolet, aussi lourde dans son sac qu'une pierre, et envia Martillo qui prétendait qu'elle ne craignait personne. Peut-être était-ce vrai, peut-être pas. Peut-être avait-elle peur, mais elle avait du cran. Zarza respira profondément pour se donner du courage. Elle irait chercher les clés en prenant mille précautions.

Elle demanda au chauffeur de taxi de s'arrêter deux pâtés de maisons avant la sienne et s'approcha lentement, traînant le pas devant les kiosques à journaux et se cachant dans les magasins. Elle entra dans le bar de l'angle de la rue et observa, pendant dix minutes, l'entrée de son immeuble. Il était cinq heures de l'après-midi et le gardien n'était pas encore là. Elle ne remarqua rien d'anormal : le même quartier qu'elle connaissait si bien avec ses vieilles maisons anciennes et les nouveaux blocs de cages à lapins, comme de fausses dents dans la mâchoire d'un vieillard. Les piétons passaient devant la vitre du bar, surgissant d'un côté de l'encadrement fendu et disparaissant de l'autre comme les figurants d'un petit théâtre. Ils avaient tous l'air de venir de quelque part ou de se diriger sans hésiter vers un endroit précis. Il était extraordinaire que tous les habitants de la planète donnent l'impression d'avoir un destin, alors que Zarza savait que tout acte et tout geste étaient inutiles. Y compris son désir d'échapper à Nico, un spasme aveugle de ses cellules, un absurde réflexe génétique de survie. En fait, en quoi était-il important de mourir aujourd'hui, sur-le-champ, ou d'attendre la mort inéluctable qui nous guette tous ? Zarza eut un moment d'absence, avant-goût du néant, sueur froide, vertige ; mais elle ne tarda pas à reprendre ses esprits, prête pour le combat, comme l'animal blessé qui se débrouille pour ne plus sentir la souffrance afin d'économiser ses forces. Respirer et continuer.

Elle décida finalement d'aller chez elle. Elle traversa rapidement la rue, sa main serrant le pistolet qui était dans son sac, ouvrit la porte de l'immeuble, la referma d'un coup sec, franchit en trois enjambées l'entrée, pénétra d'un mouvement brusque dans l'ascenseur qui par bonheur l'attendait, paisible et vide, au rez-de-chaussée. Elle monta les cinq étages en retenant son souffle, pas un bruit sur le palier. Elle sortit son arme et alluma la lumière de l'escalier. Le pistolet tremblait dans sa main comme un oiseau qui veut prendre son envol. Si un voisin sort, pensa Zarza, je suis fichue. Elle ouvrit la porte, prit la température :

c'était encore plus calme, encore plus silencieux. Il ne doit pas être là, il n'y est pas, se dit-elle en essayant de se donner du courage; il doit se dire que je ne suis pas idiote au point de retourner chez moi.

C'était un appartement si petit qu'elle s'aperçut aussitôt qu'on n'avait touché à rien. Elle regarda derrière le canapé, dans le placard de l'entrée, sous le lit, dans la baignoire. Il n'y avait personne. Rassurée, elle observa autour d'elle avec des yeux objectifs de témoin, comme un expert ou un commissaire chargé d'enquêter sur un assassinat. Le lit défait, les habits en boule, la lumière de la salle de bains allumée, le robinet du lavabo, le bruit sordide d'une goutte d'eau tambourinant dans la vasque. Elle referma le robinet et la maison s'enfonça dans un silence tendu. L'endroit avait gardé l'empreinte de sa fuite, et dans l'air vibrait encore ce vide que laissent dans leur sillage les absences impromptues. Hormis ce vestige fugitif, il n'y avait rien d'autre. Aucun souvenir, aucun écho, aucune trace de vie. L'enquêteur qui aurait à reconstruire la personnalité de la victime n'aurait aucun indice auquel se raccrocher. Zarza prit tout à coup conscience de la froideur inhumaine de son appartement. L'aridité de cet espace sans objets personnels et indifférent à toute préoccupation esthétique. Une telle austérité aussi était un châtiment, se dit Zarza, stupéfaite de ne pas avoir découvert plus tôt une telle évidence.

Elle serra les poings et s'efforça de recouvrer son sang-froid. Elle se précipita vers le tiroir des couverts de la cuisine: au fond du casier en plastique, dans un fouillis d'ouvre-boîtes rouillés et de cuillères à café dépareillées, il y avait le trousseau de la villa, un simple anneau d'acier avec trois clés. Elle le prit et le jeta dans son sac. À ce moment précis, le téléphone sonna, une sonnerie aiguë qui lui fit l'effet d'une décharge électrique. Pétrifiée, Zarza se recroquevilla sur elle-même, accusant les coups douloureux. Deux, trois, quatre, cinq... Au sixième, le répondeur se mit en branle. Le message d'accueil retentit étrangement, de façon trop normale pour une situation aussi anormale, comme un rêve routinier qui glisse tout à coup dans l'horreur.

L'appareil siffla, cédant la place à un silence profond et caverneux, un silence qui parcourut toute la ligne jusqu'à la main, la bouche, l'haleine de celui qui, quel qu'il fût, appelait. Zarza attendit, l'appartement attendit, l'immeuble tout entier attendit, recroquevillé, anxieux, au beau milieu du silence. Et une voix ferme et dure finit par se faire entendre :

– Je sais que tu es là.

Zarza porta une main à sa bouche pour ne pas s'évanouir.

– Je sais que tu es là. Tu me fais presque pitié à force de frapper comme une aveugle contre les barreaux de ta cage. Mais tu ne pourras pas m'échapper. Je suis le chat qui joue avec l'oiseau aux ailes coupées. Je suis le monstre que tu as fait de moi. Que tu mérites.

La communication fut interrompue et la bande se rembobina avec une application stupide. Zarza expulsa tout l'air qu'elle avait retenu sans s'en rendre compte. Elle devait s'en aller. Partir. Elle bondit vers la sortie, revivant la fuite du matin, la même sensation d'irréalité et de délire. En deux enjambées, elle atteignit la porte mais, tout à coup, s'arrêta net : il y avait, en face d'elle, quelqu'un sur le palier. On entendait des pieds traîner, un frôlement d'habits, un tintement métallique. Elle n'osa pas faire le dernier mètre jusqu'à la porte pour regarder par le judas ; elle était paralysée par la peur. Il y eut un petit silence, un instant où tout sembla s'arrêter : les battements de son cœur, le tic-tac du réveil, la rotation de la Terre. Puis le bruit d'une clé ou peut-être d'un crochet dans la serrure. Nicolás n'a donc pas bougé d'ici, se dit Zarza, stupéfaite ; il avait dû téléphoner du palier. Elle serra la culasse du Norinco de ses deux mains et tendit instinctivement les bras, comme pour se protéger derrière le pistolet, tandis que les dixièmes de seconde s'écoulaient à une lenteur terrifiante. Le mécanisme de la serrure tourna, le pêne recula et le battant de la porte s'entrouvrit peu à peu, millimètre par millimètre, avec une parcimonie inouïe, invraisemblable, comme si Zarza se trouvait à l'intérieur de l'un de ses premiers voyages au LSD, avant la Blanche, avant la fin du monde. Un millimètre de plus, et la lueur du palier s'infiltrait par le pivot entrouvert, obstruée par le corps de quelqu'un. Un millimètre de plus et ce quelqu'un montra son visage.

– Sainte Vierge de la Règle! cria une voix agonisante.

C'était Trinidad, la femme de ménage, qui faillit s'évanouir contre la porte face à la vision inattendue de Zarza et de son pistolet, face à ce trou noir et menaçant qu'elle braquait vers elle, à quelques centimètres de son visage.

– Trinidad! Excusez-moi, excusez...

Zarza posa l'arme par terre et retint la femme qui glissait le long du mur sur ses jambes tremblantes.

– Excusez-moi, pardonnez-moi, je ne savais pas que c'était vous, j'ai cru que c'était... un voleur... Je suis vraiment navrée...

Elle l'emmena jusqu'à la table, la fit s'asseoir, lui donna un verre d'eau. Trinidad, une Dominicaine à la peau caramel, portait une main à sa poitrine imposante et haletante.

– Mademoiselle, vous êtes folle... Vous êtes folle, mademoiselle... Pourquoi avez-vous ça...

Et elle montrait le gros pistolet reposant sur le sol comme un chat endormi.

– C'est que... j'ai reçu des menaces anonymes et... j'ai eu peur et j'ai pensé que... improvisa Zarza.

– Ne faites pas ça, mademoiselle. Pas des choses de ce genre ici, dit la femme de ménage. C'est moi qui vous le dis et je sais de quoi je parle. C'est le diable qui les charge; et si le diable a autre chose à faire, il y a toujours quelque sale type pour le remplacer.

Trinidad avait le même âge que Zarza, mais on lui donnait dix ou quinze ans de plus. Elle était très grosse et se dandinait en marchant, comme si elle se déplaçait sur le pont instable d'un bateau. Elle avait une kyrielle d'enfants et d'anciens maris, tous à Saint-Domingue, qu'elle faisait vivre grâce à son travail. Elle faisait des ménages seize heures par jour, habitait seule dans un cagibi loué et le seul luxe qu'elle se permettait, c'était d'engloutir, couchée et exténuée, tous les soirs, une demi-livre de chocolat. Elle avait toujours traité Zarza comme une petite fille, la conseillant et, à l'occasion, la réprimandant sur un ton maternel. Elle ne savait rien d'elle ni de son passé; elle la prenait pour une fille sans problèmes qui faisait partie du monde de l'abondance. Et peut-être avait-elle un peu raison ; peut-être que Zarza n'était qu'une fille de rupin gâtée, une jeune fille de bonne famille qui avait mal tourné.

— Si vous saviez, mademoiselle, tout ce que j'ai vu. Tant et tant de malheurs et de catastrophes à cause de ces trucs.

Comment chacun d'entre nous court-il à sa perte ? Martillo aussi semblait provenir d'un monde beaucoup plus cruel, plus infâme que celui de Zarza ; pourtant, elle avait du respect pour elle-même. Mais Martillo avait eu Daniel. Il se peut que la vie insupportable puisse être supportée à condition qu'il y ait une seule personne qui vous aime, une seule personne qui vous regarde, une seule personne qui vous pardonne. L'existence d'un juste, d'une seule femme ou d'un seul homme bon peut sauver la ville de la pluie de flammes.

— Moi, je dis qu'avoir un truc pareil à la maison, c'est dangereux ; si je vous le dis, c'est parce que j'en ai fait l'expérience. Les armes, c'est un truc de barbares, mademoiselle, vous pouvez me croire.

Oui, un truc de barbares. Trinidad avait raison. Conséquence des hordes dévastatrices et violentes qui venaient des confins de la Terre, s'apprêtant à détruire l'ordre en place. Suèves, Vandales, Alains ; multitudes sans foi ni loi qui détruisaient tout sur leur passage, forces de l'obscurité et de la souffrance. Comme ces Tartares qui embrasèrent l'Europe et l'Asie, Gengis Khan et ses féroces guerriers asséchant les campagnes avec les sabots de leurs montures, arrachant les bébés aux bras de leurs mères, violant les vierges, laissant dans leur sillage un flot de souffrance impossible à endiguer. Ce furent peut-être les Tartares qui volèrent à Zarza son enfance, enfance heureuse dont il était impossible de se souvenir même si elle était en photo dans la boîte à musique ; peut-être Gengis Khan fut-il le voleur de toutes les douceurs, lui arrachant son enfance en germe, prometteuse, comme il arracha leur souffle à tous les enfants qu'il égorgea, sans ciller, tandis que la civilisation se consumait lentement dans les braises d'un immense bûcher.

Le père de Zarza disparut alors que les jumeaux avaient dix-huit ans. Il quitta la maison, et sûrement le pays, quelques heures avant que la police ne vienne l'arrêter. Il avait monté une prospère affaire de fausses factures dont le but était de tromper le fisc. Zarza avait appris par la suite que son père avait toujours été un filou, un truand, et que la famille était persuadée qu'il avait épousé sa mère pour son argent. Mais la fortune maternelle se révéla plus apparente que réelle et son père se trouva dans l'obligation de travailler, ou plutôt d'organiser diverses activités douteuses et troubles. La dernière, l'affaire des fausses factures, fonctionna à merveille plusieurs années durant, et il est permis de penser que notre homme en retira une part de gâteau de plusieurs millions, même s'il ne resta pas grand-chose sur ses comptes. Il avait certainement dû placer ses gains dans quelque paradis fiscal introuvable. Ni Zarza ni ses frères n'entendirent plus jamais parler de lui.

On ne peut pas dire que Zarza ait déploré sa perte ; mais il est vrai qu'avec les saisies judiciaires et la situation économique chaotique dans laquelle étaient les enfants, les choses en vinrent rapidement à se détériorer. L'héritage de la mère s'acheva avant que Zarza et Nico ne terminent leurs études d'histoire ; Martina les prit en charge pendant la dernière année, ce qui leur permit d'obtenir leur licence. Les jumeaux pensaient rendre cet argent à leur sœur dès qu'ils travailleraient, tel était l'accord passé entre tous les trois ; mais, peu après leur sortie de l'université, arriva la Blanche qui, en deux ans, dévora tout : les quelques billets qui restaient, les couverts en argent, les bijoux de leur mère. Même la petite boîte à musique disparut, perdue, allez savoir dans quel troc ou à la suite de quelle négligence. C'est alors que Zarza entra dans la Tour et y perdit encore des choses, mais sans grande valeur. Jusqu'à ce que tombe sa première dent, parce que la Reine arrache à ses sujets leurs dents pour s'en faire de morbides colliers de sorcière ; et Caruso, quand il vit qu'elle était squelettique et qu'elle perdait ses dents, la vira sans état d'âme.

C'est alors qu'elle rencontra Urbano. Tant qu'elle resta dans les bras de la Blanche, Zarza crut qu'elle n'en sortirait jamais. Mais Urbano fit irruption au beau milieu de son désespoir et réussit ce miracle apparent, la sauver. Tel le paladin qui arrache la jeune vierge au dragon au moment critique. Le Chevalier à la Rose, lui-même, n'aurait pu se comporter de façon plus galante.

Un soir d'été, à l'entrée d'une discothèque, le gorille de service arrêta Zarza en lui assénant une tape si brutale sur la poitrine qu'elle ressemblait presque à un coup de poing.

— Eh dis donc, je t'ai déjà dit de te tirer, tu ne peux pas entrer ici !

Mais Zarza voulait entrer, elle devait entrer, elle ne pouvait pas faire autrement. Elle fit une nouvelle tentative.

— Laisse-moi, en quoi ça te gêne ?

Le videur lui donna une paire de gifles pas très fortes, plus humiliantes que violentes, et la poussa en bas des marches. Zarza tituba et tomba sur les fesses au beau milieu du trottoir, s'empêtrant les jambes, à bout de forces, une grosse tache de sang sur le nez. Mais c'était sans importance. À vrai dire, elle ne sentait presque rien, ni le coup ni la honte ; l'empire de la Reine sur ses adeptes est tel, qu'immergés comme ils le sont dans la grande douleur, c'est à peine s'ils sont capables d'apprécier les petites. Celui qui put assister à l'incident en détail, ce fut Urbano qui passait par là pour rentrer chez lui, deux pâtés de maisons plus bas. Voyant l'altercation, il s'était arrêté. N'appréciant guère le spectacle, il avait déjà levé les sourcils au premier coup ; quand le gorille jeta Zarza par terre, il les fronça définitivement.

— Eh dis donc ! T'as pas intérêt à recommencer, dit-il d'une voix grave et posée tout en appuyant doucement un index sur la poitrine du gros bras.

Urbano mesurait un mètre quatre-vingt-dix et était un solide gaillard aux épaules larges et aux mains comme des battoirs. Le portier, bien que plus petit que lui, était deux fois plus gros ; c'était une brute phénoménale, un lutteur de foire, et on aurait dit que ses muscles saillants allaient faire craquer son costume ; mais il avait aussi assez de métier pour savoir que ce genre de type grand et calme pouvaient lui créer des problèmes. Et tout ça, pour quoi ?

— Dis donc, mec, tout ça pour quoi ? Je n'ai aucune envie de me battre avec toi, on ne va pas jouer les petits coqs pour une gonzesse comme ça ; moi, je fais mon travail et les gens de ce genre ne peuvent pas entrer, dit le gorille d'un ton conciliant.

— T'as pas intérêt à la retoucher, répéta Urbano sans même le menacer, comme quelqu'un qui énonce une évidence.

— Je ne la toucherai pas ! dit doucement le portier d'un ton moqueur. Si tu te tracasses tant pour cette traînée, pourquoi tu ne l'emmènes pas avec toi ? Hein ?

Urbano se baissa et aida Zarza à se relever.

— Ça va ?

— Très bien. Oui, oui. Trèsbientrèsbien, dit rapidement Zarza en séchant son sang avec le dos de sa main et en essayant d'arranger ses habits.

Après tout, peut-être avait-elle gagné un client sans avoir à entrer dans la discothèque. Elle sourit, essayant de paraître belle, aussi belle qu'elle l'avait été un jour, elle le savait, mais elle se souvint aussitôt qu'il lui manquait une dent, et elle serra les lèvres.

— Tu veux que je te ramène chez toi ? demanda l'homme.

— Et pourquoi pas plutôt chez toi ? dit Zarza avec toute la malice dont elle était capable.

Mais Urbano ne voyait devant lui qu'une pauvre fille d'une extrême maigreur aux habits tachés de sang, aux yeux exorbités, anxieuse comme un chien en cage. Urbano la regarda et réfléchit longuement en silence, parce que c'était un homme à la pensée lente et profonde : il avait une de ces intelligences architecturales qui ont besoin d'ériger d'abord les fondations, puis les murs et ne mettent de toit aux idées que tout à la fin. Il la regarda donc, réfléchit une bonne minute et, alors que Zarza commençait déjà à sombrer dans le désespoir, lui dit :

— Bon. Ça va. Viens chez moi.

— Eh mec, mais t'es un vrai pigeon ! Tu ne vois pas que c'est une traînée, tu ne vois pas qu'elle est camée à mort ? s'étonna le gorille. Quel pigeon…

Urbano avait trente-cinq ans et les cheveux châtains, coupés en brosse. Sa tête était ronde, large, son visage aux joues rebondies massif, sa peau grossière, aux pores dilatés. Au milieu de cette masse de chair, la bouche, petite et bien dessinée, était ridicule, une bouche de demoiselle ou de porcelet. Il n'y avait que ses yeux, tombants dans les coins comme ceux des chiens, de la couleur des raisins verts et profondément mélancoliques, qui humanisaient la brutalité du personnage. Si son visage avait appartenu au corps d'un petit homme, il aurait été assez laid. Juché au sommet de cette armoire à glace impressionnante et puissante, il pouvait passer pour un type dur. Mais ce n'était pas le cas. En fait, c'était un timide. Malgré sa carcasse et son cou de taureau, il se trouvait doux, même faible ; il se voyait comme la forme fragile qui, avant d'être sculptée, se cache dans un bloc de marbre. En fait, ce soir-là avait été le premier de sa vie où il s'était senti prêt à affronter quelqu'un à coups de poing, et cette réaction l'avait tellement surpris que c'était peut-être la raison pour laquelle il avait emmené la jeune fille chez lui : il voulait continuer à l'observer pour comprendre pourquoi il avait été si audacieux avec elle.

Menuisier, Urbano était un bon artisan : il travaillait à son compte, brassait de l'argent ; il n'était pas allé très loin dans ses études et il aimait lire, surtout les best-sellers ; ce n'était pas un intellectuel, mais pas non plus un inculte. Si renfermé et si lent, il était surtout bizarre. Il se considérait comme l'un des êtres les plus ennuyeux de la Terre et il lui était très difficile de nouer des liens avec les gens. Dans l'ensemble, il supportait bien sa solitude et même l'appréciait parce qu'il se sentait protégé ; mais de temps à autre, quand son corps se consumait, qu'il ressentait un vide douloureux qui n'était pas que charnel, il allait dans l'un des deux ou trois bars qui étaient à deux pas de chez lui. Il s'installait au comptoir, dans un coin, accroché au verre de whisky comme l'apprenti navigateur qui s'accroche pour résister à la houle, et attendait l'arrivée de quelque femme affamée et bavarde. Tôt ou tard, il en venait presque toujours une, attirée par sa complexion, la largeur de ses épaules, son air réservé et peut-être même son air brutal. Les femmes sont bizarres, se disait Urbano ; certaines avaient l'air de le craindre et en jouissaient.

Au petit matin, Urbano emmena donc Zarza chez lui. Chose assez insolite quand on sait que l'homme ne recouchait jamais avec les femmes des bars et que, en dehors de ces rencontres occasionnelles, il ne recevait jamais personne. L'appartement, bien rangé et d'un confort modeste, était au-dessus de l'atelier qui donnait directement sur la rue. Au grand dam de Zarza, Urbano laissa tout de suite entendre qu'il n'avait pas envie de faire l'amour. Zarza s'entêta, marchanda et baissa le prix de façon humiliante pour en arriver au strict minimum sans réussir à attendrir le cœur hermétique de l'homme.

— Alors, donne-moi quelques sous ! Zarza, vaincue, changea de tactique. Prête-moi un peu d'argent, s'il te plaît. Donne-moi dix mille pesetas. J'en ai besoin. Je te les rendrai demain, je te le promets.

— Non. Je ne vais rien te donner.

Zarza supplia, pleura, implora, comme la plus misérable des mendiantes, elle cria, proféra des injures, implora de nouveau. Urbano resta inflexible.

— Mais alors pourquoi m'as-tu emmenée ? demanda tout à coup Zarza, effrayée. Tu es un de ces types bizarres ? Qu'est-ce que tu veux de moi ?

Urbano était assis sur le canapé, les bras croisés sur sa poitrine. Il la regardait et réfléchissait.

— Non, finit-il par répondre. Je suis peut-être un type bizarre, mais pas de *ceux* dont tu parles. Je ne vais rien te faire, n'aie pas peur.

Zarza se leva, encore effrayée.

— Je veux m'en aller.

– Va-t’en. La porte est là. Personne ne t’en empêche.

Zarza tira sur sa jupe, prit son sac à main, nettoya d’un doigt mouillé de salive l’éraflure poussiéreuse de son genou et se dirigea vers la porte en traînant le pas.

– Alors, c’est tout? demanda-t-elle, près de la sortie.

– C’est tout. Mais si tu veux, tu peux rester dormir.

– Avec toi? Zarza reprit espoir, pensant à ses petites affaires et se rapprochant d’Urbano.

– Non. Ici, sur le canapé.

Elle se sentait si fatiguée. Elle se sentait si fatiguée, si malade. Elle se laissa tomber sur le siège, près de l’homme.

– Je ne peux pas rester. Je suis… Ça ne va pas du tout. J’ai besoin d’argent. Il faut que je m’en aille.

Urbano prit la main droite de Zarza et la posa sur la paume de la sienne. Zarza avait une légère main d’enfant, avec de petits bouts de peau arrachés, aux ongles rongés; elle semblait minuscule au milieu de l’énorme paume calleuse de l’artisan, aux phalanges larges et osseuses. Urbano contempla la main de Zarza avec une tendresse infinie, une minutie infinie, comme l’entomologiste qui étudie une nouvelle sous-espèce de coléoptère. L’homme regardait paisiblement et attentivement la main, et Zarza regardait l’homme, sans parvenir à croire qu’une partie de son corps pouvait susciter une telle attention. Y avait-il encore en elle quelque chose qui soit digne d’être observé, étudié, compris? Plusieurs minutes passèrent, tandis que Zarza sentait la faim monter dans ses veines et faisait, une fois de plus, l’expérience de l’angoisse mortelle qu’elle connaissait si bien, la torture raffinée de la Blanche. Mais cette fois-là, qui sait pour quelle étrange et obscure raison, elle se sentit plus forte ou, au contraire, plus lasse que jamais, et pensa: Pourquoi pas? Mourons une bonne fois pour toutes. Et elle resta.

Les jours suivants, elle agonisa cent fois et survécut cent fois, prolongeant à l’infini la torture. Jusqu’au jour où, au retour de l’une de ces morts, elle eut l’impression que respirer la faisait moins souffrir. Et, à cet instant, elle eut l’incroyable certitude que, tout compte fait, elle survivrait.

Alors, pendant la convalescence, Urbano et elle commencèrent à coucher ensemble. Elle lui avait fait, deux ou trois fois, des avances tantôt verbales tantôt simplement physiques en le frôlant ou en essayant de le toucher. Urbano l'avait toujours catégoriquement repoussée, aimablement au début, puis de plus en plus sèchement, de plus en plus violemment. Ce fut précisément cette progression qui fit comprendre à Zarza qu'elle était sur la bonne voie. Une nuit, elle l'entendit s'agiter derrière le mur. Il était très tard, c'était la pleine lune, une clarté argentée inondait l'appartement et Urbano, ne trouvant pas le sommeil, soufflait dans sa chambre. Zarza se leva du canapé et, après avoir ôté le tee-shirt avec lequel elle dormait, traversa, nue et sans faire de bruit, la maison baignée par la lune jusqu'à la chambre d'Urbano. Elle se glissa entre les draps et se blottit contre le dos massif et trempé de sueur de l'homme. Urbano tressaillit.

— Tu n'es pas obligée de faire ça, dit-il.
— Je sais, répondit Zarza.
— Ce n'est même pas indispensable.
— Je sais, répéta-t-elle ; et elle parcourut du bout des doigts le flanc charnu d'Urbano, aussi dur et coriace que celui d'un bœuf ; puis elle glissa sa main dans le pantalon de son pyjama et, satisfaite, constata que dessous tout était prêt pour elle. C'est ainsi que les choses commencèrent.

Il n'empêche que Zarza se sentait redevable. Elle n'arrivait pas à comprendre pourquoi ce grand gaillard silencieux et étrange l'avait accueillie chez lui, et lui offrir son corps n'était qu'une manière de le payer et, donc, de se sentir plus libre vis-à-vis de lui. Mais Zarza avait pu remarquer qu'Urbano n'aspirait pas seulement à une partie de jambes en l'air. L'homme voulait quelque chose de plus, quelque chose qu'il n'arrivait pas à traduire en mots, mais que Zarza interprétait, mi-surprise mi-moqueuse, comme une histoire d'amour. Si bien qu'elle essayait de s'acquitter de sa dette en feignant un amour de plus en plus fort, de plus en plus limpide. Elle lui susurrait des mots tendres à l'oreille. Elle caressait ses cheveux courts et raides. Elle le regardait fixement dans les yeux quand il la pénétrait. Tous les vieux trucs qu'elle avait appris dans la Tour. Elle n'était pas malintentionnée ; au contraire, c'était ce qu'elle avait de mieux à lui offrir. Son corps était mort, le corps de Zarza ; elle ne ressentait jamais rien, pas plus qu'elle n'avait ressenti quoi que ce soit avec les clients de la Tour, dont elle n'avait gardé qu'un vague souvenir. Quant à sa conscience, elle était aussi sèche qu'un brin de sparte. Parfois, elle pensait qu'elle avait épuisé à jamais ses émotions. Elle avait survécu mais elle n'éprouvait plus de sentiments.

Malgré tout, les jours passaient et son état physique s'améliorait. Ils s'étaient installés dans une douce routine aussi hygiénique que la vie quotidienne dans un sanatorium. Ils se levaient à neuf heures, prenaient leur petit déjeuner, faisaient un peu de gymnastique ; ensuite, lui, il descendait travailler à l'atelier et elle, elle lisait quelque chose de facile ou regardait la télévision, ce qui lui donnait l'impression d'être une petite fille, une collégienne qui se remet d'une inflammation des amygdales. Parfois elle se replongeait dans l'un de ses livres d'histoire du Moyen Âge, même si elle n'était pas encore capable de se concentrer sur quelque chose de consistant. De temps à autre, Urbano venait la chercher et ils allaient faire le marché ou se promener, ou bien voir un film. Parce que l'homme ne voulait pas qu'elle sorte seule. Ils vivaient ensemble, isolés, sans contact avec l'extérieur. Parfois Urbano remontait de l'atelier un meuble qu'il avait fait spécialement pour elle. Un fauteuil à bascule ravissant sur lequel elle avait mis des coussins d'un rouge brillant. Ou deux pieds de bois massif, adroitement et sobrement façonnés, pour les lampes de chevet de la chambre. Certains soirs, ils mettaient de la musique et Urbano dansait gauchement avec Zarza, la secouant d'un côté à l'autre au beau milieu de la pièce. Elle riait, montrant l'orifice de sa dent perdue et essayait de ne pas fouler les énormes pieds de son cavalier. Sa redécouverte du monde l'occupait beaucoup. Libéré de la Blanche, l'univers recouvrait son immensité initiale, sa colossale et palpitante confusion de comètes et de fourmis. Après la simplicité ardente et absolue de la Blanche, Zarza devait de nouveau affronter le tumulte de la vie. Et sa mémoire inquiète.

Parce que, très vite, Zarza commença à se souvenir. Un fourmillement désagréable, presque douloureux, progressif, comme lorsqu'on retrouve la sensibilité d'un membre endormi. Et c'est ainsi qu'un jour, Zarza pensa à Nicolás qu'elle avait abandonné des mois auparavant sans jamais plus lui donner signe de vie. Nico devait penser qu'elle était morte. Qu'un client l'avait éventrée à un coin de rue. Ou qu'elle avait été foudroyée par un baiser empoisonné de la Reine. Ce qui arrivait tous les jours dans la rue. Zarza pensait maintenant à Nicolás, il lui manquait et elle était accablée de chagrin parce que, pour la première fois, les jumeaux étaient séparés. Mais, en même temps, elle mourait de peur à la seule idée de le revoir. Son affection pour Nicolás était comme un cancer : un élancement de plus en plus aigu qui lui faisait mal. Zarza savait qu'elle ne pouvait en rester là, qu'elle devait faire quelque chose. Opérer cette tumeur, sinon elle en mourrait.

Mais peu après se produisit quelque chose d'encore pire ; la convalescente était suffisamment rétablie pour se souvenir de Miguel, dont l'image lui vint soudain à l'esprit de façon angoissante. Zarza s'imagina, horrifiée, que son petit frère devait continuer à vivre tant bien que mal avec Nico, oublié, négligé, abandonné dans un coin comme un petit animal gênant. Le souvenir de Miguel s'étant emparé d'elle, elle n'arriva plus à s'en défaire ; il croissait en elle, de plus en plus péremptoire, de plus en plus étouffant. Jusqu'au jour où elle fit asseoir Urbano sur le canapé et lui raconta tout. Elle lui parla de Nicolás, mais surtout de Miguel. De cet enfant retardé qui, de temps à autre, disait d'obscures vérités. Et elle lui dit aussi que, quand ils étaient petits, Miguel s'accrochait à une pointe de son pull, du pull de Zarza, ou de sa jupe ; il ne pouvait toucher un être humain sans se hérisser mais, rachitique, avec ses feuilles de chou, il s'accrochait aux habits de Zarza et serrait si fort qu'elle pouvait voir ensuite les traces de ses ongles sur ses paumes. Urbano fronça les sourcils et projeta en avant ses joues charnues comme il avait coutume de le faire quand il se concentrait sur un sujet important. Sérieux, se repliant sur lui-même, il serra la main de Zarza et déclara :

– On va aller chercher ton frère et on va l'emmener ici. Si on achète un matelas, il peut dormir dans la pièce du fond.

Une fois de plus, le caractère d'Urbano l'étonna ; et elle ne savait si l'homme était d'une immense générosité ou d'une immense stupidité, car nous avons si peu l'habitude de la bonté que nous la confondons, en général, avec l'idiotie ; et elle se remit au lit avec lui, poussant de petits cris étouffés, le regardant dans les yeux, feignant l'abandon et l'enthousiasme. Puis elle se doucha, s'habilla et partit chercher Miguel avec le menuisier, éprouvant pour la première fois depuis très longtemps quelque chose qui ressemblait à de la joie.

Ce que Zarza ne savait pas, et probablement ne saurait jamais, c'est que Martillo s'appelait Martillo – c'est-à-dire Marteau – à cause d'un petit incident dont elle avait été l'héroïne à l'âge de neuf ans; quand elle avait fracassé la tête de l'un des amants de sa mère avec un casse-noix. L'homme ne mourut pas et n'en garda pas de séquelles définitives, mais il passa un bon bout de temps à l'hôpital et ne reparut jamais chez Martillo, ce qui fut un grand soulagement car le type avait le vin mauvais et avait déjà flanqué des raclées aussi bien à la mère qu'à la fille. Outre la défaite de l'énergumène, l'exploit de Martillo la rendit très célèbre dans le quartier et lui valut un bref séjour dans une maison de correction et le nom qu'elle portait.

Zarza, quant à elle, s'appelait ainsi depuis toute petite parce que ses camarades d'école lui avaient donné ce surnom, coupant son nom en deux, comme le font souvent les écoliers. Mais son nom venait aussi des nuits noires de l'enfance, quand son père traversait prudemment les couloirs à pas de loup, entrait dans sa chambre sans faire de bruit, s'approchait de son lit et écartait le couvre-lit de cretonne. Puis les mains de papa la réveillaient, un homme grand et fort, aux yeux brillant dans la pénombre; alors elle prenait peur et s'agitait, et papa murmurait en souriant: "Comme elle égratigne ma petite ronce, ma petite Zarza."

L'histoire du *Chevalier à la Rose* se situe dans le duché d'Aubrey, sur la côte nord de Cornouailles, pas loin du monastère de St. Michael, où fut trouvé le manuscrit. Harris et Le Goff soutiennent qu'il fut écrit par Chrétien de Troyes autour de 1175, après avoir achevé *Le Chevalier à la Charrette* pour Marie de Champagne et avant de rédiger son *Perceval* inachevé pour Philippe d'Alsace. Sachant que, comme il était habituel à l'époque, Chrétien travaillait toujours sous tutelle et entretenu par un mécène, il se peut qu'il ait écrit *Le Chevalier à la Rose* pour Edmond Glasser, neuvième duc d'Aubrey et son contemporain, qui avait probablement l'intention d'utiliser la fable de Chrétien pour parer son nom d'un passé glorieux. Tout compte fait, c'était à cet usage que ces récits étaient, en général, destinés ; si les légendes arthuriennes se répandirent en Europe au XIIe siècle, ce fut avant tout pour donner une légitimité mythique à la dynastie des Plantagenets en Angleterre, qui était alors dans une position peu avantageuse vis-à-vis des Capets de France, forts de l'aura mythique de Charlemagne. Chrétien passa sa vie à créer une histoire rêvée, un passé mensonger mais beau. Et à faire de cette création une vérité très supérieure à la réalité équivoque et floue, beaucoup plus durable et fiable qu'elle.

*Le Chevalier à la Rose* se passe il y a fort longtemps, du temps de Thumberland, premier duc d'Aubrey. Les temps sont rudes et Thumberland est un seigneur de la guerre plus porté sur la force que la justice. Son épouse, Gwenell, est une étrangère, une Galloise à la chevelure aussi rouge et emmêlée qu'un "buisson ardent" : telle est l'image exacte utilisée par Chrétien. Elle est belle, très belle, comme seules peuvent l'être les splendides dames des fables ; et, comme toutes, elle n'a pas d'âge et ne vieillit pas, parce que le temps ne la blesse pas, il ne fait que l'embrasser, pour reprendre une autre image de l'auteur.

Gwenell qui, comme il est habituel dans la littérature courtoise, ajoute à ses atouts physiques une perfection spirituelle, elle aussi surhumaine, est la mère de l'héritier de Thumberland, un garçon heureux, audacieux et fort qui s'appelle Gaon. Mais, outre cet enfant légitime, le duc a un bâtard, Edmond (étrange hommage de Chrétien à son mécène homonyme, selon Le Goff), exactement du même âge que l'héritier. Les deux enfants sont élevés ensemble et s'adorent. Si Gaon est fort et audacieux, Edmond est agile et réfléchi. Ils se complètent comme les deux moitiés d'une pomme coupée en deux par le fil de l'épée.

Comme le seigneur de la guerre est toujours en guerre, le duché d'Aubrey est une cour raffinée et heureuse, régie par la sage main féminine de Gwenell. Il y a de la musique, de la poésie, des tournois et des combats en règle entre chevaliers, des promenades dans les jardins lors des soirées embaumées. C'est le paradis sur terre, un petit Éden limité par les créneaux du château. À l'intérieur du périmètre fortifié, la maladie ne blesse personne et le temps ne passe pas. Au plus haut de la plus haute tour, penchée à un balcon royalement ouvragé et flanquée de son fils et du bâtard, Gwenell laisse flotter ses lourdes boucles dans le vide et jouit de la beauté de ses biens. L'air fleure le miel et les fleurs s'ouvrent comme des lèvres charnues.

De loin en loin, le duc d'Aubrey retourne au foyer, les échos de la dernière tuerie dans les oreilles et les jambières éclaboussées de boue et de sang. Et c'est comme l'arrivée de l'hiver. La neige s'empile dans le chemin de ronde, les corbeaux transis de froid cherchent un précaire refuge dans les meurtrières, les loups rôdent autour des murailles. Thumberland impose ses routines de fer : le château est tout à coup plein de torches fumantes qui répandent plus d'ombres que de lumière, de grosses tentures de velours rouge et de chevaliers tintinnabulants au corps couvert de cicatrices. Le duc veut que son fils héritier s'endurcisse, et il lui intime l'ordre d'aller chasser seul. Mais le bâtard désobéit et accompagne son frère ; ils ont douze ans, on dirait des jumeaux, ils ne se séparent jamais. Ils partent donc dans le monde par un matin venteux, au ciel plombé, protégés par des capes doublées de fourrure de marmotte. La neige, fraîchement tombée, commence à geler ; les bottes crissent et laissent dans leur sillage une blancheur souillée.

Ils marchent, marchent, cherchant des traces. Ils veulent un sanglier, une pièce que le duc puisse considérer comme suffisamment précieuse et risquée. Ils croient enfin avoir trouvé une piste : des pas, des excréments, des branches cassées. Ils sont armés d'arbalètes, de poignards, de courtes épées. Sans chiens, ils le savent, il est extrêmement difficile de chasser un sanglier ; mais en hiver les animaux ont faim, ils s'approchent davantage, ils sont plus imprudents. Edmond et Gaon, eux aussi, sont imprudents ; avec l'ignorance et le sentiment de toute-puissance propres à la puberté, ils pénètrent allégrement dans un épais buisson. Là, cachés dans les broussailles, ils entendent un bruit de feuilles mortes, un grognement furieux. Ils se retournent, les arbalètes en position, et tirent en même temps, presque sans viser. C'est un ours. Une flèche s'est perdue et l'autre s'est clouée dans son épaule laineuse mais sans porter à conséquence. L'animal, énorme, s'approche en titubant et, d'un seul coup de griffe, ouvre la poitrine de Gaon, puis s'apprête à l'achever. Edmond se glisse alors entre les deux. Avec son poignard à la main, parce qu'il est trop près pour pouvoir se servir de l'épée. L'animal coince sa tête entre ses griffes et le garçon commence à tout voir derrière un voile de sang. L'ours est rouge, son haleine fétide est rouge, la mort est rouge. La mort qui s'approche, inexorablement. Tout à coup, la bête s'écroule en poussant un glapissement d'agonie. Encore debout, Edmond contemple, ébahi et étourdi, le convulsif tas de chair et de poils ; l'ours, remarque difficilement le garçon derrière les bouillons de sang qui l'aveuglent, a la gorge tranchée de part en part. C'est lui qui l'a fait, sans pratiquement s'en rendre compte. Il peut, maintenant, se détendre, se laisser tomber par terre et s'évanouir.

Les deux enfants mettent de longues semaines à guérir. Couchés l'un à côté de l'autre, ils sont veillés par Gwenell, inépuisable, qui les caresse de ses douces mains et de ses boucles de feu ; et l'eau avec laquelle elle soigne les blessures se mêle au sel de ses larmes, dit Chrétien. Gaon n'a gardé en souvenir que quelques estafilades au sternum ; mais Edmond a perdu son œil droit. Son beau visage d'adolescent est maintenant défiguré par la cicatrice qui se répand en rayons, couturée et ronde, et elle recouvre son orbite tout entier, comme si quelqu'un avait craché une rose de chair sur son visage. Cependant, le garçon n'en semble pas affligé. Il affiche une sérénité qui n'est pas de son âge. Pour être plus précis, la sérénité du héros face à l'infortune. Gaon, au contraire, est très affecté. Il doit à son demi-frère la vie et un œil, et il déborde d'admiration et d'amour. Si avant ils étaient toujours ensemble, maintenant ils ne se séparent plus. Ils dorment même dans le même lit, dans la tour de Gwenell, un étage au-dessous des appartements de la duchesse.

Thumberland repart avec sa morne suite de soldats et retourne au printemps au duché d'Aubrey. Les tournois et les joutes poétiques reprennent. Gaon et Edmond grandissent, leur poitrine s'élargit, leurs fesses s'endurcissent. Ils commencent à poursuivre les suivantes dans les jardins et il y a des explosions de rires et de soupirs. Malgré sa cicatrice et sa condition inconfortable de bâtard, Edmond est le préféré des dames. Bien que les deux garçons mesurent la même taille, Edmond est le plus svelte ; il a un corps parfait et une moitié de son visage est divine. Avec l'autre, il réussit à émouvoir : la lésion le rend humain, sinon sa beauté aurait pu être insupportable. Au château, on commence à l'appeler le Chevalier à la Rose, un nom célébrant la forme de sa blessure. Le jeune homme a un tempérament si mesuré et si formidable qu'il a réussi à faire passer la perte de son œil pour une sorte d'atout.

Par une chaude nuit éclairée par la lune, Gaon se réveille et s'aperçoit qu'il est seul. Ce n'est pas la première fois que telle chose arrive : depuis que les demi-frères ont un corps d'homme, il leur arrive souvent d'aller retrouver des femmes. Mais cette nuit-là, il y a dans l'air quelque chose qui fait frissonner Gaon. Une quiétude différente, une palpitation, le pressentiment de quelque chose d'inhabituel et d'insoluble. Gaon se lève, nu comme toujours quand il dort, baigné par la lumière de la lune, pleine et ronde, tout en haut dans le ciel, qui semble le regarder et "le fasciner"; et pour Chrétien, la fascination équivaut au mauvais œil. Cette lune fulgurante jette donc un sort à Gaon et l'oblige à marcher comme un automate. Il sort de sa chambre et s'arrête pour écouter: le palais est silencieux, comme enchanté. Il monte, pieds nus, l'escalier. Des pieds qui ne font pas de bruit. Il arrive à la porte des appartements de sa mère: le battant est entrebâillé et aucune dame de compagnie ne pique du nez dans l'antichambre. Gaon va jusqu'à la chambre à coucher, une immense salle circulaire peinte d'argent brillant par la lune. Au fond, près du balcon ouvragé de l'enfance, une étoile organique s'agite et frémit sur le lit. L'héritier s'approche, pressentant ce qu'il va voir mais sans encore vouloir le comprendre, et il découvre enfin les deux corps collés, épuisés, emboîtés; les beaux muscles d'Edmond semblent de fine pierre, la peau de la femme est un marbre splendide. Toute cette chair tiède se confond pour ne former qu'un seul être, un animal haletant s'achevant par la chevelure de Gwenell qui, exubérante, flotte sur le lit comme la douce couronne d'une anémone.

"La garde!" crie Gaon, d'abord sans voix et sans souffle, puis avec un gémissement d'agonie, cherchant en vain une arme sur sa hanche nue. Entendant son cri, l'étrange animal marin se défait, se sépare en deux êtres morts de peur. "Frère", dit Edmond; mais Gaon, hors de lui, continue à appeler la garde et on entend déjà un tourbillon de pas dans l'escalier. "Pars, va-t'en, fuis!" implore Gwenell: maintenant, elle ne ressemble pas plus à une duchesse qu'à une mère; ce n'est qu'une femme qui a peur pour son amant. En un instant, Edmond prend une décision; il ramasse la boule de vêtements qui est par terre, ses bottes, son épée et saute, nu, par la fenêtre du fond de la pièce. On entend l'eau des douves clapoter, les exclamations des soldats. Gaon, paralysé, n'arrive pas à intimer l'ordre qu'on l'arrête et son demi-frère s'échappe.

Le paradis perdu, Gaon exige qu'on enferme Gwenell dans la chambre à coucher et qu'on en bouche la porte, le balcon ouvragé et les fenêtres. Seul reste ouvert un petit trou avec un tourniquet par lequel on lui fait passer, deux fois par jour, de l'eau et de la nourriture. Gaon a décidé qu'elle ne pourra plus jamais en sortir, qu'elle ne reverra plus jamais la lumière du soleil. Maintenant, l'hiver règne pour toujours sur le duché et Gaon s'efforce de ressembler de plus en plus à son père, ce Thumberland dont on n'a plus de nouvelles depuis des années. Tant et si bien que les poètes disparaissent de la cour et là où, jadis, il y avait du soleil et de délicates soieries, il y a désormais un feu de bois et des brocarts poussiéreux. Le château est plein de grandes cheminées qui crépitent, noires de suie, et qui, bien que sifflant comme l'enfer, n'arrivent pas à réchauffer l'endroit ni à en chasser les ombres. Gaon vit et dort seul, de plus en plus morose et taciturne.

Un matin, arrive la nouvelle de la mort de Thumberland sur le champ de bataille et, deux jours plus tard, entre dans le château le seigneur lui-même changé en cadavre gelé, aux lèvres violacées, un liseré de sang givré bordant son front. Ses soldats le portent sur leurs épaules, seigneur de la guerre jusqu'au bout, couché sur son propre bouclier comme les anciens Lacédémoniens. Gaon célèbre comme il se doit les funérailles, décrète un long deuil, ordonne à ses sujets de faire pénitence pour lui. Le duc d'Aubrey, c'est désormais lui et, conscient de ses devoirs dynastiques, il se marie avec une jeune dame terrifiée et chlorotique et lui fait deux enfants, uniquement pour perpétuer le nom. Puis il ne la revoit plus. Son épouse et leurs enfants logent dans la tour de Gwenell, sous le cachot fétide où la duchesse pourrit au fil des années. À la surprise de tous, elle n'est pas encore morte : la nuit, elle frappe contre les murs.

L'écho des prouesses d'Edmond blesse les oreilles de Gaon. Le bâtard est devenu un personnage légendaire, le Chevalier à la Rose, un célèbre guerrier qui vit en louant son épée, mais seulement pour des causes justes. Sur sa cuirasse est peinte une rose jaune qui se confond presque avec une ronce à cause de toutes les épines qui se dressent sur sa tige; et le panache de son heaume est aussi rouge et frisé que la chevelure d'une femme.

Le nouveau duc est désespéré: il ne supporte pas le prestige de son demi-frère et, surtout, il ne supporte pas cette vérité qui le ronge: il lui doit la vie. Ne connaissant ni paix ni repos, Gaon se lance dans une orgie militaire, il se bat contre les barbares du Nord, contre les Vikings, contre les proscrits. Il est déjà, comme son père, un seigneur de la guerre, mais il le surpasse en cruauté. Un jour, il se fâche contre un page qui lui a servi de la nourriture froide et a répondu à ses reproches avec un peu d'insolence. Tremblant de colère, Gaon se lève, prend d'une main le garçon par le cou et le traîne jusqu'à une énorme cheminée. Il le jette dans les flammes et, le bras tendu, attend que l'adolescent rapetisse. Dès lors, le deuxième duc d'Aubrey est connu sous le surnom de Poing-de-Fer: parce qu'il a résisté à la douleur et parce que, depuis cet incident, il a toujours un petit gant de métal à sa main inutile et brûlée. Les noms qu'ils portaient enfants, Gaon et Edmond, s'effacent peu à peu de la mémoire, de même que le souvenir lointain et heureux du paradis.

Mais ce que ne peut oublier Poing-de-Fer, c'est qu'il n'est pas maître de sa vie. Cette pensée le torture, lui empoisonne le sang et le rend fou. Poing-de-Fer se rue à maintes et maintes reprises sur ses ennemis comme un fou, cherchant la mort sur le champ de bataille pour ne pas avoir à payer sa dette à son demi-frère; mais il a beau prendre des risques, l'édentée n'arrive pas à s'emparer de lui. Il laisse dans son sillage ferrailles et cadavres mais lui ne reçoit que quelques petites blessures.

Un jour, alors que Poing-de-Fer est dans le Nord, très loin de ses terres, combattant les Pictes aux visages peints, apparaît dans le campement un chevalier armé qui sollicite une audience avec le duc. Poing-de-Fer vient de revenir d'une expédition de reconnaissance; il porte un vieux corselet de cuir déchiré et il est fatigué, assoiffé et couvert de poussière. Le hasard et l'absence de protocole propre aux campements militaires font que le cheva-lier est conduit, sans entremise, sur-le-champ devant le duc. Poing-de-Fer, à peine l'a-t-il vu, reconnaît son frère; pâle, il chancelle, comme frappé par la foudre. Le Chevalier à la Rose ôte son heaume : lui aussi a le visage blanc comme de la cire, à l'exception de la fleur rosée de sa cicatrice. Autour des deux gentilshommes s'ouvre un cercle qui attend.

— Je viens de très loin pour te voir, frère. Parce que tu es toujours mon frère, bien que tu me haïsses, dit le Chevalier. Il y a des années et des années que je souffre pour mes péchés, qui sont grands, je le sais. Et je me repens. Je suis venu te demander clémence.

Poing-de-Fer écoute à peine ; un bouillon de sang lui bouche les oreilles. Il a une seule pensée en tête : son demi-frère est devant lui, à sa merci, entre ses mains, et il ne peut pas le tuer. Il pense aussi à la magnifique armure du Chevalier ; à sa beauté virile, qui est encore grande ; à son allure de héros. En revanche, lui, il est sale et en nage, il a vieilli, il est pauvrement armé. Il maudit le moment où, dans la matinée, il s'est mis son léger corset : il a préféré le confort à la munificence, et maintenant ses soldats doivent trouver le bâtard plus ducal que le duc lui-même. Il serre les mâchoires jusqu'à ce que l'on entende ses dents grincer. Le Chevalier fait quelques pas vers lui et pose un genou à terre.

— Ne te semble-t-il que nous avons déjà tous trop souffert ? dit-il d'une voix rauque et cassée, lourde d'âpre émotion. Cependant, il fut un temps, pas très éloigné, où nous nous aimions. Et où nous fûmes heureux. En souvenir de l'immense amour que nous nous portions, je te supplie d'en finir. Le pardon est la plus grande vertu des grands seigneurs. Et je sais mieux que quiconque combien tu es grand. Je m'humilie devant toi. Pardonne-moi, frère.

— Jamais… jamais, bredouille en s'étranglant Poing-de-Fer, et les mots fusent en lui raclant la gorge.

— Je t'en supplie ! Ce n'est pas pour moi que je te le demande, tue-moi si tu veux. Mais pour elle… pour ta mère. Je sais qu'elle est toujours vivante. C'est un châtiment cruel. Laisse-la sortir de son cachot. Laisse-la aller dans un couvent.

— Jamais, jamais, répète Poing-de-Fer ; et ses mots, dit Chrétien, brûlent dans sa bouche.

Le Chevalier à la Rose, comprenant alors l'inutilité de ses efforts, pousse un hurlement à donner froid dans le dos, le cri de douleur d'un animal qui se sait perdu. Ce hurlement est tel que tous les présents en sont saisis ; et l'un des soldats du duc, craignant d'encourir le courroux de son maître parce que c'est lui qui a introduit le Chevalier dans le campement, croit comprendre, étant donné sa fébrilité, que la plainte du demi-frère est une menace contre Poing-de-Fer et, saisissant sa lance, il l'enfonce dans le Chevalier à travers les mailles de métal de sa cuirasse, perforant sa poitrine. Le bâtard s'écroule en crachant du sang. Poing-de-Fer dégaine son épée et, d'un seul coup, égorge le soldat. Puis il donne l'ordre de soigner son demi-frère, de le guérir, de lui sauver la vie. Une tente est montée uniquement pour lui, et les médecins dorment couchés en biais au pied de son lit, comme des chiens domestiques. Poing-de-Fer ne rend jamais visite au Chevalier à la Rose, mais il prend des nouvelles de sa santé tous les matins et tous les soirs. Passent les jours et les semaines. Au bout d'un certain temps, un page s'agenouille en tremblant devant le duc et lui annonce que le Chevalier est conscient, définitivement hors de danger, et qu'il n'a plus de fièvre.

Dans la soirée, Poing-de-Fer organise un banquet, rit à gorge déployée, boit, parle à grands cris, et emmène deux femmes dans son lit. Le lendemain matin, le duc se baigne dans le torrent glacé, puis revêt ses plus beaux habits. Il traverse le campement, arrive à la tente du malade, y entre comme un tourbillon d'air froid. Le Chevalier à la Rose se met péniblement sur son séant, encore très pâle, très affaibli, la poitrine bandée et le profil en lame de couteau. Tous les deux se contemplent sans dire un mot ; le silence est plus violent qu'une injure. Poing-de-Fer tire alors de son fourreau son couteau de cérémonie, une fine feuille d'acier bien trempé à la poignée garnie de perles.

— J'ai enfin payé pour la vie que je te devais, dit le duc.

Et, d'un geste bref et précis, il coupe son œil droit en deux. Comme une faucille du lait caillé, dit Chrétien.

– Ainsi j'ai payé pour ton œil, ajoute-t-il, impavide, la voix à peine un peu plus rauque. Je ne te dois plus rien. La prochaine fois, je te tuerai.

Poing-de-Fer ne dit pas un mot de plus et quitte la tente. Peu après, le Chevalier à la Rose, encore très faible, est remis sur le chemin avec une paire de chevaux et des provisions.

L'éminent Jacques Le Goff suppose que cette étrange légende ne dut guère plaire à Edmond Glasser, neuvième duc d'Aubrey, et que c'est peut-être pourquoi le texte ne fut jamais porté à la connaissance du public. Il se peut même que Chrétien soit tombé en disgrâce et qu'il ait dû s'enfuir de Cornouailles après avoir confié le manuscrit à un moine ami. Ou que ce soit le duc lui-même qui, insatisfait de cette sombre histoire, ait enterré l'œuvre dans le monastère qui, à l'époque, était sur ses terres.

Quoiqu'il en soit, il ne nous reste pas grand-chose avant d'en arriver au dénouement, bien que Chrétien affirme qu'après cette rencontre des années et des années ont passé, mais c'est tout juste s'il leur consacre quelques lignes. Il dit uniquement que Poing-de-Fer et le Chevalier à la Rose mettent un certain temps à soigner leurs blessures, puis retournent au combat. Mais maintenant, tandis qu'ils guerroient, chacun essaie de diriger ses pas vers la région où il pense qu'il pourra rencontrer son demi-frère. Se cherchant l'un l'autre, ils parcourent en vain les chemins. Et vieillissent.

Un jour, à la tombée de la nuit, alors que l'âge pèse déjà sur leurs épaules et que les cheveux blancs commencent à briller sur leur tête, les deux gentilshommes parviennent à se retrouver. Le duc vient d'arriver à son château où il pense rester quelques semaines. Mais avant qu'il ait terminé de s'installer, lui emboîtant le pas, apparaît le Chevalier à la Rose. Poing-de-Fer, qui ne le reçoit pas, donne l'ordre de s'occuper de lui, de lui servir un magnifique repas, de lui préparer la plus belle chambre. Les ordres sont exécutés, tandis que les courtisans se perdent en chuchotements, accablés à l'idée de ce qui va se passer. Cette nuit-là, personne ne dort dans le château, sauf les demi-frères.

Au point du jour, ils se retrouvent tous les deux dans la cour d'armes. Revêtus de leur splendide armure au grand complet. Poing-de-Fer a une épée et une massue ; le Chevalier à la Rose, une courte lance et une épée. Ils ont la même taille, Poing-de-Fer est un peu plus gros que son demi-frère. Ils se regardent, entourés à prudente distance par la foule silencieuse. Les minutes passent sans qu'on n'entende un seul bruit, sans que rien ne bouge, tandis que le soleil monte dans la voûte céleste et commence à lécher la cour. Alors, quand la flaque de lumière atteint le bas de la tour, on entend quelque chose qui ressemble à un lugubre roulement de tambour : c'est la fantomatique Gwenell, prisonnière qui frappe tout là-haut, dans les ténèbres, contre les murs de son barbare cachot. À cet instant, les deux demi-frères baissent leur heaume et le combat commence.

Ils se battent comme des lions toute la journée durant, affirme Chrétien, avec le style hyperbolique caractéristique de ce genre de récit de chevalerie. Ils frappent et se donnent des coups d'épée et, à la tombée de la nuit, ce sont deux hommes de fer pleins de bosses et recouverts de cette boue visqueuse faite de poussière et de sang mêlés. Arrive le moment où ils ont à peine la force de tenir debout. S'appuyant sur leur épée, ils s'observent anxieusement et mutuellement du haut de leur lassitude infinie. Ils jettent alors leurs armes par terre, se rapprochent l'un de l'autre en titubant et se confondent dans une étreinte désespérée.

Les prestigieux maîtres armuriers de Cornouailles avaient introduit une curieuse innovation dans les armures de combat : au lieu d'y mettre un arrêt normal, c'est-à-dire ce fer placé dans le plastron, sur le sein droit, où était fixé le bout de la lance, ils avaient affûté la pièce afin d'en faire une longue pointe extrêmement aiguë qui pouvait être utilisée comme arme défensive dans le corps à corps.

Le Chevalier à la Rose et Poing-de-Fer portaient, nous dit Chrétien, sur leurs cuirasses cet arrêt mortifère. C'est pourquoi quand les demi-frères se serrent l'un contre l'autre et s'étreignent, ils exercent une pression sur les pointes qui traversent d'abord leur plastron, puis leur justaucorps couvert de sueur et ensanglanté, déchirent leur peau et s'enfoncent enfin dans leur chair, juste au sein gauche. Les deux demi-frères de même taille, comme des jumeaux, chacun ouvrant le cœur de l'autre dans l'étreinte définitive de la mort.

Quand Zarza arriva au 29 de la rue Rosas, il était six heures vingt et les réverbères de la rue venaient de s'allumer. Le ciel, dégagé, avait ce ton bleu profond et presque solide des fins d'après-midi d'hiver. Il faisait beaucoup plus froid que le matin et quelques piétons pressaient le pas, les cols de leurs manteaux relevés et les basques voltigeant dans le vent. Le quartier avait bien changé depuis son enfance. Jadis, il n'était que résidentiel, avec de petits hôtels isolés entourés de jardins. Depuis, on avait construit quelques immeubles bas aux appartements luxueux et un centre commercial avec restaurants et boutiques.

Il y avait très longtemps que Zarza n'y était pas retournée et le spectacle de la maison familiale lui fit une impression désagréable à laquelle elle ne s'attendait pas, comme une blessure mal cicatrisée qui s'enflamme. L'endroit était toujours pareil, mais il avait vieilli ; délabré, il avait cet aspect décati des maisons qui restent trop longtemps fermées : toutes semblent avoir été le théâtre d'une douleur ancienne. Zarza fit prudemment le tour de la propriété ; la haie de cyprès n'était plus que l'ombre d'elle-même et c'était maintenant un labyrinthe de branches mortes assailli par une armée d'araignées. Sur le petit mur de clôture décrépi, le ciment se défaisait comme de la mie de pain entre les doigts. Sur le portail de fer, c'est à peine s'il y avait encore quelques écailles de la peinture verte d'origine ; tout le reste n'était que du métal rongé par la rouille. Apparemment personne n'était entré par la porte du jardin depuis très longtemps : dans la serrure aussi il y avait des toiles d'araignée. Et ce que l'on apercevait à travers la haie donnait une même impression d'abandon complet. Après tout, Nicolás n'était peut-être pas là.

Il était très difficile d'ouvrir la grille, même avec la clé ; malgré tous ses efforts, Zarza ne réussit à la déplacer que de quelques centimètres. Elle dut ôter sa veste pour pouvoir se faufiler par l'étroite fente et, une fois à l'intérieur, elle ne put la refermer, comme si elle s'était enfoncée dans le sol. Le portail aussi est à bout, pensa Zarza. Hors de ses gonds, inutilisable, c'était une ruine de plus à ajouter aux autres. Zarza reprit son souffle, sortit le pistolet de son sac, s'assurant que le cran de sécurité était mis, et avança en brandissant timidement son arme. Elle fit un tour dans le jardin éclairé par la lumière du crépuscule. À la place de la pelouse, il y avait maintenant de la terre fendillée et sèche parsemée de touffes de mauvaises herbes. Les arbres, bien que rabougris et à moitié malades, avaient presque tous survécu : le châtaignier, le bouleau, les érables... La piscine, vide et lézardée, ressemblait à un dépotoir. Zarza se pencha prudemment sur le bord : feuilles pourries, flaques d'eau noire et répugnante, bouts de plastique, feuilles de journaux, une chaussure d'homme si tordue qu'elle la prit d'abord pour une racine, les restes d'un canapé bleu qui exhibait la moitié de son armature. Le canapé du bureau de papa. Zarza se tourna vers la maison ; les portes coulissantes du bureau étaient cachées par les vieilles persiennes de bois. Les lourdes et poussiéreuses lattes désormais coincées en avaient, à coup sûr, cassé le mécanisme et elles s'écroulaient. Par là non plus personne n'était entré depuis très longtemps. Zarza reprit longuement son souffle, essayant de se libérer du poids qui lui oppressait la poitrine. Le temps était une maladie maudite ; sa fureur mettait immédiatement en miettes les choses livrées à elles-mêmes.

Elle continua à faire le tour de la villa et vit que toutes les fenêtres étaient fermées et grillagées. Les grilles avaient été rajoutées récemment ; c'était sa sœur qui avait dû les faire poser pour protéger la propriété. Elle se dit que Martina avait peut-être aussi changé la serrure de l'entrée. Éventualité à laquelle Zarza se reprocha de ne pas avoir pensé plus tôt. Elle pressa le pas, persuadée que l'endroit était vide, impatiente de vérifier. Elle tâtonna dans l'obscurité du porche; lourd et encombrant, le pistolet l'empêchait d'ouvrir. Elle le posa à ses pieds, chercha de nouveau la serrure à tâtons et introduisit la fine et longue clé dans l'orifice. Elle fonctionnait. Elle ramassa prudemment l'arme, poussa un peu la porte et l'ouvrit. Une bouffée d'air fétide vint lui frapper le visage. Ça sentait les vieilles canalisations et l'humidité.

Zarza n'avait encore jamais vu la maison familiale vidée de ses meubles, et la nudité des pièces lui parut impudique et inquiétante, aussi désagréable à regarder que l'humiliation subie par autrui. En fait, la maison n'était pas complètement vide, mais dans un état bien pire; dans une pièce, il restait une chaise bancale, dans une autre un sommier sans matelas, dans une autre encore un tapis poussiéreux. Par les fenêtres, à travers les grilles, entrait la lointaine lueur orangée des réverbères de la rue, donnant à la pénombre une fantomatique teinte jaunâtre. Plongée dans l'obscurité et sans meubles, la maison semblait beaucoup plus grande et presque méconnaissable. Pis: un lieu connu mais défiguré, comme il arrive souvent avec nos propres maisons quand elles s'introduisent dans nos cauchemars. Désemparée, Zarza allait de pièce en pièce et se trompait parfois de sens tant tout était différent et confus. Ici, la salle de jeux; non, la pièce où mangeaient les enfants. Et dans ce grand espace inondé d'ombres était la chambre de sa mère. On avait du mal à concevoir que cette pièce désormais vide et triste eût été le théâtre d'un tel mystère. Zarza se rappelait le haut-le-cœur qui la secouait chaque fois qu'elle s'approchait de la chambre maternelle: murmures, pas feutrés, le léger tintement d'une petite cuillère remuant des médicaments dans un verre. Et au fond, adossé à la cloison, l'immense lit, ce temple secret où Zarza fut conçue, cette molle sépulture où maman était morte, ou s'était suicidée, ou bien encore avait été assassinée.

Le seul endroit où son père avait fait poser des persiennes était son propre bureau; partout ailleurs, il y avait des contrevents de bois, grands ouverts et branlants, à moitié sortis de leurs gonds. La lumière du dehors s'infiltrait donc par les carreaux sales, soulignant le sinistre profil des barreaux. La maison était une prison. Zarza entra dans la salle de séjour, grande et rectangulaire, avec une cheminée en marbre percée dans l'un des plus petits murs. Dans le foyer, il y avait des cendres, des brindilles, des branches à moitié carbonisées, une paire de vieilles chaussettes roussies, une boîte de conserve vide et noire de suie. Elle se souvint vaguement qu'à une époque la maison avait été prise d'assaut par des vagabonds ; c'était peut-être juste après que Martina avait fait poser les grilles. Et ces étrangers avaient dû y manger et y dormir, ignorant le passé de l'endroit. Ignorant l'excellent riz au lait préparé par la nounou Constanza, celle qui, de la vertigineuse série de bonnes, demeura le plus longtemps, ou du moins fut la seule à rester gravée dans la mémoire ; ignorant la sèche odeur de fièvre de maman, les mains froides de papa, cette musique chinoise qui, en fait, n'était pas chinoise et que Nico et elle écoutaient, protégés par la table de la salle à manger ; cette même table sur laquelle ils recouvraient, tous les automnes, leurs livres de classe, transis par la tristesse de l'hiver qui approchait. Bref, ces vagabonds avaient pénétré dans les entrailles de son enfance comme des vautours déchiquetant à coups de bec une bête morte. Zarza secoua brutalement la tête, essayant de chasser cette image désagréable, et elle se rendit alors compte, du coin de l'œil, que quelque chose bougeait dans la pièce.

Elle fit un saut en arrière en poussant un hurlement, puis se regarda, paralysée par la frayeur, le souffle coupé, dans le miroir de la cloison d'en face. C'était le miroir de toujours, au cadre d'acajou, au tain maintenant piqué et terni. Il était placé près de la porte d'entrée de la salle à manger, en face des fenêtres, et son père avait l'habitude de s'y donner un dernier coup d'œil avant de sortir. Zarza se rendait maintenant compte que la dernière image qu'elle avait gardée de son père, avant son départ définitif, était l'un de ces coups d'œil à la fois satisfaits et provocateurs. Parce que son père se regardait dans les yeux : un regard méticuleux, inquisiteur, comme s'il se jaugeait ou se reconnaissait. Ce jour-là, tant d'années plus tôt, son père s'était regardé dans ce miroir, d'abord de face, puis de profil. Il était déjà presque chauve et ses yeux avaient rougi, ces yeux arabes, dont il avait toujours été si fier, ou plutôt des yeux de Tartare, de Mongol, des yeux ardents de barbare d'une ténébreuse profondeur orientale. Ce jour-là, Zarza l'avait vu se regarder et tirer sur les manches de sa chemise. Puis sortir par la porte sans dire au revoir et disparaître à jamais dans le vaste monde.

La maison était une tombe, pensa Zarza. Debout, au milieu de la salle de séjour, elle percevait autour d'elle le labyrinthe étouffant des autres pièces. Son ancien foyer était un capharnaüm sordide de volumes quadrangulaires et vides. Comme un Rubicube livré au chaos. Un de ces cauchemars géométriques qui se consument à l'intérieur de nos cerveaux quand la fièvre nous ronge. Teófila Díaz, la psychiatre, lui avait dit, des années auparavant, que rêver de la maison de son enfance était une représentation de son propre inconscient. Zarza la détestait, mais cette idée était restée étrangement gravée dans son esprit ; maintenant, la maison était, bien entendu, pour elle son propre cerveau coupé en petits morceaux, une effervescence de monstres personnels. Elle fut soudain prise d'un vertige qui fit danser les coins de la pièce. Elle posa le pistolet sur le manteau de la cheminée ; elle avait les mains moites et grelottait. Il faisait très froid et quand elle reprenait son souffle, de petits nuages de buée se répandaient dans la pièce qui sentait le moisi.

C'est alors qu'elle l'entendit. Sur le moment, elle crut tout simplement qu'elle était devenue folle. Elle entendit le carillonnement des notes dans la pénombre, ces sons clairs et brefs, aussi aigus qu'un fin cristal qui se brise. Je délire, se dit-elle : j'entends des choses. Et cette première pensée lui saisit la nuque comme une main glacée, lui emplissant le cœur d'épouvante. Mais le tintement continuait, horriblement réel en apparence. En faisant un effort colossal, Zarza réussit à déplacer son corps garrotté vers les sons. Elle sortit de la salle à manger à petits pas lents, très lents, un pied devant l'autre, avec la difficulté à se déplacer d'un moribond, dont nous faisons l'expérience dans les mauvais rêves ; puis elle traversa le couloir et s'approcha du bureau de son père, une pièce dans laquelle elle n'était pas encore entrée. La porte était entrebâillée et l'intérieur très sombre, à cause des persiennes cassées ; et par la fente s'infiltrait, claire et enjouée, la vieille mélodie, cette musique chinoise qui n'était pas chinoise et qui semblait provenir des enfers. Ce devait être là-dedans, dans le bureau ; c'était là qu'était sans doute la vieille boîte à musique qu'elle croyait perdue. Et, d'une certaine manière, elle fut encore plus horrifiée par la présence de son ancien jouet que par cette évidence : quelqu'un (et qui, sinon Nico ?) avait dû mettre la boîte en branle. Imperturbable, la ritournelle se poursuivait, émergeant des abîmes de sa mémoire et emprisonnant Zarza dans une cage de notes. Il faut que je fasse quelque chose, pensa-t-elle, tandis qu'elle se sentait sombrer dans le passé : je dois tendre la main et pousser la porte entrebâillée pour voir qui est là, pour voir ce qui m'attend. Mais les ténèbres s'étaient collées au bord de la porte comme une substance visqueuse et perverse tandis que la petite musique continuait d'égrener ses notes obsédantes. Une vague de pure terreur la frappa, lui ôtant toute volonté, toute capacité à raisonner. Terreur produite par quelque chose d'innommable qui l'attendait à l'intérieur du bureau, quelque chose qu'elle ne savait pas définir mais qui était pire que la vengeance de son frère, pire que sa propre mort. Un enfer à sa mesure. La noirceur du Tartare.

Elle fit demi-tour d'un saut d'animal, une impulsion dictée uniquement par ses muscles et l'adrénaline sans intervention de son intelligence et fila comme une flèche dans le couloir. Elle ouvrit la porte d'un coup, quitta la maison, survola le jardin, s'infiltra dans l'entrebâillement du portail rouillé, se démena comme une bête prise au piège et qui essaie de se libérer, se fit mal à une épaule et à une hanche. Et elle courut dans la rue comme une folle jusqu'à en perdre haleine. Appuyée contre un mur, tremblante, elle essaya de recouvrer son souffle normal, tandis que commençaient à atterrir dans sa conscience les souvenirs confus de ce qu'elle avait vécu : la sensation de décadence, la mélodie menaçante de son enfance, la présence évidente de

115

Nicolás, le tumulte asphyxiant de ces pièces sombres. Et elle se souvint alors qu'elle avait laissé le pistolet sur le marbre poussiéreux de la cheminée.

Il y eut d'autres moments. Des petits souvenirs que Zarza gardait dans sa mémoire comme des bijoux précieux. Une fois, en hiver, par une matinée sombre et ennuyeuse des vacances de Noël, Zarza s'approcha sur la pointe des pieds du bureau de son père. La maison était vide et silencieuse ; Nicolás n'était pas là, chose surprenante, car ils étaient toujours ensemble : peut-être était-il malade. Maman devait, comme toujours, être dans son lit. Miguel, dans son école spécialisée. Quant à Martina, on ne l'entendait jamais. Zarza se souvenait de cette matinée sans intérêt ; perdue, elle était insupportablement seule dans son inhabituelle solitude de jumelle. Dans la maison, la lumière était grisâtre et dans les couloirs passaient de perfides courants d'air froid. Zarza traversait des pièces, faisait les cent pas dans les corridors où résonnaient ses chaussures sur les dalles rouges de la cuisine. Elle finit par s'approcher du bureau sur la pointe des pieds, ce bureau dans lequel, les jours de travail, passaient des messieurs très dignes, des types cravatés et hautains, les clients de son père, conseiller financier. Mais ce matin-là, personne n'était venu, peut-être parce que les fêtes de Noël approchaient, et la maison était une enveloppe sèche et ingrate, la carcasse vide d'un crabe mort.

Zarza se souvenait d'avoir tendu l'oreille contre la porte close du bureau ; pas un bruit, pas une souffle, pas une feuille froissée. Une minute s'écoula, interminable, puis une autre, encore une autre, de tristes minutes de la couleur du plomb. Elle frappa à la porte. Attendit. Frappa de nouveau. Comme personne ne répondait, elle saisit la poignée et poussa. La porte s'ouvrit sans faire de bruit sur une pièce baignée, elle aussi, de lumière grise.

En face, lui tournant le dos, il y avait son père et sa sœur, tous les deux debout, côte à côte ; immobiles, main dans la main, ils avaient l'air de contempler quelque chose à travers les grandes fenêtres coulissantes. Il lui aurait été égal de mourir sur-le-champ tant elle se sentait seule. Mais son père tourna alors la tête et la regarda par-dessus son épaule, tandis que Martina, agacée, fronçait son petit nez.

— Ah Zarza, ma petite Zarza, viens…

Papa agitait sa main libre en l'air, comme la promesse d'une caresse ou le battement d'ailes de l'oiseau bienheureux qui avait annoncé la réapparition de la terre après le déluge. Zarza se précipita vers cette main, elle était à gauche de papa et Martina à droite. Absorbée par ce qu'elle avait devant elle, elle pouvait oublier que sa sœur était de l'autre côté.

— Regarde, Zarza, tu vois ? Regarde si c'est joli !

De toute la matinée, elle n'avait pas daigné aller regarder ce qui se passait dehors, obsédée comme elle l'était par la tristesse du jour qui avait traversé les murs de la maison comme une infiltration d'eau. Aussi n'avait-elle pas remarqué que le monde entier était devenu du verre.

— C'est parce qu'il y a eu du brouillard et qu'en même temps il a gelé, expliquait son père.

Au-delà des fenêtres, le jardin de la maison s'était transformé en un monde resplendissant et fabuleux. Du verre partout, léger et fragile, une extraordinaire construction de glace. Chaque brin d'herbe, chaque petite branche nue, chaque feuille pointue de sapin, tout s'était revêtu d'un habit transparent et parfaitement ajusté qui épousait avec une étonnante précision les moindres détails des choses. Les petites frises de glace recouvraient le monde aussi fidèlement que la peau recouvre le corps. Quelques lambeaux de brume, plumes arrachées à un champ de diamants, flottaient dans l'air.

— Si votre mère n'était pas toujours malade… dit soudain le père en soupirant.

La mère, c'était l'obscurité, la chambre plongée dans la pénombre, odeur humaine, draps en boule, cheveux en bataille, poignets marqués par de vieilles cicatrices. Mais le monde pouvait aussi être un énorme bonbon que Zarza ferait craquer entre ses dents, un bijou dans un écrin de glace, quelque chose d'aussi net et d'aussi précis que la structure d'un cristal, ou ce Rubicube que Zarza ne connaissait pas encore et que le Hongrois Erno n'avait pas encore inventé. Zarza absorba avidement ce fragile instant de beauté et serra la main de son père. Il lui aurait été égal qu'ils meurent ensemble. Elle n'avait sans doute jamais été plus heureuse.

Le traître sait-il qui il est? Il existe au Mexique une contrée où l'on pratique la coutume cruelle dite des *cultures*. La communauté, pour se moquer de quelqu'un, *cultive* une croyance sur sa propre personne. Un travail lent, collectif, minutieux. Supposons, par exemple, que les gens de l'endroit répètent à un pauvre diable, des mois et des années durant, qu'il est un maréchal-ferrant formidable. Ce n'est qu'une plaisanterie, mais une plaisanterie grave ; parce que le malheureux, pour faire honneur à son prestige, mais ne sachant pas du tout comment s'y prendre, peut finir par se jeter bille en tête dans un puits, se briser le crâne contre les rochers. Le traître sait-il qui il est? Comme il est évident que pour construire notre identité, nous dépendons de ce que les autres pensent de nous, le traître est forcément quelqu'un de confus. Certains traîtres pratiquent l'imposture à long terme, comme les espions, alors que d'autres commettent instantanément et définitivement leur trahison. Mais tous trahissent la confiance qu'autrui avait en eux. Ce faisant, ils détruisent leur propre image, tuent leur identité. En fait, le traître se suicide.

Le Chevalier à la Rose fut-il un traître en couchant avec l'épouse de son père, avec la mère de son demi-frère? Est-ce la grande faute qui le condamna à errer sans fin dans le monde, y compris à perdre son propre nom? Mais Chrétien de Troyes, fidèle à l'esprit courtois, considère que le véritable amour échappe au péché. Dans la légende, l'héritier semble plus coupable. Gaon aussi, d'une certaine façon, trahit son demi-frère quand il lui refuse toute possibilité de pardon. Sa haine est excessive ; sa dureté, inhumaine. Il y a des liens d'affection si profonds qu'on ne peut les briser sans se détruire et Gaon ne sut pas être à la hauteur de ses sentiments. Il trahit les chances qui lui avaient été données de devenir meilleur.

Le traître sait-il qu'il est un traître ? Le traître peut toujours invoquer au moment où il trahit un motif impérieux et indiscutable, tel le risque de perdre la vie ou une peur insurmontable. Ou, au contraire, il peut avoir la conviction qu'en trahissant, il œuvre pour un bien supérieur. En fait, le mot *trahison* est très traître : il suffit de changer légèrement de point de vue pour que son contenu varie du tout au tout, comme les roses mouvantes des kaléidoscopes. Celui qui s'éloigne de nos idées et rejoint nos adversaires est un traître, mais nos ennemis disent qu'il a évolué dans le bon sens et s'est amendé. Même s'il existe un monde élémentaire, un territoire nu de premières nécessités et de premières morts, où ces confusions relativistes n'existent pas et où tout le monde semble savoir ce qu'est un traître et quel sort il mérite. Le duc le disait déjà : au mouchard, on lui coupe la langue, puis on la lui met dans le cul.

Mais il existe plusieurs catégories de trahisons et toutes ne relèvent pas de la parole. Quand Zarza alla chercher son frère anormal dans le taudis qu'ils avaient partagé, elle eut l'impression de trahir Nicolás parce que, pour la première fois, elle était prête à abandonner son frère jumeau et à ne songer qu'à son propre salut. On pourrait évidemment arguer que c'était une question de première nécessité. Respirer et continuer. Ne pas se retourner et aller de l'avant. Zarza avait appris que la seule différence entre ceux qui se sauvent et ceux qui succombent, c'est que, souvent, les premiers ont été capables de faire un pas en avant. Un pas, rien de plus. Finalement, tout voyage, y compris le plus long, n'est qu'une somme de petits pas.

Si bien que Zarza se rendit avec le menuisier dans son ancien domicile, l'un des réduits les plus crasseux d'une ruelle du centre-ville, le meublé le plus misérable de tous ceux qu'ils avaient tour à tour occupés quand ils étaient dans les bras de la Blanche. Et devant la porte, elle supplia Urbano de la laisser seule, je t'en prie, je t'en prie, attends-moi ici, c'est moi qui dois faire ça, aie confiance en moi. Elle le supplia tellement, elle donnait l'impression que c'était si important pour elle que l'homme finit par dire oui et l'attendit dans la rue en trépignant et en plissant son front charnu, aussi inquiet et méfiant qu'un bœuf égaré, tandis que Zarza montait les six étages à pied parce que l'ascenseur ne marchait plus depuis plus de six mois; elle ouvrit la porte avec sa clé et trouva Miguel assis sous la table de la cuisine, couvert de croûtes de crasse et mort de faim. Elle ne put lui faire prendre un bain parce que la bouteille de gaz était vide; mais elle le nettoya comme elle put avec un coin de serviette et le changea avec des habits à moitié propres; puis elle mit quelques effets de Miguel et d'elle-même dans deux sacs et descendit avec son frère l'escalier jusqu'à ce qu'elle tombe sur Urbano qui, impatient et angoissé à force d'attendre, était monté, marche après marche, jusqu'au troisième étage comme un chien incapable d'attendre son maître sans bouger.

Tant et si bien qu'ils retournèrent tous les trois à la maison, et la vie continua comme avant, modeste et placide – c'est du moins ce que bien des gens auraient dit –, une existence tranquille et agréable. Ils parlaient peu, parce qu'Urbano était taciturne; mais ils regardaient la télévision, se promenaient, lisaient, tandis que Miguel jouait avec son éternel Rubicube, faisant pivoter à l'infini le chaos de couleurs criardes. Toutefois, Zarza commençait à devenir fébrile; et, plus d'une fois, tandis qu'Urbano travaillait dans son atelier, elle sortit dehors.

— Tu sais bien que je ne veux pas que tu sortes seule, répétait en bougonnant le menuisier.

— Mais qu'est-ce qui t'arrive? Tu te prends pour la réincarnation du calife? Tu crois que tu peux m'enfermer dans un harem? répondit un jour Zarza un peu sèchement.

— Ce n'est pas ça, ce n'est pas ça, dit Urbano d'un ton plus doux et avec une expression douloureuse d'hésitation au fond des yeux. Je ne le dis pas pour ça, et tu le sais… C'est que je ne sais pas si… Je ne sais pas si tu es encore assez bien rétablie pour pouvoir sortir seule sans danger…

— Ce qu'il ne faut pas entendre! dit-elle en haussant le ton. Tu te figures peut-être que je vais passer ma vie enfermée ici à te préparer le dîner? J'ai besoin de sortir, de trouver un travail, de faire d'autres choses. Mais bien sûr, tu es trop bête pour comprendre ça...

Dès lors, tout alla de mal en pis, parce que quand quelqu'un manque un tant soit peu de respect, il lui est ensuite facile de dévaler la pente. Les paroles et le comportement de Zarza devenaient, de jour en jour, plus désagréables, comme si la patience infinie et silencieuse de l'homme excitait sa cruauté. Tu es un animal, tu es une brute, tu n'as ni sentiments ni cerveau, lui crachait Zarza. Puis quelques heures plus tard, elle demandait toujours pardon. Pardonne-moi, Urbano, je ne pense pas ce que je dis. C'est moi qui suis une imbécile, je ne sais pas ce qui m'arrive. Enfin j'en ai une petite idée, passer la journée enfermée me met les nerfs en boule. Je crois que je devrais commencer à mener une vie normale. La plus normale possible, tu ne crois pas? Tu es si bon, Urbano, tu es si bon.

À ces mots, l'homme pinçait les lèvres et se sentait mal, parce que ce *tu es si bon* résonnait à ses oreilles comme la pire des insultes. Définitive, irréversible, celle qui lui ôtait toute légitimité de partenaire.

— Je ne suis pas bon, grognait-il alors, piqué et revêche.

Et Zarza, qui ne se rendait compte de rien, croyait que le menuisier était touché par ses paroles. De sorte que, pour parachever la cérémonie du pardon, elle le traînait souvent au lit et faisait l'amour avec lui, en professionnelle, en lui glissant des mots coquins à l'oreille et en feignant l'enthousiasme. Des mensonges ardents, dont elle ne se sentait pas honteuse mais au contraire presque fière, parce qu'ils n'étaient pas dirigés contre lui puisqu'il s'agissait, au contraire, d'une offrande. Mais très vite les insultes, les affronts recommençaient; Zarza s'échappait de chez elle et disparaissait des heures entières, parfois avec Miguel, presque toujours seule, et ses multiples sorties n'avaient pas l'air de la mettre de meilleure humeur, bien au contraire. Pendant quelques semaines, les choses continuèrent à s'envenimer.

Ce qu'Urbano ne savait pas, c'est que l'après-midi où ils étaient allés chercher Miguel, il s'était passé quelque chose de définitif. Elle avait effectivement monté les six étages à pied, ouvert la porte avec sa clé et découvert Miguel sous la table de la cuisine, effrayé et crasseux ; mais aussi, comme il était prévisible, son frère jumeau. Ils échangèrent peu de chose, s'épargnant souffrances et mots. En guise de salut, Nicolás lui donna une gifle : ses doigts s'imprimèrent en rouge sang sur la pâle joue de sa sœur. Puis ils s'étreignirent désespérément, s'embrassèrent passionnément et, apaisés, pleurèrent un moment, la douleur calmée, parce qu'ils savaient qu'en se revoyant ils se perdaient, mais avec la consolation de se perdre ensemble. Pour finir, Nicolás lui offrit une dose qu'elle prit plus tard dans la nuit. Nico remit Zarza dans le vaste giron de la Blanche et ce fut comme si elle ne l'avait jamais quitté.

Et ce que personne ne sait est la vraie raison du retour de Zarza dans son ancien logement : pour sauver Miguel ou plutôt pour retrouver Nicolás ? Peut-être qu'en fait, Zarza ne cherchait ni Miguel ni Nicolás, mais la Reine, parce qu'en dehors de ses bras, le monde semble exsangue et asphyxiant, un univers insupportable en blanc et noir. La Reine tue, mais sans elle on n'a plus envie de vivre et souvent il ne reste qu'à courir, courir de plus en plus vite, galoper jusqu'à l'abîme et s'écraser. Zarza avait appris que, la plupart du temps, la seule différence entre ceux qui se sauvent et ceux qui succombent est que les seconds ont trébuché. Une seule fois suffit. Le chemin vers l'enfer est fait de petits faux pas.

Tant et si bien que tout avait recommencé, Zarza revoyait Nicolás et fréquentait de nouveau la Reine. Une situation qui ne pouvait pas durer et qui ne dura pas. Un matin, Urbano descendit à l'atelier pour travailler et laissa son portefeuille dans la chambre. Zarza courut le prendre : ce n'était pas la première fois qu'elle volait Urbano. Elle ouvrit le vieux porte-monnaie usé et y trouva douze billets de dix mille pesetas. Un petit trésor. Elle se demandait combien elle en prendrait et en laisserait pour que la soustraction ne se remarque pas trop, quand elle sentit une vibration de l'air sur sa nuque. Elle fit demi-tour sur ses talons et se retrouva nez à nez avec Urbano, les bras croisés sur la poitrine, imperturbable, figé comme une statue. Ils se turent quelques secondes.

— Et maintenant? demanda enfin Urbano.

Maintenant, Zarza le haïssait et se haïssait.

— Repose ce portefeuille où il était, ordonna l'homme. Je m'étais déjà rendu compte que tu me volais. Tu as replongé, n'est-ce pas? Comment ça s'est passé?

Il n'avait pas l'air en colère mais triste, ce qui rendait Zarza encore plus furieuse.

— Et pour qui tu te prends pour me regarder de si haut et d'un air si sûr de toi? cria-t-elle.

— Je veux juste t'aider, murmura Urbano en devenant tout pâle. Je veux juste t'aider. Ne t'inquiète pas, Zarza. Un peu de courage. On s'en sortira.

Mais pourquoi ne la réprimandait-il pas? Pourquoi ne la battait-il pas? Comment pouvait-il être ainsi, bon à en vomir? Zarza lui jeta le portefeuille au visage. Il toucha sa joue, puis tomba par terre. L'homme se baissa pour le ramasser, un grand type qui pliait gauchement son corps massif. Le premier coup le toucha au sommet du crâne et il s'étala de tout son long. Il essaya de se relever, mais deux autres coups de massue, dans le dos et la nuque, le firent retomber. Il ne bougeait plus, mais Zarza continuait à s'acharner sur le corps inerte dans un paroxysme de violence. La fatigue finit par avoir raison d'elle. Haletante, elle regarda ses mains et s'aperçut qu'elle tenait encore le pied de la lampe de chevet, ce beau pied travaillé qu'Urbano avait fait pour elle. Des gouttes de sang coulaient et Zarza le lâcha, horrifiée. À terre, l'homme n'était plus qu'un corps brisé. Un bruit étrange, un hoquet plaintif, l'arracha à sa stupeur : sur le pas de la porte, il y avait Miguel, pâle et tremblant. Il se balançait tantôt sur une jambe tantôt sur l'autre, et se cachait maladroitement les yeux de ses mains ouvertes, comme s'il ne voulait pas voir. Mais il voyait. Zarza se baissa, ramassa le portefeuille et prit son frère par la main. Le garçon piailla comme une mouette.

— Arrête tes bêtises! Il faut qu'on s'en aille! cria Zarza.

Et elle sortit à toute vitesse de la maison en traînant Miguel qui tremblait, trébuchait à chaque pas et répétait le mot *lit* pour lui-même, lit-lit-lit, comme une litanie ou une exhortation, soit qu'il regrettait son refuge, lit-lit, soit qu'il essayait de convaincre la réalité qu'il n'était pas réel, que tout le monde était couché et que ce qui venait de se passer était un mauvais rêve.

Zarza se dit alors que son frère pouvait la tuer avec son propre pistolet, fermant ainsi le cercle des inquiétantes symétries fraternelles. Croyait-elle vraiment que Nicolás était capable de lui tirer dessus ? Peut-être que oui. Zarza savait que Nico était un homme extrêmement passionné. Qui pouvait haïr sans compter, obsessionnel dans ses sentiments. Dès que quelque chose avait pour lui de l'importance, c'était sans mesure. Et Zarza avait toujours été très importante. Sans doute trop.

Une chose encore : Zarza pensait que son frère jumeau pouvait l'assassiner parce qu'elle se considérait elle-même comme indigne de vivre. C'est pourquoi, tandis qu'elle reprenait son souffle, adossée au mur, encore bouleversée par le souvenir de la musiquette et des peurs obscures de son enfance, une partie de son être lui disait : rends-toi, retourne là-bas et finis-en une bonne fois pour toutes ! Mais, à son corps défendant, sa nature en faisait une survivante. Ses cellules les plus humbles et les plus secrètes s'obstinaient à continuer à vivre. Ses cils. Ses ongles. Les élégantes hélices de son ADN. Respirer et continuer. Respirer et reprendre son souffle. Aller de l'avant et choisir une stratégie. Et maintenant, quoi ? Quoi ?

Maintenant, elle avait besoin de voir Miguel. Chose extraordinaire, parce que son petit frère ne pouvait rien résoudre du tout ; rien de concret qui puisse améliorer sa situation, l'aider dans sa fuite, calmer la fureur vengeresse de Nicolás. Toutefois Zarza sentait que d'autres choses entraient en jeu, certains mystères ultimes, y compris quelque chose de plus important que la possibilité de mourir ou de tuer. Des ténèbres qu'il fallait éclairer parce que tout naissait de cette obscurité.

Huit heures du soir approchaient et c'était à neuf heures que l'on couchait les pensionnaires de l'asile, aussi Zarza devait-elle se dépêcher. Elle prit un taxi sans même prendre la peine de changer, comme d'habitude, de véhicule pour semer son éventuel chasseur. Quand elle arriva à la Résidence, il faisait nuit noire et il y avait si peu de monde dans la rue qu'on aurait dit qu'il était beaucoup plus tard. Elle frappa à la porte et ce fut la même infirmière que le matin qui ouvrit. Ces gens avaient des services interminables! Toujours est-il qu'elle semblait d'une humeur massacrante.

— Mademoiselle Zarzamala! Vous n'avez pas choisi le bon moment, les garçons dînent, un rien les distrait...

L'infirmière appelait tous les pensionnaires *garçons*, y compris le vieux patriarche qui invectivait les cieux.

— Excusez-moi, mais je dois voir mon frère. C'est encore l'heure des visites...

— Oui, oui, mais enfin... Bon, allez, entrez... Et après, on veut que les garçons soient sages et bien élevés, avec toutes ces visites qui les dérangent...

Elle la conduisit par le couloir en maugréant et la laissa à l'entrée de la salle à manger. Cette grande pièce était le résultat de la réunion de trois petites: on voyait sur les murs les traces des anciennes cloisons démolies. À la table, longue et en forme de U, recouverte d'une toile cirée à petites fleurs, étaient assis une quinzaine de pensionnaires, tous ceux qui étaient capables de se débrouiller seuls. Debout à l'intérieur du U, deux femmes de service s'activaient auprès des commensaux attablés, servant les plats, mettant de l'ordre, essuyant des mentons, aidant à saisir les morceaux de nourriture qui glissaient. Les couverts, la vaisselle et les verres étaient en plastique, ce qui ne leur facilitait pas la tâche. Mais on évitait ainsi les accidents fâcheux tel celui qu'avait provoqué une vieille femme, des années auparavant, en plantant sa fourchette dans la cuisse de sa voisine de table. Miguel était dans un coin. Il avait toujours aimé les bouts de table. Il préférait rester le plus loin possible des autres.

Zarza traîna une chaise et s'assit à côté de lui. Il mangeait du gratin de macaronis avec les doigts et il ne leva même pas la tête pour la regarder.

– Bonjour, Miguel!

Le garçon ne répondit pas, mais il posa un macaroni sur la toile cirée, en face de Zarza. Elle le prit avec une certaine répugnance et le mangea. Il était froid et visqueux. Presque tous les résidents avaient déjà fini de manger; Miguel adorait les macaronis et il les avait gardés, comme une gourmandise, pour la fin du repas, y compris après le chocolat au lait.

– Hummm, merci beaucoup, Miguel.

Son frère posa deux autres macaronis sur la toile graisseuse.

– Merci, euh, très bons, mais j'en ai assez, je n'en veux plus, mange-les, toi, moi je n'ai pas faim...

Miguel jeta un rapide coup d'œil à Zarza, esquissa un sourire et continua à manger. Il était évident qu'il était content de la voir.

– Je t'ai déjà dit que je ne partais plus, n'est-ce pas? Je suis venue te rassurer. Je ne t'abandonnerai plus jamais.

De fait, qui, par cette visite, Zarza voulait-elle rassurer, son petit frère ou elle-même? Quelque chose de puissant et de confus la poussait vers Miguel, à mi-chemin entre la souffrance et le soulagement, comme lorsque la langue se dirige toute seule vers la gencive enflée entourant une dent qui va sortir. On a mal quand on appuie dessus, parce que la chair se déchire; mais en même temps le geste soulage, car plus vite la dent sortira, plus vite la douleur s'apaisera. Entre ses cuisses repliées et serrées, comme les jambes d'une pudique demoiselle, Miguel avait posé le Rubicube, mélange confus de couleurs.

– Ah, mais c'est ton cube... dit Zarza en le prenant.

Miguel le lui arracha des mains.

– Il est à moi.

– Je sais, je sais...

– Je l'aime. Il est joli. Il change tout le temps.

– Je sais. C'est un jouet magnifique.

Miguel faisait pivoter au hasard les petits carrés de ses doigts pâles d'araignée, et l'objet se transformait sans cesse. Zarza ne se souvenait plus du nombre exact de positions que pouvait prendre ce maudit cube, un chiffre impossible et extraordinaire, des milliards de combinaisons, dont une seule correspondait à la solution qui signifiait homogénéité des couleurs, ordre, harmonie, calme primitif avant le chaos. Zarza détestait cette décourageante abondance de possibilités. Qu'il soit si difficile de réussir et si facile de se perdre. Elle se sentait parfaitement incapable de guider les carrés colorés jusqu'à leur position première, de même qu'elle avait été incapable de mettre de l'ordre dans sa propre destinée. En réalité, Zarza se considérait comme un échec existentiel ; non seulement elle ne savait pas être heureuse, une science que bien peu possèdent, mais elle ne savait même pas vivre la vie la plus simple et la plus stupide. Elle était, en fait, plus inutile qu'un enfant, plus inepte qu'un idiot. Plus malhabile que Miguel, l'idiot de la famille, comme disait Nico. Même si Miguel n'était pas idiot. Il était pur et différent.

— Tu es content que je sois venue te voir ? demanda Zarza.

— Tu es contente que je sois venu te voir ? répliqua Miguel. Ce n'était pas une simple répétition, puisque le genre de l'adjectif avait changé. En réalité, c'était une question et il attendait une réponse.

— Bien sûr. Je suis ravie, Miguel.

Le garçon sourit de nouveau, sans la regarder, absorbé par le joyeux désordre de son cube. Zarza le contempla presque avec orgueil : il était si beau. Cheveux roux et drus, yeux immenses, cils courbés, lèvres bien dessinées sur ses dents blanches. Mais, ensuite, venait son corps raide, en forme de croc, sa maigreur invraisemblable. Il y avait en lui quelque chose qui ne collait pas, quelque chose de définitivement anormal, d'inadéquat, qui devenait de plus en plus évident au fil des années. C'était un enfant impossible, un adulte avorté.

— Miguel, tu te souviens d'Urbano ?

Sa question la surprit elle-même : elle avait fusé machinalement. Miguel la regarda en face, pour la première fois, puis se mit à se balancer.

– Urbano ne m'aime pas. Urbano ne m'aime pas. Urbano ne m'aime pas…

– Tais-toi, tais-toi! Arrête de te trémousser… Pourquoi tu dis ça? Bien sûr qu'Urbano t'aime…

– Il ne m'aime pas. Urbano est gentil et Miguel est méchant, et Zarza est méchante. Urbano était très malade. Il ne peut pas m'aimer. Je ne l'ai pas soigné.

– Non, tu n'es pas méchant. C'est moi qui ai fait du mal à Urbano, tu as raison, très mal. C'est horrible ce que j'ai fait, mais moi aussi j'étais malade. Maintenant on est guéris, Urbano et moi. Et il sait, crois-moi, que ce n'est pas ta faute.

– Il ne vient pas me voir parce qu'il ne m'aime pas.

– Il ne sait pas où tu es. S'il le savait, il viendrait jouer avec toi.

– Urbano ne m'aime pas, mais moi je l'aime.

Miguel ne se balançait plus, mais il avait l'air sombre. Zarza s'en voulut d'avoir mis le sujet sur le tapis. Quelle stupidité : elle perdait tout sang-froid. En fait, elle ne savait pas si le menuisier habitait encore dans la ville. Mais il était vivant, du moins le supposait-elle. Quand Zarza était en prison en attendant le procès, elle avait appris qu'Urbano n'était pas mort après l'altercation. Il n'était pas mort et il ne l'avait pas dénoncée ; quand on l'avait emmené à l'hôpital, il avait dit qu'il avait été agressé par un voleur qu'il n'avait pas réussi à voir. Il était en piteux état, mais sa constitution robuste et le temps lui avaient permis de se rétablir. Zarza n'eut plus aucune nouvelle de lui. À dire vrai, elle n'avait même plus pensé à lui jusqu'à ces dernières heures. La mémoire de Zarza était tout à coup un volcan en éruption et la brûlure provoquée par la lave était presque insoutenable.

– Tout va bien avec les couleurs calmes, dit soudain Miguel.

– Quelles couleurs ?

– Les couleurs calmes qui sont dedans.

Comme bien souvent, Zarza ne le comprenait pas : Miguel l'Oracle et ses phrases hermétiques. Un pensionnaire remua son chocolat et on entendit la cuillère tinter contre le verre. Elle se souvint du bruit que faisaient les médicaments de sa mère ou les œufs battus dans leur coin, le soir, dans l'éternelle cuisine de son enfance. Le réfectoire de la Résidence avait le plafond trop haut et les lumières étaient trop près de lui. Des lumières désagréables, pas assez brillantes pour être gaies ni assez douces pour être intimes, d'où un sentiment d'irréalité, de claustrophobie, une atmosphère oppressante, une sensation de déjà-vu.

– C'est l'heure d'aller au lit, les amis… chantonna une employée, une solide jeune fille qui s'efforçait de paraître sympathique.

Et elle fit lever les mongoliens et déplia les articulations rouillées des vieillards.

– Allons, un petit baiser, dis-lui bonne nuit et au lit! dit la femme en tirant Miguel par le bras.

Il regimba et se libéra.

– Non, non… s'empressa de dire Zarza, l'employée venant sûrement d'arriver. Miguel n'est pas de ceux qui embrassent… Il n'a pas à m'embrasser. Et il n'aime pas qu'on le touche. Il est très obéissant, il suffit de lui dire les choses comme il faut.

– Ah bon! Excuse-moi, mon chou! Parfait, passe devant, petit prince, dit la femme de service en montrant la sortie.

Miguel baissa la tête, prit le cube et se leva docilement.

– Bonsoir, bonsoir. Je vais très vite revenir te voir. Dors bien.

Elle regarda longuement son frère pendant qu'il s'éloignait: presque aussi beau qu'un éphèbe, presque aussi répugnant qu'un monstre. Les Romains appelaient *délices* les tout jeunes garçons qui servaient à distraire le César. Zarza fut prise de nausées et son cœur lui fit affreusement mal. Pour telle ou telle raison, la douleur s'était déplacée vers la gorge. Elle porta une main à son cou et s'efforça de continuer à respirer. Il y avait des souvenirs impensables, des souvenirs littéralement impossibles. Il n'est pas de pire enfer que de se haïr soi-même.

Un matin, quelques jours après s'être procuré les pisto-lets dans la boutique de la vieille, alors qu'ils avaient tous les deux passé une nuit terrible et interminable, sans argent, sans avoir rien à vendre, torturés par la nostalgie de la Reine et aussi désespérés que malades, Nico décida de passer à l'action.

— C'est très facile. On entre dans la banque du coin de la rue, on sort les revolvers, moi je braque le vigile, toi le caissier, tu attrapes l'argent et on se tire.

— Impossible d'entrer avec des objets de métal! Il y a des doubles-portes et des détecteurs.

— Mais non, dans cette banque ils ne se méfient pas du tout, ils ouvrent à tout le monde, même si l'alarme se déclenche, tu sais bien…

— Mais ils nous connaissent!

— Justement. Tant mieux. Comme ça, ils vont nous ouvrir.

C'était la banque du quartier, et seules les affres dues à la Blanche pouvaient expliquer leur idée insensée d'attaquer des voisins, des individus de leur entourage immédiat qui, tôt ou tard, finiraient par leur mettre le grappin dessus. Mais la Reine a ce pouvoir : elle anéantit la capacité de penser de ses sujets.

Tant et si bien que Nicolás prit le Browning 9 mm à treize coups et le glissa sous sa ceinture, caché par sa veste. Zarza ouvrit son sac à main et y mit le petit Colt que son frère lui avait donné. À son corps défendant, horrifiée. Convaincue qu'ils couraient à la catastrophe.

– Non, Nicolás. Il ne faut pas faire ça. Qu'est-ce que tu veux? Attaquer une banque comme dans les films? C'est un cauchemar. Il ne faut pas.

– C'est la vie, oui, qui est un cauchemar, Zarza, un putain de cauchemar, dont il n'y a pas moyen de se réveiller. Et si on n'attaque pas la banque, qu'est-ce qu'on fait alors? Qu'est-ce que tu vas faire dans trois heures, hein? Et cette nuit, et demain? Comment tu vas tenir le coup? Comment on va tenir, tu es vraiment casse-pieds!

Nico secouait Zarza tout en parlant, la tirait par un bras, brandissait le revolver de l'autre main. Il l'avait sorti de sa ceinture et l'agitait en l'air comme un dément. Un coup pourrait partir tout seul et me tuer, ce qui serait une solution, pensait Zarza sans y penser vraiment, non pas comme quelqu'un qui réfléchit mais comme une personne qui assiste à contrecœur à une mauvaise pièce de théâtre. Mais non, les choses ne pouvaient pas se terminer aussi facilement. Nico grogna encore un peu, puis glissa à nouveau son Browning sous sa ceinture.

– Bon, assez de conneries. On y va.

Ils sortirent, Nicolás devant, Zarza derrière, se traînant, aussi silencieuse et soumise qu'un mouton. Mais dans la rue, en passant près d'une poubelle publique, elle accomplit un acte inouï, un geste irréfléchi dicté par la peur: elle sortit le revolver de son sac et le jeta dans le réceptacle. Un mouvement rapide, discret; nul n'eut l'air de s'en rendre compte, pas même son frère qui était à quelques pas devant elle. À ce moment précis, Nico se retourna:

– Dépêche-toi! Pourquoi tu traînes?

Zarza pressa le pas; elle tremblait visiblement, ce qui lui arrivait souvent depuis qu'elle était entre les mains de la Blanche.

– J'arrive…

Ils montèrent la rue jusqu'au rond-point. C'est là qu'était la banque, dans le coin d'en face. Une petite succursale avec seulement trois ou quatre employés. C'était un quartier des bas-fonds de la ville et une rue mal famée, le cœur pourri de la vieille ville; quelques années auparavant, elle avait été plusieurs fois dévalisée et, depuis, il y avait un vigile assermenté, outre les systèmes habituels de protection. Mais il y avait longtemps qu'il ne s'était rien passé et, comme il arrive souvent en temps d'accalmie, il y avait du relâchement dans les consignes de sécurité. Ce que disait Nico était juste : souvent ils ouvraient aux clients sans la moindre formalité.

— Tu entres la première et tu fais la queue à la caisse. Puis c'est à mon tour, ordonna Nicolás.

Zarza ouvrit la première porte de verre blindée, attendit qu'elle se referme et appuya sur le mécanisme d'ouverture de la deuxième. Aucune voix enregistrée ne l'enjoignit de déposer les objets métalliques qu'elle avait sur elle sur le plateau placé à cet effet à l'entrée pour la simple raison que Zarza n'en avait pas. Mais Nicolás l'ignorait ; du trottoir d'en face, il l'observait, ravi de constater que sa sœur était capable d'entrer dans la banque sans problème, un revolver dans le sac à main.

Il n'y avait, à ce moment-là, que deux clientes dans la succursale, deux femmes entre deux âges, l'une occupée avec le caissier et l'autre attendant son tour. Zarza se dirigea vers elles en hésitant, s'apprêtant à faire la queue comme le lui avait dit son frère. Elle passa près du vigile et le regarda du coin de l'œil. C'était un jeune homme très grand, presque d'un mètre quatre-vingt-dix, à la tête trop petite pour sa stature et au visage imberbe d'enfant. Le vigile vit qu'elle le regardait et sourit. Ils se connaissaient de vue. Oui, horreur, ils se connaissaient. Avant que Caruso ne la mette à la porte de la Tour, il lui payait parfois ses services avec des chèques qu'elle venait encaisser ici. Zarza enfonça son menton dans sa poitrine.

— Qu'est-ce qui t'arrive ? demanda le vigile avec une amicale sollicitude.

— Rien. Rien du tout.

— Mais tu trembles.

— C'est que… j'ai mes règles… et, chaque fois, je suis dans un état lamentable… j'ai mal et j'ai des nausées.

— Ah ! dit le garçon en rougissant un peu.

Il avait des yeux très rapprochés, des joues glabres et rondes, deux boutons d'acné sur le menton. Il était très jeune et Zarza était encore jolie, malgré les ravages de la Blanche. Il ne douta donc pas un instant de ses paroles :

— Tu veux t'asseoir un moment et te reposer ?

— Non, non, merci beaucoup. J'ai l'habitude. Ça passe tout de suite.

— Oui, oui, les règles... On dit ça pour tout, maintenant... grommela la femme qui faisait la queue.

Mais le vigile ne l'entendit pas. À ce moment précis, un vieux entrait dans la banque et Nico en profita pour s'infiltrer avec lui. Ils étaient coincés entre les deux portes quand le message enregistré les invita à déposer les objets de métal, mais le caissier leur lança un coup d'œil routinier et déclencha aussitôt l'ouverture. L'homme âgé se dirigea vers la queue et se mit derrière Zarza. Nicolás resta près de l'entrée, faisant semblant de chercher un papier dans ses poches. Mais, dès que le gardien détourna le regard, il sortit son revolver et le brandit devant lui. Zarza eut un violent hoquet et son sang afflua à gros bouillons à ses oreilles, la palpitation du temps, comme si, à l'instant même où son frère avait montré l'arme, un chronomètre s'était mis en branle.

— Que personne ne bouge ! cria Nicolás, utilisant une expression typique de délinquant. C'est un hold-up !

L'action se figea quelques instants : personne ne bougea, personne ne respira, personne ne cilla. Puis on entendit un petit cri de femme, un gémissement, deux soupirs. Le vigile, livide, commença à lever lentement les mains. Nicolás le visait.

— Allons ! Qu'est-ce que tu attends, idiote ? Sors ton arme ! cria Nico à Zarza sans cesser de regarder le garçon.

— Je... je ne l'ai pas... balbutia-t-elle.

— Comment tu ne l'as pas ? Le revolver ! Je te l'ai donné !

— Je ne l'ai pas, c'est vrai, mais ça ne fait rien, je vais prendre l'argent et on s'en va... dit Zarza.

Et elle commença à mettre les billets du caissier dans son sac tandis que son frère lui jetait des coups d'œil furibonds.

Cette petite scène avait suffisamment déconcerté Nicolás pour que son attention se relâche un peu. Profitant de sa négligence, le vigile essaya de sortir son propre pistolet. Tout alla très vite :

Nico fit un saut en arrière et tira. La balle entra au-dessus du nombril du garçon, à la hauteur du dernier bouton de son blouson. Le vigile se retrouva assis par terre, le souffle coupé, les jambes allongées, l'air étonné, comme s'il avait reçu un coup de poing à l'estomac. Il regarda Zarza ; on aurait dit un enfant trompé par un adulte qui va éclater en sanglots.

– Merde, merde, merde ! cria Nicolás, hors de lui, en brandissant le revolver dans tous les sens.

Employés et clients gémirent, un hululement qui rappelait le bruit du vent dans les arbres.

Nico visa de nouveau le jeune homme blessé.

– Je te tue, je te tue !

Zarza se jeta sur son frère, essayant d'immobiliser son Browning.

– Tu es fou, ne tire pas, partons, laisse tomber…

– Fous-moi la paix, abrutie ! C'est ta faute… dit Nico en lui flanquant une telle gifle qu'elle l'expédia contre le mur.

Il y eut un nouveau moment de silence, de calme absolu. Puis tout recommença à s'accélérer : Zarza se ressaisit, ouvrit la première porte de verre, attendit quelques secondes interminables que la deuxième ouverture se débloque et sortit en courant, accrochée à son sac et à son maigre butin. Alors Nicolás retrouva ses esprits. Il prit le pistolet du vigile et le glissa dans une poche ; puis il saisit par le bras une cliente qui s'était jetée à terre au moment du coup de feu et l'obligea à se relever.

– Debout ! Toi, tu viens avec moi.

Il la tenait par le cou, c'était une femme boulotte, aux cheveux d'un noir de jais teints par elle-même.

– Parpitiéparpitiénemetuezpasnemetuezpas, murmurait-elle en joignant les mains comme si elle marmottait une courte prière.

– Si vous me bloquez entre les portes, je lui tire une balle dans la tête, dit Nico.

Ils sortirent de la banque ainsi, enlacés, aussi maladroits qu'un monstre à quatre pattes, ouvrant d'abord la porte intérieure et attendant ensuite que se mette en branle le mécanisme de la deuxième. Ce qui ne manqua pas de se produire. À peine dehors, Nicolás repoussa brutalement la femme et s'enfuit en courant vers le bas de la rue, laissant dans son sillage un blessé grave, un hold-up minable et bâclé, une demi-douzaine de témoins et une vidéo qui avait tout enregistré, y compris que Zarza n'avait pas d'arme sur elle (point confirmé par le système de détection de l'entrée) ; que, d'autre part, elle avait empêché son frère d'agir, ce qui lui avait valu d'être giflée. Ce qui l'arrangea fort bien quand, deux jours plus tard, elle décida de vendre son frère ; quand elle se rendit au commissariat et le dénonça, Zarza la moucharde, comme l'auteur du hold-up et du coup de feu.

La nymphe Salmacis aimait tellement son frère adolescent qu'elle ne pouvait se séparer de lui, fût-ce un seul instant. Ils finirent par se fondre l'un dans l'autre, transmués en une divinité hybride appelée Hermaphrodite. Ce qui veut dire qu'ils perdirent leur identité et se transformèrent en quelque chose de monstrueux. Nicolás avait toujours ressenti pour Zarza cette passion dévorante et illimitée qu'éprouvait Salmacis pour son frère. De son côté, Zarza, elle aussi, adorait Nico et avait besoin de lui, mais il y avait en elle quelque chose qui l'arrachait à l'enfermement de l'abstraction fraternelle, et ce quelque chose, c'était Miguel. Zarza était prise d'une tendresse désordonnée et douloureuse quand elle pensait à son petit frère ; elle aimait Nicolás avec sa tête et tout son corps, mais son cœur appartenait à Miguel.

En fait, Nicolás et Zarza n'étaient pas de vrais jumeaux, c'est-à-dire qu'ils ne venaient pas du même ovule. Zarza tenait cette différence comme l'une des rares circonstances heureuses de sa vie : elle pensait que si elle avait dû ajouter l'identité génétique à tout le reste, le vertige de la fusion lui aurait paru insupportable. Il n'empêche que Zarza et Nicolás avaient toujours occupé une île hermétique et privée. Dès leur plus tendre enfance, ils avaient été imbriqués l'un dans l'autre, comme des naufragés dans une situation désespérée. Zarza frissonnait quand elle se souvenait qu'ils avaient connu tous les deux le même début, les mêmes contractions utérines, la même mer de sang ; qu'ils avaient partagé la cavité originelle, le paradis caverneux de la chair maternelle. De cette mère désespérée et dépressive qui, cependant, les avait sûrement rendus heureux dans son ventre. Zarza et Nico avaient toujours vaguement désiré y retourner, retourner dans cette grotte visqueuse et rosée où ils formaient un seul être. Peut-être tous les jumeaux aspirent-ils à ce retour aux origines. Peut-être Nico et Zarza se réfugiaient-ils sous la table de la salle à manger pour se remémorer les entrailles originelles.

Il y avait, bien sûr, d'autres raisons. Ils se mettaient sous la table pour échapper à la lumière blafarde, aux rideaux poussiéreux et sempiternellement tirés de la salle à manger inutile, à l'atmosphère maussade de la maison, au bruit sinistre que faisait la bonne, le soir, quand elle battait les œufs pour le dîner : des coups précipités contre le métal et la faïence qui ressemblaient à un glas et annonçaient l'arrivée de la nuit avec toutes ses terreurs, ses visiteurs secrets et ses fantômes. Zarza se rappelait fort bien qu'elle était alors assaillie par la peur ; dès l'âge de raison, la peur avait été sa fidèle compagne. Peur d'une tristesse qui tuait (sa mère n'était-elle pas par hasard morte de chagrin ?), peur d'essayer de respirer et de ne pouvoir y arriver, peur que son père ne l'aime pas, peur que son père l'aime, peur de ses propres désirs et de ses propres trahisons. Seule la Blanche avait été capable d'apaiser ses craintes.

Déjà toute petite, Zarza sentait de manière vague mais indubitable que quelque chose ne marchait pas bien autour d'elle. Ni Nicolás ni elle n'amenèrent jamais d'amis à la maison. D'ailleurs, ils n'en eurent pas beaucoup parce que, dans leur orgueil de jumeaux, ils se suffisaient à eux-mêmes ; mais ils savaient, sans en être conscients et sans le dire, que les autres enfants auraient été étonnés de leur façon de vivre. À vrai dire, ils savaient qu'ils étaient bizarres. Ils n'arrivaient pas à comprendre clairement pourquoi, mais ils pressentaient qu'il devait s'agir de quelque chose d'essentiel, de quelque chose de si profond qu'il se trouvait au-dessous du niveau de flottaison des mots, de quelque chose d'infâme, d'informe et de coupable qui les souillait. Ils avaient honte de cette mère souffreteuse et cyclothymique ; de cette maison sombre et lugubre, aussi figée qu'un musée ; de ce père hautain et déconcertant, aussi enchanteur que tonitruant. La maison du 29 de la rue Rosas ne ressemblait pas à un foyer :

c'était un réfectoire, un dortoir, un espace froid que ses occupants utilisaient pour satisfaire leurs besoins élémentaires. Il n'y avait jamais de visiteurs, à part les clients de leur père qui entraient directement dans son bureau, puis en ressortaient. Même le personnel de service ne supportait pas très longtemps cette maison inhospitalière ; les bonnes changeaient sans arrêt, faisant de l'instabilité une routine. Seule la nounou Constanza était restée deux ans avec eux, justifiant ainsi son prénom, mais ce fut, d'après ses dires, parce que les enfants lui faisaient pitié. Ce relatif attachement de Constanza les fit encore plus souffrir, parce que, d'une certaine façon, il confirmait quelque chose qu'ils craignaient déjà : d'être dignes de commisération, de susciter la pitié.

Zarza se souvenait d'une camarade de classe. C'était la fille du concierge de l'école et elle était boursière. Zarza était entrée deux ou trois fois chez elle, dans les sous-sols du bâtiment scolaire, juste deux petites pièces, une salle de bains minuscule, une cuisine avec des soupiraux fermés par des barreaux à la hauteur du plafond et par lesquels on voyait les jambes des gens. Dans cet espace exigu et sombre s'entassaient pêle-mêle de vieux meubles qui devaient provenir sans doute d'un appartement plus grand ; mais les lattes de mauvais bois étaient vernies et il y avait des petits napperons de dentelle en plastique sur les tables. Zarza enviait ces napperons, l'odeur de cire, le canapé et les deux fauteuils de skaï, la chaude lumière de l'horrible lampe et, surtout, la collection de fèves des galettes des Rois trônant sur le poste de télévision. Elle imaginait sa camarade, sa mère, son père, ses frères, ses tantes, ses cousins, ses grands-parents, et les amis de ses parents, parce que de tels parents ont des amis ; bref, elle imaginait une foule de personnes s'entassant dans ces toutes petites pièces, mangeant la galette des Rois, buvant du chocolat, et il lui semblait que ce devait être l'essence du bonheur. Pendant des années et des années, cette scène l'obséda. Le paradis perdu était un morceau de galette sur un napperon de dentelle en plastique.

À treize ans, Nicolás commença à fureter dans les pages de l'encyclopédie que son père avait dans son bureau et à prendre un volume avec lui quand il se faufilait sous la table avec Zarza. Il allumait alors une lampe de poche et lisait à voix haute toutes les entrées qui se rapportaient à la folie. "Dépression, récitait par exemple Nico : Fréquemment observée dans de nombreux désordres psychotiques, la dépression peut aussi apparaître dans des syndromes névrotiques comme le symptôme le plus important. Elle touche souvent les groupes sociaux les plus sophistiqués, cultivés, intellectuels, notamment d'âge moyen. L'une de ses conséquences est que le plus haut taux de suicides se situe, dans les pays occidentaux, entre trente-cinq et soixante-quinze ans, avec un pic autour des cinquante-cinq ans." La mère de Zarza était morte à quarante-deux ans.

"Psychose, poursuivait Nicolás : Psychose est le terme le plus communément utilisé pour désigner un désordre psychique grave ou important. Selon certaines autorités, le terme psychose désigne non seulement une affection réelle ou potentielle, mais il indique aussi que cet état est accepté par le sujet comme une façon normale de vivre. Le diagnostic le plus répandu parmi les psychoses les plus aiguës est la schizophrénie. Pour beaucoup d'auteurs, la schizophrénie serait une maladie héréditaire."

Ils tombaient souvent sur des mots qu'ils ne comprenaient pas, mais le langage psychiatrique leur était de plus en plus familier. Et ils comprenaient toujours ce qui est fondamental. Que le monde de la folie emplissait des pages et des pages d'une écriture serrée et intimidante. Que leur mère n'était pas comme les autres mères et leur père pas comme les autres pères. Que Miguel était anormal. Que eux, enfants jumeaux et solitaires, survivants d'une lointaine catastrophe, avaient probablement du poison dans leurs veines, l'héritage de la souffrance et du délire. Les enfants battus, devenus adultes, battent à leur tour leurs enfants, les enfants d'ivrognes boivent, les descendants des suicidés se tuent, ceux qui ont des parents fous perdent la raison. L'enfance est le lieu où tu habites pour le restant de tes jours.

Zarza venait de quitter la résidence de Miguel quand son portable se mit à sonner ; elle regarda l'écran et il n'y avait aucun numéro. Ce devait être lui. Ce ne pouvait être que Nicolás. Le portable appartenait à la maison d'édition et ils étaient les seuls à l'appeler ; aucun ami de Zarza ne connaissait ce numéro pour la simple raison que Zarza n'avait pas d'amis. Depuis qu'elle était sortie de prison, elle avait vécu une petite vie d'une austérité absolue, une quotidienneté nue et calcinée. Aucun ornement dans son appartement, aucune amitié dans ses moments de liberté, aucun souvenir dans sa mémoire. Elle mangeait et dormait, travaillait et lisait. Elle avait toujours utilisé l'Histoire comme une échappatoire, aussi bien dans sa première jeunesse, quand elle était à l'université, qu'en prison, et elle avait de nouveau recours à ce vieux stratagème consolateur et s'était plongée dans ses livres du Moyen Âge, dans un temps et un monde qui n'avaient rien à voir avec sa réalité. À moins que ce ne soit le contraire. La traque ourdie par Nicolás la rendait paranoïaque, en effet elle commençait à croire que tout ce qui l'entourait recelait des messages cachés qui lui étaient adressés. Comme la légende du Chevalier à la Rose, par exemple : elle lui semblait maintenant trop angoissante, trop proche. Elle ne supportait pas qu'il n'y ait pas de salut pour le héros, qu'il n'ait pu échapper à son destin tragique. Le livre de Chrétien confirmait les pires craintes de Zarza à propos de l'existence ; la vie comme piège, la vie comme puzzle retors où chaque pièce se rapproche de plus en plus, à l'insu du sujet, de l'esquisse finale, du dessin de sa propre perte.

Mais le téléphone sonnait dans la rue sombre, dans la nuit solitaire et brumeuse, et on aurait dit le cri perçant et furieux d'un petit animal. Inquiète, Zarza décrocha.

– Oui.

– Ta fin approche.

Zarza frissonna et regarda anxieusement autour d'elle, cherchant une cabine, une voiture garée, un piéton suspect. Cherchant Nicolás dans un rayon visible. Mais elle ne découvrit personne.

– Écoute… dit Zarza, la bouche sèche. Écoute, ça fait des années que je paie pour ce que j'ai fait… Je regrette. Je regrette de t'avoir dénoncé. Je n'ai pas pu ; ou pire, je n'ai pas su faire autrement… Tu es toujours là ? Mais bon Dieu, je suis sûre que, de toute façon, la police t'aurait, tôt ou tard, arrêté, que je te dénonce ou pas… Ce qui ne veut pas dire que je ne me repens pas de ce que j'ai fait…

Elle marqua un arrêt, attendant une réponse de son frère. Mais à l'autre bout de la ligne, le silence, rien d'autre. Elle se remit à parler, des paroles précipitées et embrouillées, parce qu'elle sentait le vide l'aspirer.

– Écoute… Tu m'entends ? Tu vas voir, j'ai de l'argent… J'ai l'intention de te le donner pour que tu puisses commencer une nouvelle vie…

– Que c'est bête ! Quel stupide lieu commun ! Personne ne peut commencer une nouvelle vie. On est tous obligés d'aller de l'avant en traînant notre misérable vie. Tu as détruit la mienne. Tu n'as pas assez d'argent pour me payer.

– Mais qu'est-ce que tu veux, alors ? Qu'est-ce que tu veux de moi ? demanda Zarza, désespérée.

– Je veux que tu souffres, répondit-il. Et il raccrocha.

La première chose que fit Zarza, la communication coupée, fut de jeter le portable dans la poubelle la plus proche. Elle lança l'appareil machinalement, sans même l'éteindre ; et elle se réjouit un instant à l'idée fugace que son frère rappellerait de nouveau et que son appel sonnerait en vain dans les ordures. Puis elle héla un taxi et donna au chauffeur une adresse qui l'étonna elle-même. Il était neuf heures du soir et il y avait très peu de circulation. C'était une ambiance de lendemain de fête, un abattement et une lassitude d'après les festivités de fin d'année. Une légère brume adhérait à l'asphalte humide, comme un halo de sueur à la peau d'un animal. On n'avait pas encore enlevé les illuminations de Noël; des centaines d'ampoules éteintes pendaient à des guirlandes balancées par le vent. Tout était lugubre et fané.

— C'est là. Au coin de la rue.

Elle paya et descendit, et tandis que le taxi disparaissait, elle observa la maison de l'extérieur. Il y avait de la lumière aux fenêtres du premier étage, celles qui correspondaient à l'appartement. Elle regarda la porte d'entrée: par bonheur, elle était ouverte. Elle monta les escaliers à pied, la bouche sèche, angoissée, son sang battant à ses tempes, sa tête lui faisant de plus en plus mal. Elle arriva devant la porte, reprit profondément son souffle, appuya sur la sonnette. La sonnerie la fit sursauter; alors, et seulement alors, elle réalisa que ce serait peut-être une femme qui ouvrirait. Mais non. C'est lui qui ouvrit. C'est Urbano qui ouvrit.

— Toi…! s'écria-t-il à voix basse en se recroquevillant un peu sur lui-même, comme si Zarza allait le frapper.

Puis, paralysé, il la regarda, pâle comme un linceul.

Toujours aussi grand, avec des mèches blanches dans ses cheveux en brosse. Les épaules rondes et massives, ses grosses mains inertes le long du corps, le visage vieilli prématurément. Il avait maintenant un lacis de rides autour des yeux et ses bonnes joues semblaient s'être un peu creusées. Il avait maigri: sa chair pendait à son puissant squelette comme du linge à un fil. Une longue cicatrice coupait son sourcil droit et lui traversait le front. Sans doute le résultat de mes coups, pensa Zarza. Qu'est-ce que je fais ici? se dit-elle; c'est horrible, je suis une horreur, je dois m'en aller. Mais au lieu de repartir, elle tendit la main vers le front meurtri d'Urbano. L'homme eut un geste de recul, évitant le contact. Zarza replia son bras.

— Excuse-moi, excuse-moi. C'est de moi, n'est-ce pas? Je veux dire, c'est ma faute, non? La cicatrice. La blessure.

Urbano la regardait sans ciller.

— Qu'est-ce que tu veux? demanda enfin le menuisier. Sa voix semblait sortir de ses talons, étranglée et sèche. Qu'est-ce que tu es venue faire?

— Je ne sais pas. Je n'en sais rien. Te demander pardon, je suppose. Il fallait que je te voie. Je regrette tant, Urbano. Je regrette tant. La seule bonne chose qui m'est arrivée dans ma vie, c'est toi.

L'homme ferma un instant les yeux. Il avait visiblement l'air de souffrir. Zarza comprit fort bien: elle savait que l'affection peut provoquer des blessures beaucoup plus profondes et beaucoup plus vives qu'un fer rouge. Puis il riva de nouveau ses yeux sur elle, sans qu'un seul de ses muscles bouge. Au bout de quelques secondes, Zarza n'en pouvait plus.

— Excuse-moi. Je n'aurais pas dû venir. Adieu, bredouilla-t-elle, désemparée, et elle fit demi-tour pour s'en aller.

La voix d'Urbano l'arrêta juste devant les marches.

— Non! Attends… Attends. Viens. Entre.

Le menuisier poussa de côté sa lourde carcasse et la laissa passer. Curieusement, la maison était à peu près comme avant, toujours aussi propre et aussi bien rangée. Urbano avait cette faculté de tout mettre en ordre propre aux bons travailleurs manuels. Ils se dirigèrent tous les deux machinalement vers les canapés disposés en angle. C'était toujours là qu'ils s'asseyaient: Urbano sur celui qui était le plus près de la porte, Zarza sur l'autre. Ils reprirent leurs places de jadis sans réfléchir, puis s'observèrent en douce. Zarza était assise sur le bord du canapé, comme si elle allait tout de suite se lever et s'en aller; Urbano avait ses grandes mains posées sur ses genoux, comme quelqu'un qui est dans la salle d'attente du dentiste. Zarza eut un petit rire nerveux, alors qu'en réalité, elle avait envie de pleurer. Mais il y avait si longtemps qu'elle ne l'avait pas fait qu'elle ne savait plus comment faire.

— Tu t'es fait mettre une dent, dit Urbano doucement.

— Oui, hum… répondit Zarza en se raclant la gorge. Quand je suis sortie de prison.

— Tu es jolie. Tu es beaucoup plus en forme qu'avant.

— Toi… toi aussi. Disons que je te trouve en forme, ajouta Zarza.

146

Et c'était vrai. Le temps et les rides avaient adouci les traits un peu rugueux d'Urbano. Le menuisier soupira, se frotta les yeux et leva vers le plafond ses bras immenses. Quand il eut terminé son rituel, on aurait dit un autre homme. Comme s'il s'était plié aux circonstances.

— Tu veux boire quelque chose? demanda-t-il en se levant.

— Non… non, non merci, répondit Zarza encore sur ses gardes.

— J'allais justement me préparer le dîner. Viens à la cuisine. Je vais faire cuire quelque chose.

Hébétée, Zarza se leva et le suivit. Urbano commença à s'affairer. Il coupa des tranches dans un jambon enveloppé de papier d'aluminium, ouvrit une boîte de pâté, sortit du fromage et des fruits, déboucha une bouteille de Rioja.

— Assieds-toi.

Zarza obéit et s'assit à la table de la cuisine. C'était là qu'ils prenaient leur petit déjeuner, bien des années auparavant.

— Mange.

Zarza obéit et commença à manger. Elle venait de s'apercevoir qu'elle était affamée. Ils mastiquèrent en silence pendant quelques minutes.

— Tu es très en forme, répéta à la fin Urbano.

— J'ai décroché, si c'est ce que tu veux savoir. Ça fait déjà sept ans. Depuis le jour où je me suis retrouvée en prison.

— Combien de temps tu y es restée?

— Deux ans et cinq mois.

— Il est mort, ce garçon… le vigile de la banque?

— Non.

— Tant mieux.

— Il est paralysé. En sortant, la balle lui a touché la colonne vertébrale.

— Pas de veine!

Zarza soupira:

— Oui. Vraiment pas de veine!

Ils se turent de nouveau.

— Mais toi, au moins, tu vas bien… non? s'aventura à demander Zarza d'un filet de voix.

Urbano toucha la cicatrice de son front.

— Oui, je vais bien.

— Pardonne-moi. Pardonne-moi. Pardonne-moi, susurra-t-elle. J'ai fait des choses horribles. À toi et… Des choses horribles.

Urbano agita sa grosse main en l'air.

— Laisse tomber. Je ne veux pas en parler.

— Tu es vraiment bon avec moi, dit-elle d'un ton affligé.

— Ne recommence pas à me dire que je suis bon ! rugit le menuisier. Je ne suis pas bon. Je ne fais pas ça parce que je suis bon. Je suis faible avec toi, c'est tout. J'aurais dû écouter tes excuses sur le palier, et te dire, oui, très bien, d'accord, et puis te fermer la porte au nez. C'est ça que j'aurais dû faire, c'est ça que j'aurais aimé pouvoir faire. Mais je ne peux pas. Tu me fais peur. Tu me fais peur parce que je sais que tu peux me faire très mal. Mais sept ans passent, tu réapparais, sortie du néant, et je ne suis pas capable de te fermer la porte au nez. Je suis un imbécile.

— Je regrette…

— Arrête de me répéter que tu regrettes ! Je crois que je mérite ce qui m'arrive… grogna Urbano.

— Il ne va rien t'arriver parce que je vais m'en aller… dit Zarza en se levant de table.

— Assieds-toi ! S'il te plaît. S'il te plaît, assieds-toi, dit-il d'une voix plus douce. En fait… en fait, je suis content de te voir, tu le crois ? Je suis fou.

— Moi aussi

— Toi aussi, quoi ?

— Moi aussi, je suis folle… et moi aussi, je suis contente de te voir.

Et cette phrase fit naître un sourire sur le visage d'Urbano, un petit rictus joyeux et niais que le menuisier ne put réprimer et dont il se repentit aussitôt.

— Bon, raconte-moi un peu ta vie, celle de Nicolás, celle de Miguel… demanda-t-il d'un ton sec et expéditif, comme un employé de bureau qui remplit un formulaire, pour ne rien laisser paraître.

— Je travaille dans une maison d'édition. Je suis chargée, avec une autre fille, d'une collection d'Histoire. Actuellement, je suis en train de préparer un beau et terrible texte de Chrétien de Troyes. Je travaille surtout sur des livres du Moyen Âge.

— Tu as de la chance. Tu as toujours aimé ça.

— J'habite seule. Je vais souvent voir Miguel, il est interné dans une résidence pour des gens comme lui. Je crois qu'il y est bien. À part ça, je n'ai pas d'amis. Je suis contente de ne pas en avoir. Je vis comme un moine du Moyen Âge. Mon travail me suffit. Une vie tranquille.

Urbano fronça les sourcils et riva sur elle ses yeux enfoncés et mornes, de la couleur du raisin. Il réfléchit quelques instants. La lente et solide mécanique de son cerveau était presque audible.

— Si ta vie est si tranquille, pourquoi es-tu venue?

Zarza toussota pour dissimuler le nœud qui lui serrait la gorge, un nœud d'émotion, ou de peur, ou peut-être de rage.

— Je t'ai déjà dit que je ne sais pas très bien pourquoi je suis venue. Et c'est vrai, je ne le sais pas, répondit-elle en contenant sa colère. Mais tu as raison, ma vie n'est pas si tranquille que ça. Nicolás est de retour et il me menace. Il est sorti de prison. Il m'a appelé ce matin chez moi et depuis, je le fuis. Il me poursuit et veut se venger.

— Se venger de quoi? demanda Urbano.

— Je l'ai dénoncé à la police. Après l'histoire de la banque Mais ce n'était pas à cause de la banque… c'était pour… Bon, je ne veux pas en parler, dit Zarza d'une voix rauque, sentant son souffle devenir de plus en plus court.

Urbano se tut.

— Ne me regarde pas comme ça! grogna Zarza. Je te réponds parce que tu m'as posé des questions, mais je ne suis pas venue ici pour te demander de m'aider. Tu as entendu? Si tu crois que c'est pour ça, je m'en vais.

Urbano continua de se taire.

— Et toi, qu'est-ce que tu as fait pendant tout ce temps? demanda péniblement Zarza au bout d'un moment en essayant de se calmer et de sortir de la cage de ses pensées.

– Rien. Moi, je ne fais jamais grand-chose, comme tu sais. Tout a continué comme avant. L'atelier, les travaux de restauration avec l'antiquaire… Je suis un homme ennuyeux.

– Ne dis pas ça.

– Je suis sûr que tu le penses. Tout le monde le pense, même moi.

– Tu n'es pas ennuyeux. Je t'assure.

– À propos, j'ai une histoire à te raconter. Je l'ai lue je ne sais où, il y a quelques années, peut-être trois ou quatre. J'ai pensé qu'elle pouvait t'intéresser. C'est un truc médiéval, comme les tiens… Tu vois, je l'ai gardée pour toi pendant tout ce temps en mémoire. Comme si je t'avais attendue. Mais je ne t'attendais pas, je t'assure. Je ne voulais pas te revoir.

– Je te crois.

– Eh bien, c'est l'histoire d'une femme, d'une grande magicienne. Elle a vécu en France à la fin du XII$^e$ siècle, je ne me souviens plus très bien où. Son savoir l'avait rendue très célèbre. Elle connaissait toutes les plantes des champs et de la montagne, tous les remèdes pour soigner les hommes et les animaux. Mais ce qui me plaît le plus dans ce conte, qui n'en est pas un, parce que ça s'est vraiment passé, c'est que la femme vivait dans les alentours d'une ville, dans une masure misérable. En fait, ce n'était même pas une maison, mais une vieille étable aux murs de torchis et au toit de paille, et sans autre lumière que celle qui entrait par la porte, car il n'y avait pas de fenêtres. Et tous les gens pensaient que la magicienne habitait dans une porcherie, un endroit immonde, parce qu'ils ne savaient pas que l'intérieur de l'étable était blanchi à la chaux et que ses murs étaient entièrement recouverts de peintures merveilleuses, de fresques qui représentaient des jardins magnifiques, des salons fantastiques, des tentures de velours, des meubles incrustés de perles et d'or. Et ces peintures étaient si bien faites que toute cette magnificence semblait plus réelle que la réalité. Si bien que ceux qui venaient voir la magicienne et la trouvaient dans l'obscurité de sa maison pensaient que la femme vivait dans la crasse ; mais quand elle était seule et qu'elle allumait ses lampes à huile, elle se retrouvait, en fait, dans le plus beau, le plus luxueux palais de la Terre. Tu te rends compte? Il suffit d'un peu de volonté et de savoir regarder pour que le monde devienne autre chose. Cette femme le faisait et c'est pourquoi elle était magicienne. Non pas parce qu'elle savait soigner les gens, mais parce qu'elle savait échapper à la laideur.

– Oui. Et c'est pour ça qu'on a fini par la brûler vive.

– Tu connais l'histoire?

– C'est la sorcière de Poitiers, Madeleine DuBois. Ce qui l'a perdue quand elle a dû affronter l'Inquisition, c'est justement ça: les extraordinaires peintures de sa maison, ces trompe-l'œil qui semblaient si réels qu'ils ne pouvaient être que l'œuvre du démon. C'est ce qu'ils dirent à son procès. Si bien que non seulement ils ne la sauvèrent de rien, mais en plus ils la condamnèrent à une mort horrible.

Urbano secoua la tête, comme contrarié.

– Ce qui se passe, Zarza, c'est que tu ne veux pas te sauver, finit-il par dire.

Zarza se sentit blessée par les paroles de l'homme, et même irritée. Elle se tut, tandis qu'Urbano consultait sa montre et se levait.

– Onze heures. Je dois descendre un moment à l'atelier. On va venir prendre des meubles que j'ai restaurés.

– À une heure pareille?

– Comme ça on ne bloque pas la circulation quand on charge la fourgonnette, c'est le meilleur moment. Si tu veux, tu peux dormir ici. Je veux dire si tu préfères ne pas retourner chez toi… principe de précaution, à cause de ton frère.

– Non, merci. Je t'ai déjà dit que je ne suis pas venue pour ça. Je n'ai pas besoin de ton aide.

– Comme tu voudras, mais réfléchis-y bien. Attends que je revienne et on en reparle. Je serai là dans une demi-heure.

Le menuisier sortit et Zarza se retrouva seule. Quelle étrange sensation, de nouveau seule dans cette maison qui, pendant cinq mois, avait été la sienne. Elle se leva, posa l'assiette dans l'évier et se mit à visiter l'appartement. La salle de bains qui, à sa surprise, avait été entièrement refaite. La petite pièce où ils avaient mis

Miguel. Et la chambre à coucher. Zarza dut faire des efforts pour entrer dans cette pièce qu'elle avait éclaboussée de douleur et de sang. Elle poussa lentement la porte et se sentit défaillir en constatant que tout était pareil. Le lit double où elle avait si bien simulé un amour fougueux. Les robustes tables de nuit. Et la lampe au socle si lourd avec laquelle elle avait ouvert le crâne du menuisier. Il ne restait aucune trace de sang, aucune ébréchure ; le bois, qui avait foncé avec les années, montrait une surface douce, arrondie et agréable. Zarza s'échappa en courant de la pièce et se laissa tomber sur le canapé du salon. Elle éprouvait parfois la sensation aiguë d'être incapable de continuer à respirer.

C'est alors qu'elle vit l'argent. Il était sur la table basse du salon, une liasse de billets de dix mille pesetas. Zarza fronça les sourcils, presque sûre que cet argent n'y était pas quand elle était entrée. Urbano l'a laissé sur la table pour me mettre à l'épreuve, pensa-t-elle ; et elle se sentit mourir de honte. Elle prit les billets d'une main : 275 000 pesetas. Ce n'était pas beaucoup. Bien sûr, Nicolás trouverait que c'était peu. Mais ajouté à ce qu'elle possédait, il y avait plus d'un demi-million. Peut-être pourrait-elle convaincre son frère de s'en aller. Une fièvre noire lui monta à la tête, un étrange désir de faire du mal et de s'en faire, une volonté mortifère d'en finir avec tout. Comme celui qui se penche à une très haute fenêtre et ressent une envie irrésistible de se jeter dans le vide.

— Tu voulais me tenter ? dit-elle à voix haute. Parfait ; eh bien, tu m'as tentée.

Elle glissa les billets dans son sac à main en tremblant d'anxiété et de fureur. Mais qu'est-ce que je fais, se disait-elle ; pourquoi est-ce que je me comporte comme ça ? Un tourbillon d'idées et de sensations l'étourdissait. Je les lui rendrai, pensait-elle ; je lui rendrai tout et même plus avec mon salaire, chaque mois, au compte-gouttes. C'est bien fait pour lui, pensait-elle ; pourquoi n'a-t-il pas eu confiance en moi, ce crétin ? C'est bien fait pour moi, pensait-elle ; je le prends parce que je ne vaux rien, parce que je suis une fille perdue et une moucharde, je le prends pour m'humilier et pour le sauver.

— Pardonne-moi, balbutia-t-elle dans le vide.

Et, rapide et muette, elle sortit de l'appartement avec des pas furtifs de voleuse.

Un jour, en prison, alors qu'elle se rendait à l'infirmerie pour une petite blessure qu'elle s'était faite à l'atelier de menuiserie, Zarza entendit, par hasard, ce que disait l'une des assistantes sociales à l'aide soignante.

– C'est comme Sofía Zarzamala, celle qu'on appelle Zarza, tu n'as pas idée de sa vie, elle l'a racontée, c'est une histoire tartare, son frère est anormal, sa mère a été assassinée, son père a abusé d'elle... Son père, c'était ce Zarzamala qui a disparu il y a très longtemps, le type du scandale financier, je ne sais pas si tu te souviens... Bon, enfin, toutes les galères possibles, ma fille; d'après elle, elle a eu droit à tout...

À ce moment précis, les deux femmes virent Zarza arriver et arrêtèrent net de parler, tandis que le visage de l'assistante sociale devenait rouge comme une tomate. Elle était toute jeune; c'était sa première année de travail en milieu carcéral et il était évident qu'elle venait d'un monde paisible et protégé, à la petite vie routinière. Elle essayait de paraître chevronnée et expérimentée mais, en fait, elle était d'une ignorance crasse. Zarza avait beau être convaincue de l'inexpérience et de la légèreté de la fille, le coup reçu en entendant ce qu'elle disait n'en fut pas atténué pour autant. Tout d'abord, que signifiait ceci: sa vie était "une histoire tartare"? Qu'elle n'y croyait pas, que c'était du roman? Il est vrai que les sujets de la Blanche étaient les êtres les plus menteurs de la planète mais, à cette époque, elle avait déjà décroché depuis plus d'un an. Ensuite, l'une des inclinations naturelles du prisonnier est la simulation (l'autre est la volonté de s'évader), et c'était peut-être pour cela, à cause de sa condition de recluse, que l'assistante sociale ne la jugeait pas digne de confiance. Quoiqu'il en soit, il était en tout cas évident que la femme ne trouvait pas une telle accumulation de malheurs normale.

Cependant, Zarza considérait que sa vie n'était, en fait, nullement extraordinaire. Le monde est plein d'histoires tartares, de réalités atroces et douloureuses, d'horreurs si manifestes et si grandes qu'elles ne tiennent pas dans nos têtes. Parce que les enfers que nous pouvons imaginer sont toujours moins cruels que les vrais. Que dirait l'assistante sociale, pensait Zarza, de ces bébés de quelques mois violés et mutilés par leurs propres parents ; de ces mères atteintes du syndrome de Munchausen qui rendent délibérément leurs propres enfants malades et les soumettent à des dizaines d'opérations chirurgicales ; de cette fillette du Sierra Leone amputée des bras et des jambes à coups de machette et qui continuait à sourire à la caméra (couchée sur un lit, un bout de chair couvert de bandes et d'appareils orthopédiques), tout simplement heureuse d'être encore vivante ? Sans parler des multiples exemples de sa propre prison : des terroristes presque adolescents que le fanatisme avait transformés en de brutales machines à tuer ; ou des émigrants analphabètes qui avaient asphyxié avec un sac en plastique leur nouveau-né qui continuait à gigoter. Il y a mille façons de détruire sa vie et chacun d'entre nous peut trouver sa propre voie vers la perdition.

Mais, à bien y réfléchir, l'assistante sociale avait raison : ce n'était que des histoires tartares, des histoires de la barbarie et des barbares, du Gengis Khan du Mal et de la Défaite, de la violence qui écrase les pacifiques et du chaos qui anéantit les projets. L'humanité s'était construite dans une recherche millénaire de quelque chose de mieux, d'un cadre de coexistence plus grand que la misérable dimension individuelle ; mais les mêmes êtres qui étaient capables d'imaginer le bien et la beauté détruisaient aussitôt leurs propres réussites dans une aveugle orgie de souffrance. L'histoire de l'humanité est, en fait, l'histoire d'une trahison. Tant de violations de serments, de projets abandonnés, de rêves perdus.

C'était sans aucun doute des histoires tartares, car elles parlaient du Tartare, qui était, d'après les Grecs, la région la plus profonde et la plus désespérée de l'enfer, le lieu ténébreux des châtiments où souffrirent les Titans. Cerbère, le chien à trois têtes, surveillait les confins de cet endroit sinistre, le royaume du malheur et de la souffrance ; et Charon, le batelier, te conduisait sur les eaux vers la perdition, ce Charon qui se confondait avec ton destin, avec ta volonté, avec ta lâcheté, avec tout ce qui t'avait fait ce que tu étais, fait finir où tu étais, détruit. Et enfoncé pour toujours dans les entrailles de ton Tartare, d'un Averne à la mesure de tes cauchemars.

Mais il y avait encore quelque chose de pire que l'incrédulité de l'assistante sociale : que cette nouvelle venue, cette petite sotte débutante puisse savoir tant de détails sur sa vie. Comment osait-elle soutenir que c'était Zarza elle-même qui avait dit ces choses ? Elle se souvenait de n'avoir effleuré le sujet qu'avec Teófila Díaz, la psychiatre de la prison ; tant et si bien que les paroles de la ragoteuse lui firent détester la psychiatre. C'est à partir de cet incident qu'elle se rendit vraiment compte que, dans une prison, la première chose dont on dépouille le prisonnier, c'est de son individualité, du droit à l'intimité, de la maîtrise de sa propre vie ; qu'on en fait un être irresponsable, un simple témoin de lui-même, un corps de bagnard qui doit se plier aux ordres d'autrui : les fonctionnaires, le directeur de la prison, le médecin, l'État. Si bien qu'en prison, tout le monde semble en savoir plus sur vous que vous-même et il ne reste pour tout espace de liberté que la retraite intérieure dans le recoin le plus éloigné du cervelet, il ne reste qu'à creuser une tranchée dans la conscience profonde, à ne parler à personne, à ne pas se manifester, à ne dire ce qu'on ressent ou pense vraiment à personne, à ne pas exister. Disons que la dernière grande école de Zarza fut la prison ; c'est là qu'elle apprit à vivre sans Nicolás et sans amis, sans objets, sans souvenirs. Elle y apprit même à vivre sans la Reine, qui ne faisait pourtant pas défaut. Mais il y avait quelque chose, une douleur trop aiguë pour être exprimée, qui empêcha le retour à la Blanche. Isolée et muette, seule en elle-même et en dehors, Zarza reprit ses vieux livres d'histoire et apprit à vivre pratiquement en dehors de toute vie.

Après sa sortie de prison, elle s'était, pendant quatre ans et demi, installée dans un état quasi végétal. Jusqu'à ce qu'elle reçoive le coup de téléphone de Nicolás, jusqu'à ce que son étroite cage protectrice se brise.

Pourtant, au début, quand elle était entrée en prison, Teófila Díaz lui avait fait l'effet d'une personne intéressante. Un jour, Teófila lui avait raconté le "Conte du traître". Étrange coïncidence, puisque plus tard, c'est la psychiatre qui trahirait Zarza. Une histoire fascinante, un récit qui, d'après elle, faisait partie des *Mille et Une Nuits*. Quand Zarza recouvra la liberté, elle chercha le texte et voulut savoir d'où il venait. Le conte se trouvait effectivement dans la traduction française de Galland du début du XVIII$^e$ siècle, mais il ne semblait pas faire partie du corpus original des *Mille et Une Nuits*, et il n'avait par conséquent pas été inclus dans la *Zotemberg's Egyptian Recension*. Aussi avait-il été probablement rajouté par Galland lui-même, comme *La lampe d'Aladin* ou *Ali-Baba et les quarante voleurs*. Borges avait emprunté le récit et l'avait réécrit dans son *Histoire universelle de l'infamie*, sous le titre "Le traître Mirval" ; et c'était cette version de Borges, un peu différente de celle qu'avait racontée Teófila, que Zarza préférait.

Mirval était un monarque de la dynastie des Sassanides qui vivait dans les îles de Chine. Son royaume était une bulle de bien-être et de paix dans un monde tourmenté. Mirval avait eu de la chance : les îles étaient riches et petites, tout le monde y mangeait à sa faim, il n'y avait pas de querelles parmi les habitants. En outre, l'archipel était suffisamment éloigné et hors de portée pour que quiconque veuille le conquérir. Le royaume de Mirval était un paradis et Mirval un roi extraordinairement aimé de ses sujets. Parce que l'abondance, en général, et les paradis, en particulier, favorisent les bons sentiments. Mirval avait une épouse, quatre concubines et vingt-sept enfants. Il vivait dans un très beau palais de marbre et de malachite. Tous les matins, il faisait une promenade à cheval avec son vizir qui était son demi-frère et un ami intime ; tous les deux jours, il dînait avec les conseillers de la cour, c'étaient de somptueux banquets qui étaient un prétexte pour se divertir; et, une fois par semaine, il présidait le défilé de sa garde royale, dont il était très fier: de vigoureux guerriers vêtus de pyjamas de soie et d'alfanges étincelants. Mirval se considérait comme un bon roi et il était heureux, parce qu'il appartenait à ce genre de petits esprits sans imagination, dit Borges, capables de supporter le bonheur.

Mais un jour se présenta au palais un éfrit horrible et menaçant; il avait entendu parler du bonheur qui régnait dans le royaume de Mirval et, comme c'était un esprit malin, une telle sérénité le mettait hors de lui. Il saisit le monarque terrorisé par le cou et lui annonça qu'il demeurerait là quelque temps; à cet instant, le château se retrouva coupé du monde parce que toutes les portes et toutes les fenêtres disparurent comme par magie, remplacées par de solides murailles. Cependant dans la salle du trône il y avait maintenant une porte en bois noir qui n'existait pas auparavant. L'éfrit expliqua que cette petite porte devait rester fermée et intima à tout un chacun l'ordre de ne pas s'en approcher. "Malheur à celui qui en franchira le seuil! dit le génie. Prends garde, Mirval: c'est la porte de ton enfer."

À l'exception de cette interdiction, les habitants du palais pouvaient continuer à mener une vie normale. Ils étaient prisonniers, mais le palais royal était très grand et disposait de jardins intérieurs parfumés. L'éfrit faisait tout à coup irruption çà ou là, mais il se contentait d'observer et de sourire. Avec le temps, les gens de la cour commencèrent à s'habituer. Mirval avait repris ses anciennes routines et il était à peu près heureux parce qu'il appartenait à ce genre d'hommes paresseux et sans imagination, dit Borges, qui, confrontés à la perte, sont capables de se résigner.

Mais un jour, le génie apparut, horrible et menaçant, et prit le monarque par le cou. "Je m'ennuie, dit-il. À partir d'aujourd'hui, toi et moi, on fera, tous les jours, une partie d'échecs." Ils commencèrent l'après-midi même et, naturellement, le génie gagna. "Tu as perdu, dit l'éfrit, et tu as un gage. Tu peux choisir: soit tu franchis la petite porte noire, soit tu me remets quelque chose qui me plaise." En tremblant, Mirval s'empressa d'offrir à son adversaire des bijoux et des parfums, mais le génie éclata de rire et lui dit d'un ton méprisant : "Ni l'or ni la soie ni l'encens ne m'intéressent, stupide roi ; je suis un éfrit, il me suffit de désirer tous les trésors du monde pour les avoir. Tu dois me proposer quelque chose de mieux ou je te ferai franchir la petite porte." Le roi eut, sans succès, recours à ses instruments de musique, à ses oiseaux mécaniques, à ses livres les plus chers, à sa bibliothèque entière. À la fin, désespéré, il lui offrit les jeunes vierges du royaume et l'éfrit s'estima satisfait. Il faut dire qu'il ne se contentait que d'êtres vivants. "Que vas-tu faire avec elles ?" demanda Mirval, mort de peur. L'éfrit se mit à rire : "C'est mon affaire !" À ces mots, il fit disparaître instantanément toutes les pucelles, celles qui étaient dans le palais comme celles qui étaient en dehors. Les gens, effrayés, commencèrent à dire que le génie buvait le souffle des humains, qu'il aspirait leur âme jusqu'à les effacer.

À partir de ce jour, et à chacune de ses inexorables défaites, le traître Mirval trahit tout le monde afin de ne pas avoir à franchir la porte noire. D'abord, il livra les vieillards du royaume, pensant qu'ils n'étaient guère utiles. Puis les artistes ; ensuite, les commerçants, les paysans, toutes les corporations d'artisans, les mères. Les mères disparues, Mirval estima que les enfants étaient de trop et il les livra, eux aussi, à l'avide éfrit. Ensuite il dut lui offrir la garde royale, les alfanges brillant au soleil et les moustaches tressées ; les domestiques du palais, les cuisiniers, les eunuques. Puis les intellectuels s'évaporèrent, les médecins de la cour, les ingénieurs et même les conseillers qui amusaient tant Mirval lors des banquets. Et à partir de ce moment, tout alla de mal en pis parce que le roi livra ses propres enfants, ses concubines, son épouse et, tout à la fin, il vendit aussi le vizir, son demi-frère et son grand ami, ainsi que Pandit, son chien favori qui dormait couché au pied de son lit. Tous se volatilisèrent en un clin d'œil, comme des dessins que le vent efface sur le sable.

Désormais, il ne restait plus au traître Mirval que sa propre peur ; mais il était obligé de jouer et il perdit la dernière partie.

"Tu n'as, maintenant, plus rien qui m'intéresse, dit l'éfrit. Aujourd'hui, tu n'y couperas pas, tu vas devoir franchir le seuil." Mirval pleura, geignit, implora, se traîna comme un ver de terre devant le génie ; mais celui-ci se croisa les bras, horrible et menaçant, et émit un souffle magique qui fit voler le roi vers la porte. Le battant noir s'ouvrit, Mirval, à son corps défendant, passa sous le linteau et se retrouva en dehors de son palais. La petite porte donnait tout simplement sur l'extérieur : ce n'était qu'une sortie ou plutôt, c'était la sortie du cachot. Mirval, stupéfait, revint au palais : l'éfrit avait disparu et l'édifice avait retrouvé son aspect d'origine, avec toutes ses entrées et ses fenêtres. La petite porte noire, cependant, était encore visible, maintenant ouverte de part en part, anodine, innocente, reliant un palais désert à un royaume vide. Mirval y demeura, solitaire et affligé, seul habitant de son enfer.

Zarza sortit ou plutôt s'échappa de chez Urbano sans savoir exactement pourquoi. Les heures s'étaient enchaînées les unes aux autres depuis le moment qui, maintenant, lui semblait bien loin, où elle avait reçu le premier appel de Nicolás et, tout au long de cette journée interminable, sa réalité avait pris des formes nouvelles. Une vieille et sombre image d'elle-même émergeait peu à peu de son être, comme le corps gonflé du noyé des eaux. Elle serra les poings, enfonça ses ongles dans les paumes de ses mains. Respirer et continuer. Il y avait des années qu'elle ne s'interrogeait plus sur l'existence parce qu'elle avait choisi l'engourdissement plutôt que la souffrance. Mais maintenant sa tête était pleine de questions angoissantes, de mots qui se battaient pour être dits. Le taxi ne mit que vingt minutes pour la déposer devant le porche du domicile de Martina. Quelques heures auparavant, Zarza avait essayé d'atteindre cette même rue, mais une panique subite l'avait fait repartir en courant. Maintenant, elle y retournait et la peur s'enroulait dans son estomac comme une couleuvre endormie.

Il était vingt-trois heures trente et les trottoirs étaient vides. Elle appuya sur le bouton de l'interphone. Elle attendit quelques instants, puis recommença. Une voix d'homme, sèche et inquiète, finit par se faire entendre.

— Qui est-ce?

— C'est Zarza. Martina est là?

— Qui est-ce? répéta la voix, un peu plus tendue.

— C'est Zarza, la sœur de Martina! Je peux lui parler?

Il y eut un moment de silence, adouci par les grésillements de l'interphone. Puis on entendit Martina:

– Qui est-ce ?

Sa voix n'avait rien d'accueillant.

– C'est Zarza. Tu peux m'ouvrir ?

– Tu es seule ?

– Bien sûr.

– Qu'est-ce que tu veux ?

– Juste te parler une minute.

– Je ne vais pas te donner un sou.

– Je ne veux pas d'argent. Je veux parler avec toi. S'il te plaît.
Je sais qu'il est tard. Juste un instant. S'il te plaît.

– Téléphone-moi demain.

– Nicolás est sorti de prison. S'il te plaît. On ne peut pas se
parler à travers ce truc-là.

Nouveau silence, nouveaux grésillements sonores. Le bruit
de l'ouverture finit par se faire entendre, trop strident dans
l'obscure quiétude de la nuit. Zarza poussa la porte qui claqua
dans son dos. Elle chercha à tâtons la lumière de l'escalier
qui éclaira une entrée élégante et fraîchement repeinte avec
des palmiers nains dans de grands pots. Elle monta à pied
jusqu'au troisième étage ; l'une des deux portes du palier était
entrouverte, retenue par un chaînon. Par l'étroite ouverture
se montrait le profil inquisiteur de Martina. Zarza se mit
devant elle.

– Bonjour. Tu ne vas pas me laisser entrer ?

Martina la scruta des pieds à la tête d'un air méfiant. Zarza ne
devait pas être en trop piteux état, ou du moins pas comme elle
craignait de la trouver, car ses sourcils s'adoucirent un peu.

– Qu'est-ce que tu veux ? répéta-t-elle.

Zarza haussa les épaules d'un air las.

– Juste parler avec toi ! J'ai passé une journée horrible, Martina ; je t'en prie, laisse-moi souffler un peu.

– Il est très tard, il y a des années qu'on ne se parle plus. Je ne
vois pas où tu veux en venir.

– Ce matin Nicolás m'a téléphoné. Il est sorti de prison. Tu
veux que tes voisins sachent que tu as un frère en prison ou tu
préfères me laisser entrer ?

L'argument s'avéra suffisamment convaincant. Martina referma la porte, décrocha le chaînon et rouvrit.

– Entre. Et pas de bruit, les enfants sont couchés.

C'était la porte de service qui donnait directement dans la cuisine. Il y avait très longtemps que Zarza n'avait plus remis les pieds chez Martina : peut-être neuf ou dix ans, bien avant qu'elle n'aille en prison. Toujours est-il qu'elle ne se souvenait absolument pas de cette cuisine. Elle était immense, en acier étincelant, aussi propre et ultramoderne que l'intérieur d'un laboratoire spatial. Le sol était d'ardoise, les murs recouverts d'une lumineuse peinture crème. Tout avait l'air neuf et immaculé, comme refait. Devant le lave-vaisselle s'affairait une femme de type asiatique, en uniforme à raies bleues et blanches.

– Ne t'en fais pas pour elle, dit Martina, interceptant le regard de sa sœur. C'est Doris, elle vient d'arriver et ne comprend que l'anglais. Doris, *you can go to your room now. Don't worry about that. Good night.*

– *Good night, ma'am,* répondit la femme en se retirant.

– Álvaro est dans le salon, et je ne veux pas le déranger, alors on va rester ici, dit Martina d'un ton expéditif en s'asseyant sur une chaise d'acier et de bois devant la table de métal. Voyons, qu'est-ce qui se passe ?

Zarza se sentit tout à coup submergée, épuisée, incapable d'expliquer sa situation à cette sœur aînée qui était plus étrange qu'une étrangère, à cette Martina qui lui posait dans la cuisine des questions pressées et dédaigneuses sans même la laisser pénétrer dans les parties les plus nobles de la maison, comme pour bien marquer sa distance et son mépris. De plus, ce n'était pas du retour de Nicolás dont Zarza voulait lui parler. En fait, elle ne savait pas très bien de quoi, il n'empêche que ce n'était pas de cela. Elle décida de ne pas s'attarder sur le sujet.

– Ce matin, Nicolás m'a téléphoné. Pour tout dire, il m'a appelé plusieurs fois dans la journée. J'ai appris qu'il était sorti de prison depuis quelques mois. Je suppose qu'il s'agit de liberté conditionnelle. Aussi il m'appelle et me menace.

– Ce garçon a toujours été taré. Et moi, qu'est-ce que j'ai à voir avec tout ça?

– En fait, rien du tout. Je voulais juste savoir s'il t'avait contacté.

– Absolument pas! répondit Martina d'un ton grandiloquent. S'il le fait et me menace, je téléphone aussitôt à la police.

– Ce penchant pour la délation doit être un trait de famille…

– Qu'est-ce que tu dis?

– Rien. Une plaisanterie stupide.

– Dis-toi bien **que**, pour ma part, je ne veux rien savoir de ce pauvre diable. Pour moi, Nicolás, c'est du passé.

– De moi non plus, tu ne veux rien savoir… balbutia Zarza.

Martina plissa le front et se laissa tomber contre le dossier de sa chaise. Elle s'était fait faire des mèches claires dans ses cheveux bruns et maintenant elle était presque blonde. Elle portait un jean de velours vert, très moulant, et un léger pull vert pomme glissé dans le pantalon. Très mince, elle avait une allure sportive et saine; de fait, elle faisait plus jeune que Zarza, même si elle avait quatre ans de plus et était mère de deux enfants.

– Bon… toi, ton cas est un peu différent… Je ne peux pas dire, bien sûr, que tu sois la sœur idéale, mais enfin… toujours est-il que tu es ici, en train de parler avec moi. Je t'ai laissée entrer, non?

– Merci beaucoup, dit Zarza avec une pointe d'ironie.

Mais Martina ne la perçut pas. Elle n'avait jamais été très subtile.

– De rien. Mais je t'avertis tout de suite que je ne vais pas te donner d'argent.

– Je ne veux pas de ton argent, Martina, répondit Zarza excédée. Je n'en ai pas besoin. J'ai un travail, un appartement, un salaire. Je ne suis pas venue pour ça. Ton argent, tu peux te le mettre où tu voudras.

– Ne sois pas grossière, ma belle! Autrefois, tu faisais moins de chichis, n'est-ce pas? De plus, tu m'en as déjà pris pas mal, donc inutile de prendre ces airs de princesse outragée…

C'était vrai. Avant la prison, du temps maudit de la Blanche, Zarza avait, à plusieurs reprises, demandé de l'argent à Martina;

et, quand sa sœur avait arrêté de lui en donner, elle lui avait volé un cadre en argent, une montre Cartier et deux cents dollars qu'elle avait trouvés dans un tiroir. La dernière fois où elle avait mis les pieds chez Martina. Zarza baissa la tête, humiliée qu'on le lui rappelle, et elle changea de ton.

— Tu as raison. Excuse-moi. Mais ça date. Aujourd'hui, je ne veux rien, rien du tout.

— Bon… dit Martina en changeant elle aussi de ton. Tu travailles toujours dans… dans cette école ou je ne sais quoi?

— Dans une maison d'édition. Oui, j'y suis toujours.

— Bien, très bien.

Martina se pencha sur la table et se remit à examiner Zarza.

— Si tu as besoin d'une cure de désintoxication, vois-tu, je suis prête à te la payer. Mais c'est moi qui chercherai le centre et je les paierai directement.

Zarza se leva, exaspérée, et se mit à marcher dans la cuisine.

— Martina, par pitié! Je n'ai pas besoin d'une cure de désin-toxication. Je vais bien. Tout ça, c'est fini. Il y a sept ans que c'est fini. À jamais. Pour toujours.

— Parfait, très bien, j'en suis ravie. Je disais ça uniquement au cas où…

Zarza s'appuya sur la table et rapprocha son visage de celui de sa sœur.

— Martina, comment se fait-il qu'il y ait des années qu'on ne se voie plus et que tu ne sois capable de ne me parler que d'argent. Tu dois avoir une de ces vies de merde pour te comporter comme ça!

— Ma vie? C'est toi qui me poses des questions sur ma vie? s'étonna Martina.

Elle leva les mains, montrant d'un geste éloquent le monde qui l'entourait, la cuisine étincelante comme une salle d'opé-ration, le splendide appartement de trois cents mètres carrés dans le quartier le plus huppé de la ville. Elle était bouche bée, vraiment ébahie que sa petite sœur, cette fille à la dérive, ose critiquer sa solide et opulente existence. Et le pire, c'est qu'elle a raison, se dit Zarza. Non pas, bien sûr, à cause du luxe et du statut social de son mari, notaire, mais de ses enfants, de sa stabilité sentimentale, du noyau familial très soudé et du parfait contrôle qu'elle exerce sur sa vie. Seule Zarza savait avec quelle détermination, avec quelle immense volonté et quel immense travail Martina avait réussi à construire cette vie extrêmement conventionnelle. Ce qui pour d'autres n'était que pure routine, le fruit de la docilité ou de la paresse sociale, avait été pour Martina le résultat d'un très difficile plan de sauvetage, d'un projet de salut personnel élaboré dans les pires conditions. Elle s'était mariée à dix-neuf ans avec Álvaro pour partir de chez elle. Zarza avait beau considérer son beau-frère comme un parfait imbécile, il n'empêche que ce choix était toujours meilleur que la Blanche.

— Ça va, restons-en là. Excuse-moi. Je n'ai plus envie d'en parler, dit Zarza pour calmer les esprits en se rasseyant. Aujourd'hui, j'ai vu Miguel, bien sûr.

— Oui, on m'a dit que tu allais assez souvent là-bas.

Zarza essaya, sans succès, de se mordre la langue.

— Toi, en revanche, tu n'y vas jamais.

— C'est faux ! Et, en plus, je ne vois pas de quoi tu as à te plaindre. C'est moi qui l'ai pris en charge. C'est moi qui paie la pension…

— Encore l'argent !

— Je suis la seule à m'être vraiment occupée de lui ! Qu'est-ce que tu as fait, toi, pour ton frère ? Qu'est-ce que tu as fait, toi, pour lui ? Tu l'as maltraité, tu l'as laissé tomber !… Tu t'en fichais comme de l'an quarante ! Heureusement que je l'ai suivi et sauvé… Pauvre gosse, il était brisé, sale, mort de faim… Il n'arrêtait pas de pleurer quand je l'ai pris en main. Triste famille…

Si elle savait, pensa Zarza, la bouche sèche et la respiration de plus en plus précipitée. Si elle savait ce qui s'était passé avec Miguel. Ce qu'elle lui avait fait. Zarza entendit un bourdonnement, puis les lumières de la cuisine s'éteignirent. Elle s'agrippa à la table, au bord de l'évanouissement.

— Qu'est-ce qu'il y a, Zarza ? Qu'est-ce qui t'arrive ?

— Rien… rien… la nausée…

Martina emplit un verre d'eau et le lui apporta. Elle fronça les sourcils et la regarda de nouveau d'un air inquisiteur pendant qu'elle buvait :

— Ça va vraiment ? C'est vrai que tu n'as rien pris ?

— Je te le jure, Martina. C'est l'angoisse, rien d'autre.

Martina se rassit et regarda d'un air songeur sa sœur, mi-méfiante mi-apitoyée.

— Tu dois prendre soin de toi, Zarza. Mener une vie rangée.

— Je sais. C'est ce que j'essaie de faire.

Elles se turent quelques secondes. Au loin, au-delà de la cour, on entendit le tintement d'une petite cuillère de métal contre un verre. Tel le monotone et funèbre bruit des œufs battus dans l'assiette. Un très bref instant, l'air sembla vibrer autour de Zarza, menaçant, et les objets perdirent leur consistance, comme si la cuisine de Martina pouvait devenir, par une monstrueuse dérive temporelle, la cuisine de son enfance. Mais la réalité pesante reprit immédiatement le dessus et les murs leur solidité. Zarza frissonna.

— Écoute, Martina, toi qui es l'aînée… sais-tu qui frappait Miguel quand on était petits ?

Martina se raidit.

— Comment, qui le frappait ? Tu parles de quoi ?

— Tu ne te souviens pas ? Il arrivait que Miguel soit couvert de bleus.

Martina serra les lèvres :

— Eh bien non, je ne m'en souviens pas. Tu as de ces idées !

— La psychiatre de la prison disait que mon père était un sadique. Ou plutôt notre père.

— Pauvre papa. Qui sait ce qu'il est devenu ?

Zarza ferma les yeux et reprit profondément son souffle, décidée à jouer son va-tout. Elles n'en avaient jamais parlé jusqu'alors. En fait, Martina et elle n'avaient jamais parlé de rien.

— Papa venait la nuit jusqu'à mon lit et il me touchait. Il me touchait, tu vois comment ?

— Eh bien non, je ne vois pas, répondit Marina, irritée.

— Il me touchait comme le font les hommes.

Martina en resta bouche bée.

— Mais qu'est-ce que tu racontes! Tu délires…

— Martina, je t'en prie! Je sais qu'il le faisait aussi avec toi. Je l'ai vu. Je vous ai vus. Très souvent. Au début, quand il ne le faisait qu'avec toi, je vous enviais.

Martina serra les poings et ouvrit la bouche en grand, comme si elle allait pousser un cri tonitruant, mais aucun son ne sortit de sa gorge. Elle demeura ainsi, paralysée, le souffle coupé, durant quelques secondes interminables, puis les mots fusèrent d'un seul coup, à flots, dits d'une voix criarde:

— Je… je n'ai jamais rien entendu de plus dégoûtant de ma vie! C'est un mensonge, un mensonge dégoûtant! Tu inventes toutes ces cochonneries parce que tu as toujours été jalouse et possessive… Tu es une pauvre folle comme maman, voilà tout!… Que Dieu me pardonne de dire ça et qu'elle repose en paix… mais tu es une pauvre folle comme maman…

L'enfance est le lieu où tu passes le restant de tes jours. Zarza se cacha le visage de ses mains tremblantes.

— Martina, je t'en prie… c'est quelque chose de très important pour moi. Papa me touchait. Il nous touchait. Il a abusé de nous. Je ne fais que te dire la vérité.

— La vérité! La vérité! haleta sa sœur d'une voix rauque.

Elles se regardèrent dans les yeux, effrayées et livides. Martina fit un effort visible pour garder son sang-froid. Elle passa sa langue sur ses lèvres sèches et parla d'une voix lente et posée:

— Tu es malade. Je ne sais pas pourquoi tu inventes tout ça, mais tu l'inventes. Tu as toujours été d'une possessivité pathologique. Tu voulais être le centre de tout, comme maman. Au moins notre père travaillait pour nous, il nous entretenait, il payait l'école, il s'occupait de tout. S'il n'avait pas été là, on serait morts, dégoûtés de tout, abandonnés. Avec cette mère qui ne se levait jamais et qui passait son temps à se regarder le nombril. Comme toi. Tu es malade. C'est pour ça qu'il t'est arrivé ce qui t'est arrivé.

Zarza se sentit prise d'un léger vertige. Y avait-il une part de vérité dans ce qu'elle disait? Non et non. Sa sœur se trompait.

— C'est toi qui te trompes, Martina. Tu ne veux pas te souvenir de ce qui s'est passé parce que c'est beaucoup plus facile de faire une croix dessus.

— On vient d'une triste famille, Zarza. Si triste que je ne sais pas qui frappait Miguel, pourquoi il était tout le temps couvert de bleus. C'était peut-être toi, ou cet horrible Nico. Ou maman, la folle. Ou pourquoi pas ? Miguel lui-même, il se donnait des coups sans savoir ce qu'il faisait. Ou même papa, ce pauvre papa. On vient d'une si triste famille que la seule chose que je sais, c'est que ce n'était pas moi. CE N'ÉTAIT PAS MOI, tu comprends ? C'est la seule chose dont je suis sûre. On vient d'une triste famille, mais maintenant vous, vous n'êtes plus ma famille. Maintenant j'ai Paola, Ricardo et Álvaro. Et cet appartement si beau, et de l'argent qui m'apporte en effet la tranquillité et la sécurité. Et je suis prête à défendre ma famille bec et ongles. C'est l'œuvre de ma vie et je suis fière de ce que j'ai fait.

Que Martina devait être seule dans son enfance, se dit Zarza. Elle, au moins, avait Nicolás. Mais Martina était une enfant extrêmement silencieuse, toujours bien coiffée, calme et obéissante, aux chaussettes propres et bien tirées, au cartable parfaitement rangé. Elle passait des heures à étudier ou à lire, cachée dans un coin de la maison, sans faire le moindre bruit, si bien que tout le monde oubliait sa présence. Maintenant qu'elle y pensait, Zarza se rendait compte qu'elle n'avait dans sa mémoire aucune image d'elle en train de rire. Elle éprouva quelque chose qui ressemblait à de la pitié et décida de changer de sujet.

— Tu n'as pas à te défendre, Martina. Je ne cherche pas à t'agresser.

— Et moi je ne veux pas t'éliminer de ma vie, Zarza. Mais tu me fais peur.

Les mots de Martina touchèrent un point sensible de Zarza, déjà entamé.

— Aujourd'hui, c'est la deuxième fois que quelqu'un me dit qu'il a peur de moi… Je suis donc si dangereuse… demanda-t-elle dans un murmure presque inaudible.

Martina se mordit les lèvres, comme elle le faisait quand elle était petite et qu'elle s'énervait. Elle bougea sur sa chaise, mal à l'aise.

— Bon, je me dis que c'est surtout pour toi que tu es dangereuse... finit-elle par dire.

La phrase n'avait rien de convaincant, mais elle était presque affectueuse. Elles se turent toutes les deux quelques instants, épuisées. Dans le silence, on entendait le tic-tac d'une énorme horloge fixée au mur, un cadran rond et chromé.

— Et avec Nicolás, qu'est-ce que tu comptes faire ? demanda Martina.

— Je ne sais pas.

— Va voir la police.

— Non. Une deuxième fois, non. Tu sais que je l'ai dénoncé pour le hold-up.

— Tu as bien fait.

— Je ne sais pas.

— Mais Nico peut être dangereux...

— De toute façon, je vais m'arranger avec lui. Ne t'en fais pas.

Elles se turent de nouveau, tandis que l'horloge palpitait lourdement contre le mur.

— Tu vois, je trouve que se suicider est indécent... dit tout à coup Martina. Je parle de maman. C'est indécent d'avoir des enfants en bas âge et de se tuer. Ça montre combien elle était égoïste. Maman ne pensait à personne, uniquement à elle.

Zarza se souvint des vieilles cicatrices boursouflées que sa mère avait aux poignets et un vague sentiment de culpabilité lui serra la gorge. Elle dit d'une voix enrouée :

— Moi, je crois qu'elle souffrait beaucoup. Elle n'a jamais rien su faire de mieux. Elle était malade.

— Je suis bien d'accord, elle souffrait beaucoup. Elle adorait souffrir. Elle adorait être une victime et s'apitoyer sur elle-même. Il faut être épouvantablement égoïste pour s'installer ainsi dans la souffrance. On a tous du mal à vivre mais on n'en fait pas payer le prix aux autres.

— Tu es injuste.

– C'est elle, oui, qui a été injuste avec nous.

Zarza hésita quelques instants :

– Tu sais… Pendant très longtemps, j'ai pensé que… j'étais obsédée par l'idée que papa ait pu tuer maman… avec les médicaments, vois-tu… en augmentant les doses… un jeu d'enfant. Il m'arrive encore de penser que c'est comme ça que les choses se sont passées.

Intriguée, Martina la regarda, puis soupira.

– Je ne sais pas, Zarza… Chacun choisit ce à quoi il veut bien croire… Chacun choisit les souvenirs qui lui conviennent. Et chacun choisit la vie qu'il veut vivre.

Peut-être sa sœur avait-elle raison, pensa Zarza ; peut-être que les hommes réinventent tous les jours leur biographie, comme Chrétien avait inventé un passé fabuleux pour le duc d'Aubrey. Martina avait été une lectrice acharnée, une élève modèle. À l'école, tout le monde lui annonçait un brillant avenir professionnel. Cependant, quand elle s'était mariée avec Álvaro, elle avait abandonné l'université et les études et était devenue une banale femme au foyer de la bonne société, un prototype insipide et plat qu'elle illustrait à merveille. Maintenant Zarza la contemplait, avec ses ongles soigneusement vernis, ses chaînes en or autour du cou, son pantalon de marque et son pull en laine très douce, probablement du cachemire, et elle se disait qu'elle portait sur elle, au bas mot, un demi-million de pesetas en vêtements et en accessoires. Martina personnifiait tout ce que Zarza détestait, mais elle avait voulu être ainsi ; cette vie méticuleusement conventionnelle était une construction, parce que leur enfance ne les avait pas préparés pour une existence bourgeoise mais pour l'abîme. Zarza pouvait toujours trouver la vie de sa sœur lamentable, mais c'était incontestablement *sa vie*, une vie qu'elle avait choisie librement. Sur ce point, elle était comme Martillo : des personnes prêtes à faire des choix précis, à se battre pour eux et à en payer le prix. Zarza se leva.

– Je dois m'en aller.

– Bien. Mais je ne t'ai rien offert à boire, dit Martina d'un ton frivole et artificiel.

Zarza en prit ombrage :

— S'il te plaît, garde tes formules de politesse idiotes pour toi. Je ne te rends pas visite et tu n'as jamais eu l'intention de m'offrir quoi que ce soit.

Martina se mit à rire.

— Tu as raison. Je crois que c'est encore un peu trop tôt pour qu'on prenne un café ensemble… mais la prochaine fois, on verra…

Et il y avait dans ses mots comme un accent de sincérité.

À cette heure de la nuit, il y avait quelque chose qui faisait plus peur à Zarza que la fureur vindicative de son frère, quelque chose d'insaisissable et d'innommable tapi dans sa mémoire. Stimulée par cette peur intime, elle se mit à marcher dans les rues vides sans même penser au danger évident qu'elle courait. Dans la matinée, en plein jour et entourée de gens, elle s'était sentie terrorisée et traquée sur ces mêmes trottoirs, alors que maintenant, aveuglée par ses pressentiments intimes, elle traversait la ville comme une somnambule, allant d'un trottoir à l'autre sans se soucier de la circulation et tournant au coin des rues sans même vérifier si elle était suivie.

Erreur fâcheuse, parce que quelqu'un lui emboîtait effectivement le pas. Une silhouette furtive qui s'immobilisait quand Zarza s'arrêtait et qui se hâtait quand Zarza marchait plus vite. Les rues étaient vides, l'asphalte mouillé par la fraîcheur de la nuit ; les premières heures de la nouvelle journée, glacées, recouvraient de givre les voitures garées. La ville entière commençait à se couvrir d'une sinistre patine de verglas qui crissait. Dans ce désert inhospitalier et urbain, entre les feux clignotants, marchaient à toute allure Zarza et son chasseur, comme un oiseau suivi à distance par son ombre.

Ils avancèrent ainsi à peu près une demi-heure, elle ignorant totalement qu'elle avait de la compagnie. Ils quittèrent l'élégant quartier de Martina, traversèrent le nouveau quartier d'affaires, montèrent par l'ancien centre commercial et s'engagèrent enfin dans les rues qui menaient à la vieille ville, le cœur crasseux de la cité, là où les immeubles décatis s'imbriquent les uns dans les autres avec leurs façades tout écaillées. La ville de la nuit, le territoire de la Reine.

Il était une heure du matin, mais dans ces confins de la misère la vie ne faisait que commencer. Du moins, une certaine vie. Ce n'est que dans ces rues exténuées que Zarza commença à trouver un peu d'animation : vagabonds enveloppés dans plusieurs couches de vêtements invraisemblables, travestis nus sous des manteaux de fourrure, mulâtres transis de froid, les cuisses à l'air et un thermos de café et de cognac entre les mains, badauds, maquereaux et trafiquants de drogue. Quand Zarza arriva sur la petite place du Comendador, elle s'arrêta juste sous la statue. En face d'elle, de l'autre côté de la petite place triangulaire, était l'entrée de la Tour. C'était en fait un immeuble d'habitation, haut et étroit, construit dans les années 60 en pleine spéculation immobilière. Ses dix étages dépassaient largement les vieilles maisons environnantes. Une horreur architecturale avec des vitres de verre fumé et de l'aluminium bon marché vert pois. En bas, il y avait le Désiré, un bar incroyable, aussi long et étroit qu'un wagon. Le comptoir, interminable, allait de la porte jusqu'au fond du local, et derrière, éclairées par des spots posés à des points stratégiques, s'affairaient neuf ou dix filles, les seins à l'air. Près du Désiré, il y avait l'entrée des appartements, un vestibule minable avec des palmiers peints sur les murs. L'immeuble tout entier appartenait à Caruso, qui s'était réservé, pour son usage personnel, les deux derniers étages. Les appartements des autres étaient loués à l'heure.

Zarza n'avait plus remis les pieds sur cette place depuis que Caruso l'avait renvoyée de la Tour. Ces dernières années, elle avait vécu dans une ville mutilée, dans une carte urbaine parsemée de territoires interdits qu'elle évitait soigneusement. Mais elle osait revenir dans l'un de ces endroits douloureux, remettre les pieds sur un sol brûlant. Zarza contemplait la Tour qui était en face d'elle, comme le petit rongeur contemple, paralysé par la peur mais en même temps fasciné, le serpent qui va le dévorer. Prise de panique, la souris pressent-elle que, dans un instant, elle va vivre l'expérience la plus importante de sa vie ?

La mort est une sorte de sombre apothéose. La bouche de Zarza s'emplit d'une salive saumâtre et lourde. Elle aussi allait à la rencontre d'une révélation définitive.

Elle était si absorbée par ses pensées qu'elle ne remarqua pas la présence de l'autre jusqu'à ce qu'une grosse et forte main se pose sur son épaule. Elle fit un brusque bond en avant et, en même temps, demi-tour sur ses talons pour pouvoir affronter le nouveau venu. Un petit cri se fit entendre et, au départ, Zarza ne savait pas si c'était elle qui l'avait poussé. Non. C'était l'autre. Ou une autre. Le travesti effrayé par le bond inattendu de Zarza.

— Eh bien, ma belle! Tu m'as brisé le cœur! disait d'un ton emphatique le travesti en se donnant de petites tapes sur la poitrine de ses ongles rouges et pointus de tigresse.

— Qu'est-ce que tu veux? demanda Zarza, méfiante, sur ses gardes.

— Rien, ma douce, rien. J'ai un message pour toi, c'est tout.

Le travesti était beau, peut-être la trentaine, très féminin. Il portait un splendide manteau de vison et, dessous, pointaient des seins durs comme du ciment et bleuis par le froid.

— Un message? De qui?

— Eh bien, je ne sais pas, ma petite, d'un jeune homme qui est passé par ici et qui me l'a donné. Prends, tu verras bien.

La femme lui tendit un papier. Une petite enveloppe comme celles qu'utilisent les fleuristes avec, à l'intérieur, une feuille arrachée à un petit agenda avec deux lignes écrites en capitales: *À quatre heures du matin dans ton appartement. Sois-y ou tu t'en repentiras.* Zarza regarda instinctivement autour d'elle.

— Qui t'a donné ça?

— Je te l'ai déjà dit, mignonne, un bel homme… Il était juste là, au coin. Il m'a appelé, m'a donné l'enveloppe et m'a dit de te la remettre.

— Mais comment était-il? Décris-le.

— Moi, ça ne me regarde pas, ma belle, je ne veux pas d'histoires, un monsieur normal, avec une gabardine, il faisait noir, il m'a donné deux mille pesetas, et *sé fini*, ce qui veut dire que c'est terminé et que je me tire, ciao la meuf!

Et, effectivement, il s'en alla, disparut en courant dans les ombres en secouant le volumineux manteau qu'il avait sur le dos.

Zarza se retrouva seule au milieu de la place mais, maintenant, elle se sentait exposée et vulnérable. Elle inspecta tous les angles de rue autour d'elle, les silhouettes des hommes et des femmes qui entraient dans le bar ou en sortaient. Elle ne vit personne qui ressemblait à son frère. Un bel homme portant une gabardine. Nico avait-il beaucoup changé? Était-il encore le Nicolás qu'elle avait toujours connu? Parfois, Zarza craignait de ne pas pouvoir reconnaître son frère jumeau. Elle se sentait curieusement étrangère à son propre passé, à sa propre biographie, à la femme qu'elle avait été un jour. Les années passées dans les bras de la Reine étaient dans sa mémoire comme posées au bout d'un long et sombre tunnel, loin, très loin d'elle, choses vécues jadis qui appartenaient à une autre personne. Zarza soupira. Voilà pourquoi elle était là. Elle était retournée à la Tour pour parler avec Caruso, telle était la raison de sa présence; elle devait le voir parce qu'elle devait savoir ce qui était tapi à l'autre bout du tunnel. Elle consulta sa montre; il était une heure trente. Elle n'avait pas encore décidé si elle obéirait à l'ordre péremptoire de son frère et se rendrait au rendez-vous, mais toujours est-il qu'elle avait du temps devant elle. Le temps d'essayer de monter à la Tour.

Le gorille l'arrêta à l'entrée. Un garçon brun, probablement nord-africain, avec un léger accent guttural.

— Dis donc, où tu vas?

— Je veux voir Caruso.

— Tu veux voir Caruso? Tu veux voir Caruso? répéta d'un ton stupidement ébahi le garçon; très jeune et peut-être à peine arrivé, il était encore trop impressionné par le pouvoir de son chef. Ici, on ne peut pas voir Caruso comme ça, qu'est-ce que tu crois?…

— Dis-lui que c'est Zarza. Il me connaît.

Zarza parla avec toute la conviction dont elle était capable, mais elle était loin d'être sûre que Caruso veuille la voir. En fait, elle craignait d'être éconduite sur-le-champ. Le gorille sortit son portable, fit un numéro et se mit presque imperceptiblement au garde-à-vous.

– Une rouquine veut voir M. Caruso… Elle dit qu'elle s'appelle Zarza et qu'il la connaît.

Pendant quelques secondes, le Nord-Africain resta raide comme un piquet. Puis il écouta quelque chose, soupira, se détendit et éteignit son portable.

– Monte, dit-il en souriant, soudain aimable. C'est au neuvième.

– Oui, jc sais.

Elle entra dans le vestibule et prit l'ascenseur collectif, crasseux et couvert de graffitis. L'autre ascenseur était privé et ne montait qu'aux deux derniers étages, mais il fallait une clé pour s'en servir. Elle appuya sur le bouton du neuvième et l'ascenseur s'ébranla en cahotant bruyamment. Quand elle arriva, Zarza frappa contre la porte pour qu'on vienne lui ouvrir ; au neuvième et au dixième, la porte de l'ascenseur des barbares était verrouillée à l'extérieur afin que les clients ne dérangent pas le patron.

– Du calme, brise-fer, grogna Fito en ouvrant sa cage.

Fito était le garde du corps de Caruso. Un type au nez écrasé qui avait une taie dans un œil. Il ressemblait à un bouledogue et se comportait à l'identique ; il détestait le désordre, le bruit, la vie sociale, l'humanité entière. D'un geste, il demanda à Zarza de lever les bras et la fouilla rapidement et efficacement. Il y avait sept ou huit ans qu'ils ne s'étaient pas vus, mais il l'observait avec un détachement total, comme s'il avait été avec elle la veille. Fito hocha la tête, indiquant à Zarza qu'elle pouvait entrer. Il la suivit et referma la porte.

De se retrouver ainsi dans cette pièce, Zarza se mit soudain à suer à grosses gouttes. L'endroit n'avait guère changé : les mêmes miroirs, les mêmes fauteuils à la fois vulgaires et modernes, recouverts de peau de léopard synthétique, la bibliothèque vitrée de bronze sans un seul livre, le piano à queue qu'utilisait Caruso en cognant dessus quand il chantait des extraits de zarzuelas. En plus, il y avait maintenant un banal ensemble canapé-fauteuils, dont Zarza n'avait gardé aucun souvenir, une table de salle à manger avec huit chaises et un énorme sapin de Noël recouvert de boules et de petites ampoules colorées.

— Tiens, tiens, tiens, quelle surprise… après tout, pas tant que ça, parce que le duc m'a dit que tu étais dans les parages…

Caruso descendit l'escalier intérieur comme une star. C'était un type d'une quarantaine d'années, petit, aux épaules, aux joues et au ventre tombants. Mou au départ, il avait grossi trop vite. Ses lèvres, lisses et très fines, étaient constamment humectées de salive. Cette bouche fine et humide se distendait en un sourire sarcastique :

— Mais la vraie surprise, c'est de voir que tu es encore vivante. La dernière fois que je t'ai vue, j'ai, à vrai dire, bien cru que tu y passerais…

Caruso écarta un petit tricycle qui était au pied de l'escalier et s'approcha d'elle.

— C'est à mon petit dernier. Je me suis marié, tu vois. Ils sont en haut, ils dorment. Une fille et un garçon. Plus ma femme. Être père de famille est ce qu'il y a de mieux. De mieux. Je peux te le dire, moi qui ai vu de tout. Mais dis-toi que je vis comme avant. Chez moi, je fais ce qui me chante. Et ma femme ne bronche pas. Elle est cubaine. Tout à fait blanche, mais cubaine. Elle avait quatorze ans quand je me suis marié avec elle. Et elle était vierge. Comme tu le sais, je me suis toujours réservé ce qu'il y a de mieux.

Zarza serra les poings. Elle avait les mains moites. Caruso tourna autour d'elle, la regardant d'un œil critique. Il portait un costume gris assez vulgaire et une chemise lilas sans cravate. Ouverte jusqu'au troisième bouton, elle laissait entrevoir une poitrine lisse, une chair caoutchouteuse, on aurait dit du poulet.

— Eh bien, ma fille, non seulement tu n'es pas morte mais en plus, tu te refais. Et même très bien. Grande classe, avec cet air de princesse dédaigneuse… Les princesses dédaigneuses ont beaucoup de succès. C'est un plaisir de se les envoyer et de les voir ravaler leur orgueil… en plus d'autres choses…

Il rit, un rire délibérément provocateur, sans joie, destiné plutôt à la choquer.

— Et qu'attends-tu de moi, princesse ? Tu viens chercher du travail ? (Caruso pressa les joues de Zarza de sa main droite.) Pour moi tu peux rester et commencer tout de suite…

Zarza secoua la tête pour se libérer et fit un pas en arrière.

— Ne me retouche pas, dit-elle d'une voix plus tremblante qu'elle ne l'aurait souhaité.

— C'est bon. C'est bon ! Je suis un homme d'affaires civilisé. Bien sûr que je ne vais pas te toucher, si tu ne veux pas. Tu perds au change, ma petite ! Ici tu pourrais gagner beaucoup d'argent… Souviens-toi, au début, tu en gagnais. Puis tu as trop fait la mauvaise tête. Mais assieds-toi, assieds-toi ! Tu veux boire quelque chose ?

Caruso se vautra dans l'un des fauteuils en faux léopard et fit signe à Zarza de s'asseoir dans l'autre.

— Non, merci. Je ne veux rien, répondit-elle, toujours debout.

— Bon, je t'écoute. Et dépêche-toi, je n'ai pas beaucoup de temps, dit Caruso, de plus en plus impatient.

Les ampoules clignotantes de l'arbre de Noël posaient des reflets verdâtres et rosés sur son visage. Angoissée, Zarza haleta et essaya sans succès d'avaler sa salive. Son cerveau était une chambre noire, un bac à développement où se révélait petit à petit en de grandes taches confuses et encore floues la photographie de son passé.

— Mon frère… finit-elle par balbutier, la bouche sèche.

— Ton ancien mac ? Le duc m'a dit qu'il était à tes trousses…

— Non ! Non… je ne parle pas de celui-là… je parle de l'autre… de mon petit frère… Tu ne te souviens pas que je… Un garçon anormal… Je voulais te demander ce qui s'était passé avec lui…

Caruso écarquilla les yeux, sincèrement surpris.

— Qui ? Quoi ? Mais de quoi me parles-tu ?

— Mon frère anormal… je l'ai emmené ici un jour et…

— Fito, tu sais de quoi elle parle ? demanda Caruso.

Fito, collé à la porte d'entrée, raide comme une gargouille, fit signe que non de la tête. Caruso fronça les sourcils.

— Arrête tes conneries, Zarza. Tu ne vas pas me dire que tu es venue spécialement ici pour me poser des questions sur ton frère idiot que personne ne connaît... Dis la vérité, qu'est-ce que tu cherches?

Zarza ferma les yeux et retint son souffle ; telle était, évidemment, la grande question. En fait, que cherchait-elle ? Pourquoi était-elle venue ?

— Réponds ! Pourquoi es-tu venue ?

Zarza expira lentement et regarda Caruso. Ces joues molles, cette bouche baveuse.

— Je suis venue... dit-elle lentement. Je suis venue pour vérifier que je suis capable de vous résister. Je suis venue pour ne plus avoir peur de te rencontrer dans la rue un de ces jours. Je suis venue pour pouvoir t'oublier.

Ébahi, Caruso la regarda quelques instants, puis il ricana en postillonnant partout.

— Ce qu'il faut pas entendre de la bouche de ces connasses, Fito, c'est à chier... ! Allez, dégage avec tes histoires à la con, salope, j'ai autre chose à faire... dit Caruso en se levant et en se dirigeant vers l'escalier.

Mais avant de monter, il se tourna vers Zarza :

— Et je vais te dire quelque chose, espèce de cinglée : pendant les deux années où je t'ai baisée, tu faisais moins de chichis...

— Toi, tu ne m'as même pas touchée du bout des doigts, dit Zarza en détachant les syllabes, d'une voix rauque et chevrotante. Je ne suis plus la même. Toi, tu ne m'as même pas touchée du bout des doigts.

Et elle sortit de l'appartement sans attendre la réponse, agitée et hautaine, la parfaite princesse dédaigneuse.

Aveugle et sourde, étrangère à tout ce qui n'était pas l'obsession qui venait de s'incruster dans son cerveau, Zarza quitta la Tour. Elle venait tout à coup de prendre conscience avec une étonnante et douloureuse clarté de ce qu'elle devait faire ; elle comprenait qu'elle ne pouvait plus reculer, qu'elle devait l'affronter sur-le-champ, de toute urgence, comme si sa vie en dépendait. D'une certaine façon, elle en dépendait. Stimulée par cette tension insupportable, Zarza passa comme un éclair devant le Nord-Africain, traversa en quatre enjambées la petite place, déboucha par la rue de la Gloria sur l'avenue principale où elle héla un taxi en avançant au milieu de la chaussée ; pendant tout le trajet, elle harcela le chauffeur, exigeant qu'il aille plus vite, qu'il se dépêche, alors qu'il roulait sans encombre dans la ville vide tout en observant Zarza dans le rétroviseur, méfiant, persuadé qu'une droguée était encore montée dans sa voiture et que travailler la nuit était dangereux et merdique. Ils arrivèrent enfin à la Résidence, pénétrèrent dans le jardin mal entretenu et toujours ouvert, puis s'arrêtèrent devant la porte principale. Le chauffeur, très soulagé, déposa Zarza devant la grande bâtisse éteinte et endormie. Il était deux heures vingt du matin.

Zarza sonna, frappa contre la porte, donna des coups de pied. Malgré tous ces appels déments, on mit de longues minutes avant d'ouvrir. Enfin le veilleur de nuit apparut, un aide-soignant qui ressemblait à un gorille et que Zarza connaissait de vue. Sa blouse blanche était toute froissée : sans doute devait-il somnoler sur quelque grabat, même s'il était de garde. Il avait l'air manifestement irrité par ce vacarme et sa mauvaise humeur gonflait et rougissait ses traits, rendant son visage encore plus lourd et endormi.

— Mais enfin, ça va pas non! grogna-t-il.

— Il faut que je voie mon frère. Miguel Zarzamala. Il faut que je le voie tout de suite.

— Mais vous êtes folle? Il est deux heures et demie… Votre frère dort. Tout le monde dort. Vous avez bu, ou quoi?

— C'est urgent. Je dois le voir. Je ne peux pas vous expliquer pourquoi maintenant. Tenez: je vous donne quinze mille pesetas si vous me laissez passer. Juste pour quelques minutes.

Le type fit un pas en arrière, hésitant, le regard posé sur les billets que Zarza lui tendait, essayant de mettre en branle son cerveau engourdi.

— Trente mille, dit Zarza en montant les enchères, et elle sortit le reste de l'argent de son sac à main.

L'homme se racla la gorge et prit les billets, les sourcils froncés.

— D'accord. Mais pas un bruit. Et ne dites à personne que je vous ai laissée passer.

Zarza entra et le veilleur referma soigneusement la porte derrière elle.

— Suivez-moi. Sans faire de bruit.

Ils montèrent discrètement l'escalier de pierre jusqu'au premier étage et pénétrèrent, guidés par les veilleuses des issues de secours, dans le sombre corridor des dortoirs. Les chambres avaient des numéros, comme dans les hôpitaux, et des verrous extérieurs, comme dans les prisons. Miguel occupait la chambre numéro cinq. Le veilleur sortit un trousseau de clés et ouvrit.

— Quinze minutes. Pas plus. Je vous attends en bas.

Zarza patienta quelques instants afin d'être seule, puis poussa la porte qui s'ouvrit sur une chambre d'écolier à peine éclairée par une lumière nocturne. Il y avait des ours en peluche, des bandes dessinées, des photos collées aux murs. Dans le lit, ron-flant légèrement, la silhouette anguleuse de Miguel. On ne voyait, entre les draps, que quelques épis de cheveux roux. Zarza entra, referma la porte derrière elle et s'assit sur le lit. Elle alluma la lampe de chevet.

– Miguel… Miguel ! murmura-t-elle en secouant doucement son frère.

Le garçon grogna un peu, se plaignit, s'agita dans les draps en boule et finit par émerger comme une taupe de sa taupinière, les yeux papillotants et éblouis, totalement déconcerté.

– Miguel, c'est moi. Je suis venue te voir. Je voulais te voir. J'avais besoin de parler avec toi. N'aie pas peur, il n'y a rien de grave.

Miguel n'était pas effrayé, mais simplement endormi et ailleurs. Lui, il lui était égal qu'il soit deux heures du matin ou deux heures de l'après-midi, pensa Zarza. Il ne percevait pas combien cette visite était en dehors des normes. Le garçon soupira et s'assit sur le lit, se frottant les yeux de ses poings serrés. Ses mains fragiles et osseuses, ses candides yeux bleus. Zarza sentit quelque chose se décomposer en elle.

– Miguel… murmura-t-elle, angoissée.

Elle voulut lui prendre les mains, mais le garçon les cacha, toujours aussi farouche. Avec ses cheveux poil de carotte en bataille et ses traits gonflés par le sommeil, Miguel, un homme d'une trentaine d'années, faisait plus jeune que jamais. En fait, il restait identique à l'enfant qu'il avait été, à cette petite créature chétive et à la poitrine rentrée, toujours recroquevillée sur elle-même, aussi fragile et vulnérable qu'un échassier aux ailes brisées. On ne lui avait jamais accordé la moindre attention, se rappelait maintenant Zarza ; personne n'avait jamais aimé cet enfant différent. Même pas elle, Zarza, la seule à se soucier de Miguel au 29 de la rue de Rosas, même si elle n'avait pu faire en sorte que son frère idiot ne serve de réceptacle à toutes ses frustrations d'enfance. Miguel avait été le souffre-douleur de Nico et le sien : ils ne le laissaient pas aller sous la table et l'enfermaient dans des pièces sombres des heures durant pour qu'il ne leur casse pas les pieds mais aussi pour jouir de sa souffrance. Parce que les êtres différents sont des cibles parfaites. Maintenant Zarza le revoyait enfant, toujours muet, si fragile que le moindre coup de vent pouvait l'emporter, une poignée d'os surmontée de deux immenses et absurdes oreilles. Elle le revoyait trottant derrière eux, ses aînés, de ses pas menus et pressés de petit frère; il les suivait comme un chien, les regardant fixement de son regard ébahi d'enfant idiot, les joues encore souillées de traces de larmes gluantes et les cheveux repeignés à l'eau par les successions de bonnes. Elles non plus ne pouvaient comprendre pourquoi Miguel faisait tant d'efforts pour échapper à leurs bras et elles s'emportaient aussitôt contre lui, folles de rage, tant pis pour toi si tu es coiffé comme un as de pique, crachaient-elles avec mépris après avoir bataillé pour le peigner. Et Miguel déambulait dans la maison comme une âme en peine, souvent couvert de plaies que personne ne soignait, ignoré de tout le monde, sauf pour le martyre.

– J'ai sommeil, murmura Miguel, cillant de ses beaux yeux bleus et vides.

– Ne t'endors pas, s'il te plaît, il faut que je te parle… lui dit Zarza d'un ton insistant.

Malgré tout, il est vrai que Zarza l'aimait, même si c'était d'un amour blessé et maladif, d'un amour qui faisait mal. Les Romains appelaient *délices* les jeunes garçons destinés au plaisir du César. Zarza porta une main à sa poitrine, persuadée qu'elle allait mourir sur-le-champ.

– Miguel… il y a très longtemps, je t'ai emmené un soir avec moi. Tu te souviens? Je t'ai tiré du lit… Je t'ai emmené dans une maison très haute avec des palmiers peints sur la porte. Tu te souviens de ce qui s'est passé? (La voix de Zarza devenait de plus en plus aiguë et l'hystérie embrouillait ses mots confus.) Tu te souviens de ce méchant monsieur qui t'a touché? Il t'a fait mal, mon chou? Tu as souffert?

Surpris, Miguel la regardait, et dans ses traits, en principe lisses, il y avait une lueur étrange, quelque chose qui ressemblait à de l'intelligence. Maintenant, Zarza était tout à coup assaillie de souvenirs, une cataracte d'images interdites et vénéneuses. Revenait l'évocation de ce dernier jour après le hold-up, quand Nico et elle n'avaient plus rien à vendre et que la Reine rugissait dans leurs veines, exigeant de la nourriture. Le besoin était tel et le manque si élémentaire et si aigu que Zarza avait emmené Miguel à la Tour et l'avait vendu. Elle avait vendu le corps de son frère à un vieux pervers. Ce pauvre corps qui se tordait d'angoisse dès qu'on l'effleurait.

– Miguel, je t'en prie, écoute-moi! C'est moi la coupable. C'est moi qui t'ai emmené là, t'y ai laissé, t'y ai abandonné. C'est ma faute si cet homme t'a touché. Je regrette, je regrette, je regrette tant et tant! Mais ça n'arrivera plus, je te le promets. Jamais plus je ne laisserai quelqu'un te faire du mal. Oh, mon Dieu! mais qu'est-ce que j'ai fait!…

C'était la raison pour laquelle elle avait dénoncé Nicolás. Non pas à cause du hold-up, mais de Miguel. Non pas à cause de Miguel, mais par peur d'elle-même. La même frayeur qu'elle éprouvait en ce moment.

– Tu comprends ce que je dis? C'est à cause de moi, Miguel, que ce méchant homme t'a fait du mal… Tu ne me comprends pas, fais donc un effort…

– Oui, je comprends, dit Miguel d'une voix ténue et posée. Je me souviens de l'homme. Mais je t'aime pareil.

Le pardon d'un être bon suffisait. L'existence d'un juste suffisait pour que la ville échappe à la pluie de feu.

– Ne pleure pas, dit Miguel, contrit.

C'était donc ça, pleurer? Cette terrifiante sensation d'anéantissement, ce feu qui embrasait ses yeux, ce clou de fer enfoncé dans sa gorge? Il y avait si longtemps qu'elle ne pleurait plus que son organisme résistait violemment aux larmes.

– Tiens, c'est pour toi. Ne pleure pas.

Zarza jeta un vague coup d'œil sur l'objet que Miguel avait sorti de dessous l'oreiller et qu'il lui tendait dans la paume de sa main. Elle en eut le souffle coupé: c'était le vieux Rubicube, mais maintenant parfaitement en ordre et chaque face montrant une couleur homogène. Zarza le lui arracha d'un geste vif.

– Qui a fait ça? Qui a trouvé la solution? Tu as vu Nicolás? hoqueta-t-elle entre les larmes.

Miguel sourit:

– Les couleurs calmes sont jolies. Les couleurs calmes qui étaient dedans.

– C'est toi qui as fait ça ? Tout seul ? demanda Zarza, tandis qu'un frisson lui raidissait le dos.

– La nuit, je mets tous les petits carrés dans leur maison, dit Miguel.

– Impossible, Miguel. Impossible.

De ses mains fébriles, Zarza se mit à défaire le cube. Faisant tourner les engrenages, pivoter les carrés au hasard et à toute vitesse. Quelques instants après, tout était en désordre : il suffisait de quelques mouvements pour démanteler le jouet. Zarza, dans l'expectative, rendit le casse-tête à Miguel. De ses doigts fins, le garçon prit l'objet articulé et le fit délicatement pivoter. Ses mouvements semblaient improvisés, mais quelques secondes plus tard, le Rubicube exhibait de nouveau une seule couleur par face. Zarza, stupéfaite, reprit le cube et le défit avec tout l'acharnement destructeur dont elle était capable. Mais Miguel retrouva une fois de plus la solution avec une facilité et une simplicité surhumaines.

– Ce sont les couleurs calmes qui sont dedans, répéta-t-il, satisfait.

Il n'y avait qu'une manière de mettre toutes les faces en ordre. Une seule parmi des millions de possibilités. Zarza regarda son frère, stupéfaite, ébahie par son mystérieux potentiel de monstre différent. Il était Miguel l'idiot, Miguel le sage, Miguel l'Oracle. Il était là, la tête enfoncée dans ses épaules osseuses, ses omoplates ressortant dans son dos comme les ailes repliées d'une chauve-souris. Ou les ailes de plumes des anges.

– Ne pleure pas, répéta le garçon.

Et Zarza remarqua que les larmes continuaient à couler sur ses joues, naturellement, sans qu'elle souffre.

– Moi, je t'aime, Zarza. C'était un homme méchant, mais moi je t'aime, murmura Miguel.

Toute cette innocence était son salut. L'innocence des anormaux, des êtres purs, des idiots. Créatures transparentes qui sont le contrepoids de la méchanceté. Ce ne sont que quelques pauvres types anormaux que nous considérons comme des tarés et, cependant, ils compensent par leur candeur l'atrocité du monde et maintiennent les ténèbres à distance. Que peuvent-ils être, sinon de vrais anges. Les seuls, tangibles et réels. Zarza se recroquevilla sur elle-même, exténuée, et posa son front sur les genoux de son frère, recouverts par le drap et la couverture. Miguel sursauta quand il sentit le contact, mais il ne bougea pas et ne replia pas ses jambes.

— Jolie Zarza… dit-il.

Hésitant et rigide, il tendit une main et commença, chose extraordinaire, à la caresser. Ou plutôt à lui asséner, en cadence, de légers coups sur la tête avec sa paume et ses doigts tendus. Allons, allons, allons, marmottait Miguel, l'Ange Idiot, tout en effleurant maladroitement la nuque de sa sœur, allons, allons, allons, disait-il en tapant légèrement de sa main au même rythme que le cœur de Zarza.

Quand Zarza reprit ses esprits, il était déjà trois heures dix du matin. Elle était debout sur le trottoir désert, en face de la résidence de Miguel. Lassé d'attendre, le veilleur de nuit était monté la chercher et, après l'avoir arrachée aux bras raides de son frère, l'avait reconduite sans ménagements dans la rue. Zarza n'avait pas bougé pendant quelques minutes, prise d'une sorte de transe. La nuit était brumeuse et un halo opalin couronnait les réverbères. Un monde inhumain, ce monde nocturne, fantomatique et vide. C'était une ville balayée par la peste, une agglomération abandonnée de tous avant l'arrivée imminente des Tartares. Zarza reprit profondément son souffle ; la peau de ses joues était tendue, ses yeux brûlaient. Quand quelqu'un n'est pas habitué à pleurer, les larmes s'accompagnent d'effets secondaires : des sortes de petits coups d'aiguille dus à l'émotion. Transie de froid, elle consulta de nouveau sa montre : trois heures seize. Soudain elle se souvint du message de Nicolás : à quatre heures dans ton appartement ou tu t'en repentiras. Elle avait encore du temps devant elle. Le problème était de savoir ce qu'elle souhaitait faire, si elle avait l'intention de se rendre au rendez-vous. Oui, elle avait vraiment l'intention de le faire. C'était la seule manière d'en finir. De façon confuse et désordonnée, Zarza pressentait que quelque chose était en train de changer en elle. Des portes s'ouvraient et se fermaient, des pièces s'ajustaient en quête du dessin originel, du dessin qui expliquait tous les mystères, les couleurs calmes en accord avec l'âme des choses.

À ce moment précis, elle entendit un bruit bizarre, quelque chose qui tombait mollement, une stridence confuse qui semblait s'approcher. Elle écarquilla les yeux et, inquiète, regarda la rue solitaire, les éclats sombres de l'asphalte humide. Pendant quelques instants, elle ne vit rien, pourtant le bruit devenait de plus en plus fort, menaçant et indiscernable. Enfin apparut au beau milieu de la chaussée un tourbillon d'ombres qui glapissaient : quatre grands chiens noirs, quatre chiens errants. Puissants et agiles, ils couraient en pleine rue et leurs pattes en frappant le sol émettaient un roulement sourd de tambour. Peut-être était-ce une meute et galopaient-ils ensemble Dieu sait où ; ou peut-être encore se poursuivaient-ils, ceux de derrière essayant de prendre en chasse le premier pour le mettre en pièces avec leurs crocs blancs. Ils couraient, ils couraient en cadence à travers la ville déserte, comme absents, avec cette concentration absolue des animaux sur ce qu'ils font, leurs gueules féroces dressées, en haletant et en grognant sourdement. Ils passèrent devant Zarza, un éclair noir de danger et de beauté, puis disparurent dans la nuit et le silence revint.

Zarza dut faire un bon bout de chemin avant d'avoir la chance de trouver un taxi vide. La chaleur du véhicule la fit somnoler et quand le chauffeur s'arrêta devant chez elle, incapable de savoir si elle était réveillée ou en train de rêver, elle connut un instant de panique. Elle descendit de voiture alors qu'elle roulait encore avec ce sentiment d'insécurité que provoque ce qui nous entoure dans les cauchemars, comme si, à un moment ou à un autre, la réalité allait échapper aux lois de la physique et la rue se déformer ou se dissoudre. Trois heures cinquante. Il restait dix minutes avant le rendez-vous.

Elle ne savait pas très bien quoi faire et elle avait peur d'entrer seule dans l'immeuble sombre et silencieux ; aussi changea-t-elle de trottoir et alla-t-elle se réfugier dans le bar d'en face, ou plutôt dans l'entrée du bar, car il était fermé. Elle s'adossa au rideau de métal glacé et rugueux et essaya de se confondre avec les ombres qui inondaient ce pas de porte en retrait. Il faisait un froid piquant qui semblait irradier du sol, blessant les pieds, les jambes, le dos, les mains, les joues. Elle dut faire un véritable effort de volonté pour ne pas se mettre à taper des pieds sur le carrelage sale : elle ne voulait pas que le bruit la trahisse. Elle grelottait et claquait des dents, et le marbre qui recouvrait le linteau de la porte avait l'air plus chaud que ses doigts. Elle attendit ainsi un temps qui lui parut interminable, tandis que son corps se raidissait et que son esprit, ivre d'épuisement et de manque de sommeil, s'évadait et flottait dans de vagues hallucinations.

Elle en vint absurdement à penser que ce n'était qu'un problème de pièces, de chambres closes, d'alcôves menaçantes ou secrètes. La tour du martyre de Gwenell, cette pièce murée dans laquelle la femme avait survécu des dizaines et des dizaines d'années, entourée de ses détritus et dans le noir le plus complet, frappant comme une folle contre les murs. La masure de la sorcière française, qui tenait du miracle, avec la beauté équivoque de ses murs peints. La chambre plongée dans les ténèbres de sa mère malade, le lit des pleurs et de la mort. La cellule de la prison où elle avait été enfermée, et la chambre exiguë de Miguel dans la Résidence : des lieux bornés par des grilles et des verrous. La petite porte magique que Mirval ne voulait pas ouvrir, par crainte de s'étaler de tout son long dans l'enfer. La porte du bureau de son père, entrouverte sur une obscurité perverse et définitive. Un tourbillon de demeures intérieures, espaces dans d'autres espaces, cubes dans d'autres cubes, comme l'objet ingénieux de Rubik. Un chaos monumental de millions et de millions de choses.

Quelque chose interrompit brutalement les divagations de Zarza de nouveau sur le qui-vive. Elle avait entendu un bruit : des pas dans la nuit. Des pas répétés sur les pavés. Le gel qui crisse. Zarza entendit la présence étrangère avant de la voir. Elle raidit douloureusement son corps engourdi, s'enfonçant encore plus contre la porte. Elle retint son souffle et écarquilla les yeux : le passant s'apprêtait à entrer dans le champ de son regard. Il s'approchait, il était là. Une forme en mouvement, une ombre, une silhouette. Un corps hésitant qui s'arrêtait devant la porte d'entrée, levait les yeux, son profil se découpant sur la lumière blafarde du réverbère. Zarza soupira ; elle n'en croyait pas ses yeux. Abasourdie, elle fit deux pas et perdit l'avantage que lui donnait sa position, s'absorbant dans la contemplation de cette présence inouïe. Un corps plutôt maigre, pantalon étroit, veste de cuir retourné tachée. De longs cheveux frisés aux reflets roux, petit nez, joues blafardes. Au cœur de ce petit matin froid et délirant, Zarza se regardait elle-même de l'autre côté de la rue. Parce que cette femme qui, à ce moment-là, s'affairait avec la serrure de la porte, c'était elle-même. Elle ressemblait à Zarza, était vêtue comme Zarza, avait la taille de Zarza. Quelque chose qui ressemblait à un cri d'angoisse commença à se former à l'intérieur de la poitrine de Zarza, à supposer que Zarza fût toujours Zarza, qu'elle n'était pas une autre personne ou même autre chose. Les enfants de fous deviennent fous. Craignant de se décomposer, elle se toucha le visage pour voir si elle existait encore : sa chair était glacée, mais ferme. À ce moment-là, l'autre Zarza se retourna et la regarda du trottoir d'en face. Un instant de sérénité absolue, un instant clos sur lui-même, un instant d'hypnose.

– Zarza, c'est toi ? demanda enfin l'autre d'un filet de voix brisée, une voix différente qui rompit le sortilège.

Zarza ravala sa salive, incapable de murmurer un seul mot. Sur ses gardes, elle acquiesça d'un signe de tête. La femme hésita une seconde ; puis, les deux Zarza se dirigèrent lentement l'une vers l'autre. Elles se rejoignirent au milieu de la chaussée et se regardèrent en silence.

– Voilà pourquoi il m'a dit de mettre cette veste, finit par dire l'autre.

– Qui ?

– Lui. L'homme à la gabardine. Il m'a dit de défaire mes cheveux et m'a donné cette veste pour que je la mette.

Zarza dévisagea la nouvelle Zarza. Les cernes, la bouche qui tremblait. Les cheveux, vus de près, étaient sales et mal teints. Ce n'était pas une vraie rousse. C'était un sujet de la Reine et peut-être travaillait-elle aussi pour la Tour. Zarza frissonna : Nicolás lui avait envoyé son portrait, le portrait de ce qu'elle avait été et de ce qu'elle pourrait redevenir un jour.

– Qu'est-ce que cet homme t'a dit de plus ?

– De venir à quatre heures. De monter au 5e C. Je pensais que tu y serais. Et de te donner ça.

L'autre Zarza glissa une main dans son sac usé jusqu'à la corde et en sortit une petite boîte métallique sur le couvercle de laquelle on pouvait lire : bonbons à la menthe. Mais il n'y en avait pas à l'intérieur ; à la place, une seringue et un sachet. Zarza grinça des dents, ces dents que la Reine avait voulu lui arracher. Un filet de glace lui parcourut l'échine. Elle n'était personne, elle n'était rien ; elle longeait le tunnel en direction du sempiternel enfer, vers cette douleur sourde qui l'attendait à l'autre bout. Elle allait céder à la panique quand elle pensa à Miguel. Elle mit la main dans la poche de sa veste : oui, le Rubicube que lui avait donné son frère y était toujours. Un petit objet en plastique qui, maintenant, semblait aussi puissant qu'un talisman. Elle serra l'objet dans son poing et se dit qu'en fait, son frère l'avait déjà sauvée de la Blanche en prison. La Reine y régnait, mais elle, elle avait profité de ses années de réclusion pour décrocher ; et elle l'avait fait pour Miguel, en souvenir de Miguel, à cause de l'horreur qu'elle lui avait fait vivre. Si tout cela l'avait protégée, pourquoi ne le referait-il pas ? Zarza reprit profondément son souffle, ouvrit le sachet et le secoua énergiquement sur le sol, arrosant la rue de poudre blanche.

– Qu'est-ce que tu fais ? hurla l'autre Zarza en s'agenouillant par terre.

Elle mouilla son index de salive et essaya de récupérer, à quatre pattes, le produit répandu.

– Quel gaspillage… gémissait-elle.

Zarza retira une petite carte de la boîte métallique sur laquelle était inscrit en capitales, comme d'habitude : *Un cadeau de la maison ou une plaisanterie, au choix. Mais j'en ai assez de jouer. Je t'attends, ce matin, à huit heures, au 29 de la rue Rosas. Sans faute. C'est la fin.*

– Ne fais pas ça… murmura Zarza tandis que l'autre Zarza continuait à lécher la poudre et la saleté du trottoir. Ne fais pas ça, s'il te plaît.

À son corps défendant, la femme se releva. Peut-être était-elle plus jeune que Zarza, mais elle était très mal en point.

– Tu n'aurais pas dû la jeter… se plaignit-elle.

– Excuse-moi. L'homme à la gabardine t'a payée, non ? Il a dû te donner de l'argent. Tu peux t'en acheter.

– Oui, mais tu n'aurais pas dû la jeter… répéta-t-elle, contrariée comme un enfant.

– C'est bon, je t'ai déjà demandé de m'excuser.

L'autre Zarza écarta une mèche de cheveux de son visage. Ses ongles étaient noirs et fendus. Elle jeta un regard inquisiteur sur Zarza.

– On se ressemble, non ?

Zarza essaya de cacher sa répulsion.

– Oui, je crois que oui. On se ressemble.

L'autre Zarza haussa les épaules.

– C'était un type très bizarre. Il y a beaucoup de types bizarres, la nuit.

L'une en face de l'autre, elles continuaient à se regarder dans les yeux. Même taille et probablement les mêmes blessures. Zarza se revit dans la nuit, dans la sinistre bizarrerie des nuits, toujours au bord de la panique. Quand on est dans la rue, le pire n'est pas le dégoût : les humeurs, les odeurs, la transpiration d'individus nauséabonds. Le pire n'est pas le dégoût mais la peur. Zarza eut tout à coup l'impression de sombrer dans les yeux de l'autre Zarza, à l'intérieur de l'autre Zarza, dans le souffle de la femme qu'elle avait en face d'elle. Un instant d'hallucination vertigineuse, une convulsion délirante : elle se vit en elle, à l'intérieur de l'autre Zarza, se regardant elle-même ; les ongles cassés, la vie calcinée, les veines hurlant d'amour pour la Reine. Elle se vit au milieu de la nuit, naviguant sans boussole sur des eaux tumultueuses, dans l'obscurité perpétuelle du Styx. Zarza chancela.

– Qu'est-ce qui t'arrive ? demanda l'autre Zarza.

Sa petite voix fluette et maladive rétablit une distance indispensable et redessina le monde autour d'elles.

– Qu'est-ce qui t'arrive, dis donc ? On aurait dit que tu allais t'évanouir…

– Ce n'est rien… Je suis fatiguée, c'est tout…

L'autre Zarza l'observa d'un air soupçonneux. Zarza connaissait bien cette expression : le regard de la peur, l'animal nocturne en permanence sur le qui-vive, et si cette fille est en train de claquer, et si elle fait semblant, et si c'est un piège, et si les choses se compliquent, et si je suis en danger. La femme fit deux ou trois petits pas fébriles sur place et arrangea ses cheveux abîmés de ses mains hésitantes.

– Bon. Moi, j'ai fait mon boulot. Je me tire, murmura-t-elle.

Et elle disparut sans bruit sur le chemin de la souffrance et de la Blanche.

Vingt ans après avoir trouvé le manuscrit du *Chevalier à la Rose* dans un monastère de Cornouailles, Donald Harris, l'ignominieux Anglais, annonça une nouvelle trouvaille : une version différente des dernières pages du manuscrit, peut-être un brouillon abandonné par Chrétien ou, au contraire, un texte que l'auteur avait rédigé après coup dans l'intention d'améliorer l'original. Quand Harris rendit cette seconde découverte publique, sa réputation atteignait les sommets de l'ignominie. Le Goff avait publié son célèbre essai cinq ou six ans auparavant, lui donnant raison au sujet de l'authenticité du *Chevalier à la Rose*; dès lors, le monde universitaire avait essayé de récupérer discrètement Harris, mais celui-ci, au lieu de se taire prudemment et de profiter des jours heureux, s'était comporté d'une façon intolérable dans tous les colloques où il avait été invité, insultant sauvagement les spécialistes qui avaient mis en doute la véracité de ses allégations, se moquant d'une façon éhontée des professeurs qui l'avaient contesté et annonçant à qui voulait l'entendre que le maître qui l'avait éconduit couchait régulièrement avec les boursières du département. Le tout accompagné d'un chapelet de blasphèmes et abondamment arrosé d'alcool. Bref, ce n'était pas un homme populaire.

Si bien que, lorsqu'il sortit le nouveau manuscrit de sa manche comme un prestidigitateur un lapin, le monde universitaire considéra l'affaire avec suspicion, presque à son corps défendant. D'un côté, il n'osait pas douter, une fois de plus, ouvertement de l'authenticité des pages, étant donné qu'il avait fait auparavant visiblement fausse route; mais, de l'autre, il refusait de soutenir, de cautionner un individu qui lui plaisait si peu. Aussi ignora-t-il officiellement le nouvel apport de Harris. Il n'y eut ni critiques ni comptes rendus ni allusions publiques à ce texte dans les congrès, les réunions ou les revues ; cependant, en privé, l'affaire fut, plusieurs mois durant, le dada des historiens.

La plupart soutenaient que ces nouvelles pages étaient à l'évidence une pure escroquerie, ce qui démontrait par la même occasion que *Le Chevalier à la Rose* était lui aussi un faux, même si le grand Le Goff était tombé dans le piège. Certains affirmaient que cette seconde partie semblait fictive, mais que cela n'affectait en rien l'authenticité du premier manuscrit. Et ils étaient très peu, dont le prestigieux érudit classique Carlos García Gual, à soutenir que les deux textes étaient originaux et de grande valeur et que le comportement du monde universitaire avait été scandaleux et misérable, d'abord en persécutant et en enfonçant Donald Harris, ensuite en passant sous silence son second apport avec une cruauté olympienne. Quoi qu'il en soit, toujours est-il qu'après ce nouvel incident, Harris but encore plus et ne réussit à vivre que deux ans avant que son foie n'éclate.

Il est vrai que le texte alternatif, trouvé ou falsifié par Harris, est un peu étrange, bien qu'il ait gardé le ton narratif de Chrétien et possède une force épique incontestable. Les nouvelles pages commencent des années après la fuite du bâtard. Edmond est déjà devenu le Chevalier à la Rose et Gaon le cruel Poing-de-Fer. Ils ont tous les deux consacré leur vie à l'art de la guerre et parcourent le territoire anglais en allant de bataille en bataille. Jusqu'au jour où ils sont convoqués par le roi saxon Ethelred II pour lutter contre les féroces Vikings ; le Chevalier à la Rose se présente seul en qualité de mercenaire, tandis que Poing-de-Fer, en bon vassal de son souverain, arrive avec sa propre armée ducale. Dans le campement royal, les deux demi-frères se retrouvent pour la première fois. Ils ne se parlent pas et se fuient ; ils savent qu'ils ne peuvent régler leurs différends pour le moment, parce que les Vikings sont tout près sous la direction du célèbre et terrible Thorkell-le-Grand.

Et le combat commence, en effet, le lendemain. Les Vikings sont de formidables ennemis : la terreur qu'ils inspirent les précède et leurs adversaires s'enfuient souvent sans même oser engager le combat. Ce sont des hommes gigantesques et robustes, de fiers guerriers qui ne luttent pas pour un souverain mais pour eux-mêmes, en quête du butin et de la gloire ; ils méprisent la souffrance provoquée par les blessures et sont capables d'arracher des têtes humaines avec leurs mains (comme l'enfant qui arrache une patte à une sauterelle, dit Chrétien, à moins que ce ne soit Harris). Le combat, qui a commencé au lever du jour, se poursuit, bruyant et brutal, toute la journée. Quand la nuit tombe, voilée et sans lune, les hommes n'arrivent plus à voir qui ils passent au fil de leurs grandes épées, aussi les deux camps s'accordent-ils une trêve. Ils cousent leurs blessures, les cautérisent ; ils changent les haches ébréchées pour de nouvelles armes, mangent et s'assoupissent un peu. Et le lendemain matin, au lever du soleil, les survivants retournent sur le champ de bataille, une vieille terre ensemencée maintenant piétinée et recouverte d'une boue rougeâtre qui empeste le sang.

Le deuxième jour, les pertes sont encore plus nombreuses : les hommes sont blessés et fatigués, ils négligent leur défense, donnent des coups d'épée à l'aveuglette. L'issue du combat est encore incertaine ; les troupes d'Ethelred sont plus importantes, mais les Vikings se livrent à une boucherie. On entend tout à coup une clameur aiguë et il y a un brusque mouvement de retraite à l'aile gauche où se trouve Poing-de-Fer. Le duc voit ses hommes courir, il crie, les insulte, en embroche deux ou trois, oblige les autres à se battre. "Ce sont les *berserkers* !" a crié avant de mourir, paniqué, l'un des soldats que le duc a exécutés. Ce sont les épouvantables hommes-fauves.

Les forces vikings ont une arme secrète : de petits groupes de guerriers sacrés venus directement de l'enfer. Ils sont nus, sans armure, uniquement recouverts de peaux de bêtes. Certains, les *berserkers*, sont les hommes-ours ; d'autres, les *ulfhednars*, les hommes-loups. Ils poussent des hurlements à donner froid dans le dos, les armes ne les blessent pas et ils sont à peine humains.

Fous et démoniaques, ils avancent par petites grappes sur le champ de bataille en rasant tout sur leur passage. Une poignée ululante de ces diables est justement, à présent, en face du duc qui soulève sa massue et la fait retomber sur la créature la plus proche ; le *berserker* fait un pas en arrière mais ne s'écroule pas comme il aurait dû le faire suite à l'horrible blessure qui s'ouvre maintenant dans sa poitrine. Poing-de-Fer contemple les yeux du guerrier-diable : rouges comme de la braise, hallucinés. On dit que, avant la bataille, les *berserkers* dansent autour du feu et se gavent de potions magiques.

Les soldats du duc tombent à ses pieds comme des épis. Les hommes-fauves encerclent Poing-de-Fer qui voit sa dernière heure arriver. Son épaule bute tout à coup contre une autre épaule dans un grincement métallique. Poing-de-Fer tourne la tête : le Chevalier à la Rose est juste derrière lui. Ce sont les deux seuls Saxons qui sont encore debout dans ce coin du champ de bataille, cernés par les turbulents *berserkers*. Pendant un temps interminable, légendaire, les deux chevaliers luttent désespérément pour leur vie contre les démons : dos contre dos, comme luttaient les couples d'amoureux dans la mythique et invincible cohorte sacrée de Thèbes. Épée contre épée, donc, et en redoublant d'efforts parce que la défense de l'un implique celle de l'autre, le duc et le bâtard réussissent à tenir en respect les créatures de l'inframonde. Jusqu'à ce que, à la fin, alors qu'ils croient qu'ils ne vont plus pouvoir résister très longtemps, les hommes-fauves fassent demi-tour et tout à coup disparaissent : les troupes du Roi arrivent pour renforcer le flanc gauche qui s'est effondré. Les demi-frères ont la vie sauve.

En fait, ils ont sauvé quelque chose de plus. Blessés comme ils le sont et couverts de sang, ils souffrent l'un et l'autre moins qu'avant. Harris dit, à moins que ce ne soit Chrétien, qu'ils n'ont pas à se parler : tous les deux savent très bien ce qu'ils ont à faire.

La campagne contre Thorkell terminée, les demi-frères retournent au duché. À peine arrivés au palais, ils abattent avec de grosses massues la porte murée de la tour de Gwenell. Par le trou sort une odeur immonde; puis, se traînant, couverte d'excréments, enveloppée dans la broussaille de sa chevelure d'une saleté inouïe, apparaît Gwenell. Qui n'est plus Gwenell, mais une créature infernale, un démon pathétique aux mêmes yeux hallucinés que le *berserker* viking. Cette chose épouvantable halète et ulule, elle a perdu la raison et manifeste une peur indescriptible. Le Chevalier à la Rose et Poing-de-Fer prennent alors au même moment la même décision : ils dégainent leurs épées et traversent le pauvre corps tordu de la femme, la tuant sur-le-champ. Comme quelqu'un qui sacrifie un chien agonisant pour ne pas qu'il souffre.

Puis ils donnent l'ordre de laver le cadavre, de le nettoyer et de le revêtir de soies fines. Ils veillent la mort de leur morte trois jours durant, sans manger, sans dormir et sans boire, s'arrachant par touffes les cheveux, se faisant de longues entailles aux bras et aux joues avec leurs poignards. Ensuite ils l'enterrent, donnent l'ordre de recouvrir les murs du palais de tissu noir, puis chacun se retire dans une tour. Ils y purgent la peine imposée par le confesseur, sept ans sans sortir, à prier et méditer, sans femme, mangeant frugalement. Jusqu'à ce qu'ils sortent enfin de leur cachot, désormais des hommes mûrs aux cheveux blancs et au regard un peu larmoyant, beaucoup plus maigres, leurs muscles de guerriers ayant fondu. Edmond et Gaon dînent pour la première et dernière fois dans la grande salle ; ils décident qu'Edmond se chargera d'un petit domaine que le duc lui cède et que Gaon restera dans le château d'Aubrey et, le lendemain, les deux frères se séparent pour toujours afin d'aller vivre le reste de leurs jours. Zarza n'avait pas encore décidé si elle ajouterait ou non cette deuxième version à son édition du *Chevalier à la Rose*.

Elle retourna chez Urbano instinctivement, sans y avoir réfléchi un seul instant. Elle était épuisée et la fatigue agissait sur elle comme une drogue relaxante, lui apportant une impression de sérénité presque narcotique, un détachement maladif vis-à-vis des choses semblable à celui qu'éprouve quelqu'un qui perd son sang. Elle appuya sur le bouton de l'interphone et Urbano répondit aussitôt, comme s'il avait passé la nuit à côté. Quand elle arriva au deuxième étage, l'homme l'attendait, devant la porte ouverte: elle vit son visage tendu, impatient, et Zarza perdit son sang-froid, prise d'un soudain accès de fureur.

— Pourquoi m'as-tu laissé cet argent? maugréa-t-elle en guise de salut.

— Pour voir ce que tu allais faire.

— Eh bien, tu as vu ce que j'ai fait, sale mec! Merde, qu'est-ce que tu avais besoin de me mettre à l'épreuve!

— Pourquoi m'agresses-tu comme ça? Pour ne pas que je te dise en face ce que tu as fait?

Zarza réfléchit un instant; non, elle l'agressait parce qu'elle avait peur. Qu'était devenue sa sérénité anesthésiée d'il y a quelques minutes? Elle était étonnée: en arrivant chez Urbano, elle n'avait nullement eu l'intention de l'agresser. Elle regardait, maintenant, le visage d'Urbano, sa petite bouche bien dessinée, ses joues rondes, et elle se sentait fragile et en danger.

— Pourquoi n'as-tu pas été assez viril pour me mettre dehors de façon claire et nette? En fait, c'est ce que tu voulais. Tu m'as laissé cet argent pour que je le vole et me tire. Pour pouvoir te dire à toi-même que je n'ai pas de parole, que je ne vaux pas le coup. Tu n'as pas eu assez de couilles pour me virer.

Zarza débita d'un trait tout cela en plein palier. Elle déversa sur Urbano ses méchancetés les plus viles, les plus violentes. Elle voulait le blesser. Pour qu'il l'expulse, une bonne fois pour toutes, de sa vie.

Urbano soupira et, songeur, serra ses grosses mains, faisant craquer les jointures de ses doigts. Puis il la regarda, doux comme un agneau.

— Ce que tu dis est peut-être vrai. Mais tu es revenue. Et je suis content.

L'estomac de Zarza se contracta douloureusement pour ne devenir qu'une bille. Elle se mit à fouiller dans son sac comme une hystérique.

— Pas moi. Moi, je ne suis pas contente. Prends ton sale fric. Je dois partir. Prends ton fric.

Les billets glissèrent de ses mains et s'éparpillèrent par terre, puis le sac à main finit par tomber en faisant grand bruit. Zarza se baissa pour en ramasser le contenu, tout en essayant de dissimuler le nœud qui lui serrait la gorge. Comment se faisait-il qu'elle se mettait désormais à geindre toutes les deux minutes ? Après tant d'années de maîtrise de soi et de sécheresse, allait-elle se transformer en une pleurnicheuse mollassonne et insupportable ? Urbano, lui aussi à quatre pattes à côté d'elle, approcha son visage du sien, comme un chien qui en mordille un autre.

— Tu veux qu'on continue à discuter de tout ça sur le palier ou on entre ?

Zarza ne pouvait parler sans montrer qu'elle larmoyait, aussi fit-elle une grimace et acquiesça-t-elle de la tête, à son corps défendant. Ils entrèrent dans le salon et s'assirent chacun sur un canapé, comme deux benêts, raides comme des piquets, renfrognés. Le temps passa atrocement lentement, tandis que Zarza épiait l'homme du coin de l'œil. Il avait de belles mains, grandes et agiles. Et ce visage singulier que les années avaient embelli. Peut-être que tout venait de son regard ; peut-être qu'elle le regardait maintenant différemment. Mais elle ne voulait pas, elle ne pouvait pas se raconter des histoires.

Urbano se racla la gorge. Il était resté songeur, tourné vers lui-même, un territoire lointain. Maintenant qu'elle y réfléchissait, Zarza se rendait compte qu'elle le connaissait à peine. Comment avait-elle pu vivre avec lui des mois et des mois durant sans s'intéresser à sa personne, sans l'interroger ?

— Tu ne sais presque rien de moi, Zarza, presque rien, finit par dire Urbano d'une voix rauque.

Et Zarza eut un frisson quand elle se rendit compte qu'ils pensaient la même chose au même moment.

— Tu penses que je suis un lâche ? Réponds franchement. Par exemple, après tout ce que tu as fait, tu te pointes ici un beau jour et je ne te vire pas. Tu trouves que je suis un lâche ?

Zarza se mit sur ses gardes. Elle avait la gorge serrée et un vague malaise tournoyait dans sa poitrine.

— Non, tu n'es pas un lâche.

— Dis-moi la vérité, n'aie pas peur, tu ne vas pas me blesser. Je suis un lâche ?

— Non. Ce n'est pas ce que je pense.

Et c'était vrai. Ce n'était pas ce qu'elle pensait.

— Je vais te raconter quelque chose, Zarza. Mon père était d'origine paysanne, mais il est venu à la ville et a commencé à travailler dans une grande usine de matériel électrique. Il a fini chef du personnel. Grâce à ses efforts, je suppose, comme il n'arrêtait pas de nous le répéter, mais sa servilité devait aussi y être pour quelque chose. Ses camarades de travail le détestaient et il n'avait pas d'amis. Quand il est mort, personne n'est allé à son enterrement. Il avait toujours été ivrogne, mais quand il a été nommé chef, il s'est mis à boire du whisky et non plus du vin rouge, et tout a empiré. Pour autant que je me souvienne, il n'a jamais porté la main sur nous, qu'il s'agisse de ma mère, de ma sœur ou de moi ; mais on a toujours eu peur de lui. Il lui suffisait de parler pour être brutal et faire en sorte que tu te sentes une merde.

Urbano fit une pause. Les enfants d'ivrognes deviennent alcooliques, pensa Zarza

— Je vais te raconter une scène. Une scène suffit. Un jour, nous étions dans notre maison du village. Parce que pour les vacances on retournait toujours au village ; mon père exhibait sa belle voiture et il allait au bar boire du whisky dans de grands verres faits pour. Un soir d'été, nous étions assis devant la maison, j'avais quinze ans. Mon père nettoyait son fusil de chasse et moi je crois que j'étais en train d'étudier, parce que je n'ai jamais été très bon à l'école, et il me restait toujours quelques épreuves à repasser en septembre. Mon père m'a alors pris par le bras et m'a dit : "Je parie que tu n'as pas assez de couilles pour tirer un coup de fusil sur ce clébard." J'ai regardé. Un petit chien errant, le typique chien cannelle de taille moyenne, maigre comme un clou, au museau noir, passait devant la maison. Il fouillait dans les caniveaux à la recherche de quelque chose à manger. "Allez, prends le fusil, m'a dit mon père en me le tendant. Il est déjà chargé." Je l'ai pris. J'avais quinze ans. Je l'ai mis en joue. Je savais tirer ; mon père m'avait appris, en visant des boîtes de conserve. J'ai donc visé le petit chien et j'ai commencé à suer. Mon père riait : "Allez, Ducon, tire… c'est très facile…" Je n'y suis pas arrivé. Tout simplement, je n'y arrivais pas. J'ai baissé l'arme et mon père me l'a enlevée des mains. Il a dit : "Je savais bien que tu n'as pas de couilles. Je savais bien que tu es un pédé." Il s'est empressé de viser le chien et de tirer. Je me souviens encore de la détonation, des cris d'agonie du clébard. Je me suis précipité sur la route et me suis approché de l'animal : il se tordait comme un fou dans le fossé, blessé au ventre, gémissant comme un enfant. Je ne savais pas que les chiens pouvaient gémir comme les êtres humains. Alors j'ai pris une pierre et lui ai écrasé la tête.

Urbano se tut quelques secondes. Le Chevalier à la Rose et Poing-de-Fer avaient tué, eux aussi, Gwenell pour qu'elle ne souffre pas, pensa Zarza ; et elle se demanda si le chien était mort tout de suite, si Urbano avait réussi à lui fendre le crâne du premier coup ou s'il avait dû répéter plusieurs fois son geste. Elle n'osa pas lui poser une question aussi morbide et il lui ne donna pas d'autres détails. Ce n'était pas un bon conteur : il débitait tout sur le même ton, un monologue sec, posé et linéaire, comme quelqu'un qui lit un texte administratif. Mais, par contraste, cette neutralité dans sa façon de s'exprimer rehaussait le côté pathétique de ses paroles.

— Ma sœur a cinq ans de moins que moi et elle est secrétaire dans une boîte d'informatique. Elle s'appelle Catalina. Quand elle a eu dix-huit ans, elle a affronté mon père, a pris ma mère par le bras et l'a emmenée hors de la maison. Elles se sont installées dans un appartement. Catalina a fait ce que je n'avais pas eu le courage de faire. C'est une fille formidable, bien qu'on se voie très peu. Tout lui réussit, couple stable, des amis… Quelqu'un de très normal, pas comme moi. Comme tu peux le voir, j'ai beaucoup de mal à me lier aux gens. Je suis une bête bizarre, une sorte de taupe. Je suis comme le perce-bois. Toujours dans mon petit trou. Comme tu le sais, j'ai beaucoup de mal à parler. Je crois que je n'ai jamais autant parlé qu'aujourd'hui.

Il fit une nouvelle pause. Zarza eut une envie presque irrésistible de prendre ses mains et de caresser ses doigts longs et calleux, mais elle n'en eut pas le courage.

— Si bien que je crois que oui, je crois que je suis un lâche. En tout cas, plus lâche que Catalina. Ou ce qui se passe peut-être c'est que j'ai reçu plus de blessures que ma sœur. La vie laisse des blessures en soi. Des cicatrices comme celle que j'ai sur le visage, mais qui ne se voient pas. Tu dois aller de l'avant avec, et ce n'est pas pareil. Je veux dire que se mettre à courir avec les deux jambes valides et essayer de le faire estropié, en traînant la patte, ne sont pas une seule et même chose… Je ne sais pas si je m'explique bien, je sais que je suis un très mauvais orateur, très ennuyeux… Mais je suis un peu comme un estropié. La plupart du temps, je sens que je me traîne, même si personne ne peut voir ma jambe infirme.

— Tu t'expliques très bien… murmura Zarza.

— Moi, vois-tu, j'aurais pu être comme mon père. Je suis grand, costaud, et quand je suis en colère, il m'arrive de voir rouge. En fait, je crois que je lui ressemble trop. Mon père aussi était un peureux. Il buvait et nous insultait et il faisait crever des chiens justement pour cacher sa peur. J'aurais pu être comme lui. C'était le plus facile. Mais j'ai choisi autre chose. J'ai lutté pour être différent. Tout ce que je suis, même si c'est peu, je l'ai construit à la force du poignet. Je n'ai pas autre chose à te donner, mais je crois que c'est mieux que rien.

Urbano s'adossa au canapé, épuisé par l'effort, tandis que Zarza tremblait, encore bouleversée par la dernière phrase qui avait explosé dans ses oreilles comme un missile : *Je n'ai pas autre chose à te donner.* Urbano était-il donc encore disposé à prendre des risques ? Lui proposait-il, par hasard, de recommencer ? À elle ? À Zarza ? À la femme qui l'avait laissé à moitié mort ? Elle éprouva tout à coup une nostalgie suicidaire des temps atroces, quand la Blanche lui suçait la vie, parce que, quand tu es en enfer, tu ne peux rien craindre de pire. Je dois me lever, pensa Zarza ; je dois me diriger vers la porte, l'ouvrir, sortir sans me retourner, partir pour toujours. Redevenir lointaine et intouchable.

— J'ai fait des choses horribles, balbutia-t-elle. Des choses si horribles qu'il n'y a pas de mots pour le dire.

— Alors ne le dis pas, ne raconte rien. C'est ta jambe infirme, il va falloir que tu apprennes à marcher avec.

— Mais la lâche, c'est moi ! Ce que je veux te dire, c'est que je ne me fais pas confiance. J'ai dénoncé mon père, vois-tu.

— Tu veux dire ton frère…

— Oui, oui, Nicolás aussi, je l'ai dénoncé après le hold-up… Mais ce n'était pas la première fois. Bien des années plus tôt, c'est moi qui ai provoqué la fuite de mon père. Un jour, par hasard, j'ai découvert son affaire de fausses factures… Un après-midi, alors que papa était sorti, j'ai fouillé dans son bureau et j'ai envoyé au juge certains des papiers les plus compromettants. À cette époque, j'étais convaincue que mon père avait assassiné ma mère et je voulais me venger. Pas me venger, mais la venger. Mais c'est pareil, peu importe la raison, ce qui est important, c'est, tu vois, que je n'ai jamais su affronter par moi-même les problèmes. J'ai toujours recherché l'aide d'une autorité extérieure. Que quelque chose ou quelqu'un d'extérieur trouve une solution à tous mes problèmes. Je pense aussi que c'est pour ça que je me suis accrochée à la Blanche. J'ai tout fait pour ne pas avoir à exister. Alors que toi, tu faisais des efforts pour te construire tel que tu es ; moi, j'ai toujours fui.

Elle se tut, affligée, de nouveau au bord des larmes. Elle éprouvait, soudain, une écœurante pitié pour elle-même. Elle, qui, pendant des années et des années, avait réussi à se protéger dans le dédain, dans le simple et froid mépris vis-à-vis de sa propre personne. Mais si quelqu'un éprouve de la pitié pour lui-même, c'est parce qu'il considère qu'il aurait mérité un meilleur destin ; par conséquent, quelqu'un qui éprouve de la pitié pour lui-même aspire à mieux. Bref, il nourrit des espoirs. Pendant des années, pendant des siècles, pendant des millénaires, depuis le début de la formation des planètes, Zarza s'était interdit tout espoir. Et voilà que surgissait tout à coup de ses entrailles cette petite promesse, ce sentiment minuscule et fragile luttant pour croître et prendre corps. Irritée par sa nouvelle vulnérabilité, Zarza eut de nouveau une envie irrésistible de s'en aller. Le mieux qu'elle pouvait faire, c'était de s'enfuir en courant. Je vais lui dire que je dois m'en aller, se dit Zarza. Je vais lui parler de mon rendez-vous avec mon frère et lui dire qu'il est à six heures du matin et non à huit. Comme ça je m'en vais tout de suite et j'en ai fini avec cette souffrance.

— En fait, on parle mal de la lâcheté, dit lentement Urbano, comme quelqu'un qui déroule laborieusement le fil lointain de sa pensée. Ce qui est vraiment important, ce n'est pas si quelqu'un a peur ou non, mais ce qu'on fait de sa lâcheté. Tu peux t'en remettre à elle, pieds et poings liés comme un prisonnier. Ou tu peux essayer de l'affronter et d'en trouver les limites. Les limites sont toujours fondamentales. Une table ne commence à être une table que lorsque je découpe sa surface plane. Avant, avant que les limites en soient définies, ce n'est qu'un morceau de bois informe qui peut être transformé en n'importe quoi : une chaise, le manche d'une hache, du bois de chauffage, le pied de la lampe de chevet de la chambre…

Zarza frissonna et une larme stupide commença à couler de ses yeux.

– Je regrette, souffla-t-elle confuse et blessée par ce qu'elle considéra comme une allusion à son agression.

– Tu regrettes ? Très bien, mais je ne dis pas ça pour ça. Ne regrette rien. J'y ai beaucoup réfléchi, très longtemps, mais tu sais bien que je réfléchis lentement. J'y ai beaucoup réfléchi et, en fait, ça m'est égal que tu m'aies frappé. Et je ne me repens pas de ce qui s'est passé. Je ne me repens pas de t'avoir installée chez moi et de tout le reste, même si ça a fini comme ça a fini. Ne va pas t'imaginer que je dis tout ça parce que je suis un petit trouillard et un faible, ce que je suis peut-être, mais ce n'est pas pour ça. Je le dis parce que ça a à voir avec le sens du devoir, avec sa propre responsabilité. À moi, personne ne m'a appris ce qu'on appelle le sens du devoir qui, maintenant, paraît si vieilli. Moi, j'ai vécu comme mon père, seul et contre le monde. Puis est arrivée ma sœur qui s'est occupée de ma mère. Catalina a sauvé ma mère, parce qu'elle, elle savait fort bien ce qu'est le sens du devoir ; je ne sais pas comment, mais elle le savait. J'ai beaucoup réfléchi à tout ça après ton départ. Si tu n'es pas capable de voir les autres, tu ne peux pas non plus te voir toi-même. Parce que les autres, ceux qui t'entourent, ta vie et les engagements qu'elle implique, ce sont les limites qui te font être qui tu es. Et si tu ne reconnais pas ces limites et ces responsabilités, tu n'es rien, tu n'es personne. Une planche de bois qui n'a pas de forme. J'ai vécu toute ma vie enterré en moi-même, au cœur de ce bois brut. Tu as été ma première limite. Mon premier devoir rempli. C'est pour ça que je ne me repens de rien.

Il avait dit ces derniers mots d'une voix rauque et brisée. Ils se regardèrent l'un l'autre avec une prudente réserve, comme s'ils venaient de faire connaissance. Puis Urbano se pencha en avant et posa l'une de ses grosses mains sur la cuisse de Zarza. Les genoux de la femme se déplièrent tout seuls comme un ressort tendu et Zarza se retrouva debout au milieu de la pièce.

– Qu'est-ce qui se passe ? demanda Urbano.

– Je dois m'en aller, murmura-t-elle. Je dois m'en aller.

Urbano se leva calmement, s'approcha de Zarza et la prit dans ses bras. Ce corps grand et lourd, cette chair chaude. Son cou était une robuste colonne sur laquelle était posée une tête ronde et plutôt petite. Quel étrange et délicieux mélange que son visage, ses traits presque infantiles, délicats, ses joues brutales ! Zarza pensa : ces cicatrices sur ce front, mes cicatrices, sont comme le tatouage de Daniel. Son petit bagage. Elle enfouit son nez dans la poitrine d'Urbano, dans la chemise tiède, dans l'odeur d'homme, avec l'évidente certitude de n'y être jamais allé. Elle avait couché avec une foule de types, avait mille fois fait l'amour avec Urbano, mais elle n'avait jusqu'alors jamais enfoui son souffle et son nez dans la poitrine d'un mâle qu'elle désirait vraiment.

— En prison, j'avais choisi de travailler dans l'atelier de menuiserie, dit soudain Zarza en bredouillant, la bouche encore plaquée contre la chemise d'Urbano. Je crois que c'était pour toi. À l'époque, je ne m'en rendais pas compte, mais maintenant oui. J'ai appris beaucoup de choses. Je pourrais t'aider peut-être.

Urbano la serra un peu plus fort dans ses bras énormes. Le corps de l'homme l'enveloppait, une grotte chaude, un refuge de chair. Zarza sentait les mains du menuisier dans son dos : elles descendaient le long de ses hanches, empoignaient ses fesses, éveillaient un tourbillon de sensations sur sa peau. Les seins de Zarza durcirent contre les abdominaux d'Urbano : elle aurait aimé pouvoir s'enfoncer en lui, planter le bout de ses seins durs dans cette chair élémentaire et splendide, pénétrer en lui.

— Écoute… dit Zarza en faisant un effort pour s'arracher au vertige du désir, pour reculer son visage et contempler les yeux d'Urbano. Écoute, je n'ai pas le sida. J'ai fait des tas de tests et tout est impec.

— Tant mieux.

— J'ai l'hépatite C, mais elle est suivie et elle n'est pas contagieuse. Je pourrais même avoir des enfants, malgré l'hépatite.

— Tant mieux.

— Dis-toi bien que ce n'est pas que je veuille des enfants, s'empressa-t-elle d'ajouter, effrayée par ses propres paroles. Mais dans quoi s'était-elle embarquée, qu'était-elle en train de dire ? Parce que je ne veux pas d'enfants.

— Bien.

— Peut-être que j'en veux, bon, qu'est-ce que j'en sais ? Ce n'est pas le sujet, ou plutôt ce n'est pas à ça que je faisais allusion, s'emberlificota-t-elle encore plus. Je voulais simplement te dire que je ne suis pas malade, que tu n'as rien à craindre avec moi.

— Tant mieux.

— Tu n'allais pas… tu n'allais pas me demander d'en parler ?

— Non.

— Mais tu étais prêt à coucher avec moi…

— Oui.

— Il y a sept ans, tu ne m'as rien demandé non plus. Tu t'en fichais, tu t'en fiches ?

Urbano fronça les sourcils.

— Quand je suis avec toi, ça m'est égal de mourir, finit-il par dire.

Et il la serra à nouveau dans ses bras, qui étaient dix, cent, mille beaux bras de mâle qui palpaient et parcouraient son corps de femelle jusqu'à ses recoins les plus éloignés. Zarza sentit son sexe s'ouvrir comme un volcan, une explosion de feu et de violence. Ses jambes fléchirent, elle défaillit ; changée en ouverture rayonnant en étoile de chair. Elle était une petite fille, elle était une vierge. Un cadeau de Noël enveloppé de cellophane, aux joyeux nœuds de rubans. C'était la première fois qu'elle se livrait. Hormis son père et son frère, Zarza n'avait jamais aimé aucun homme. Urbano la coucha par terre, la déshabilla brutalement, se déshabilla brutalement, entrouvrit ses cuisses de ses mains puissantes et sépara le canal humide et palpitant comme Moïse les eaux de la mer Rouge. Bref, ce fut un acte prodigieux. Frottements chuintants de peaux moites, halètements et gémissements, bruits liquides du plaisir. Ces bruits magnifiques qui peut-être traversaient maintenant le mur, qui peut-être arrivaient aux oreilles des voisins ; à cela près que Zarza était maintenant de ce côté du mur, de ce côté du monde où était la vie. Les débuts de l'univers avaient dû être ainsi, comme l'explosion d'un coït lumineux ; un tourbillon d'humidités mêlées, d'aines serrées et d'anatomies secrètes qui se frottent et se refrottent jusqu'à ce que la chair, à force de se tendre, éclate en un spasme de plénitude, le cataclysme originel où tout commence.

Ils restèrent entremêlés comme des algues nouées par le courant. Et, en effet, Zarza sentait glisser les minutes sur elle, comme le doux mouvement des vagues sur la plage, ondes d'écume des temps heureux. Zarza la bossue et Urbano l'estropié: deux petits monstres blessés, rejetés sur le sable par la marée. Zarza se serra un peu plus contre le corps las et assouvi de l'homme et se sentit, pour la première fois, chez elle.

Le pire, c'est que les malheurs n'ont pas l'habitude de s'annoncer.

Zarza marchait d'un pas vif dans les rues glacées et se demandait si elle serait capable de reconnaître le jour de sa mort. Le jour se lèverait-il comme d'habitude? Pourrait-elle avoir le pressentiment de sa fin prochaine grâce à quelque détail différent, quelque indice? Une certaine grisaille ou une pesanteur de l'air, une prémonition du froid dans les os? Zarza était sortie très tôt de chez Urbano; elle s'était échappée tandis que le menuisier dormait, parce qu'elle ne voulait pas qu'il l'accompagne au 29 de la rue Rosas. Elle avait besoin d'affronter Nicolás seule. Assumer son destin, quel qu'il soit.

Elle avait décidé d'aller jusqu'à la villa à pied; une demi-heure de trajet et elle voulait en profiter pour mettre de l'ordre dans le galimatias de ses pensées. Elle avait 950 000 pesetas dans son sac à main. Urbano lui avait donné l'argent qu'il avait à l'atelier pour payer une livraison de bois et elle l'avait accepté. Elle était de nouveau en dette. Est-ce le jour de ma mort? pensait Zarza tout en traversant la ville hivernale, encore nocturne et somnolente. Cependant, en haut, la noirceur du ciel commençait à se délayer en un bleu cobalt. Peut-être que ce bleu si profond et si beau était l'un des signes du dénouement. On dit que c'est juste avant la mort que la beauté de la vie s'accroît.

"Si nous ne savions pas que nous allons mourir, nous serions comme des enfants; le savoir nous donne la possibilité de mûrir spirituellement. La vie n'est que le père de la sagesse; la mort en est la mère." Ces mots avaient été écrits par Perry Smith dans le pénitencier de Kansas alors qu'il attendait d'être pendu, chose

211

qui survint en 1965. Quelques années plus tôt, accompagné de Richard Hickock, il était entré dans une ferme d'un petit village des États-Unis et avait assassiné le bon Herb Clutter, sa femme Bonnie et leurs deux enfants d'une quinzaine d'années. Ils avaient tué cette famille de fermiers pour les voler, mais ils n'avaient presque rien emporté. Ils leur avaient lié les mains et les avaient bâillonnés, puis ils avaient égorgé Herb et tiré des coups de feu sur les autres. Le plus tranquillement du monde, sans le moindre remords. Un enfer méthodique, sans la moindre manifestation de colère. Ce crime réel est à l'origine du meilleur ouvrage de Truman Capote, *De sang-froid*.

Truman fréquenta les assassins durant leur incarcération, alors qu'ils attendaient d'être exécutés. Il se lia d'amitié avec eux, ou un sentiment semblable, tout en souhaitant secrètement et fermement, pendant plus de deux ans, que les juges rejettent les demandes en appel désespérées des condamnés et qu'ils les pendent une bonne fois pour toutes afin de pouvoir ainsi terminer son chef-d'œuvre. Tel fut l'enfer inavouable de Truman Capote, sa bosse d'infirme, son bagage de misères, et c'est pourquoi, entre autre, il finit sa vie en plongeant bille en tête dans le Tartare. Chacun d'entre nous se fraie son propre chemin vers la perdition finale.

Dans le couloir de la mort, Perry écrivit un essai philosophique de quarante pages intitulé *De Rebus Incognitis (Des choses inconnues)*, qui se terminait par la phrase citée plus haut. Perry était presque nain, parce qu'un terrible accident de moto lui avait brutalement raccourci les jambes. Une jolie histoire tartare, comme aurait dit l'assistante sociale de la prison où était Zarza ; un de ces récits de frustration et de souffrance qui abondent tant dans l'indicible secret des vies. Perry était le fils d'une Indienne Cherokee et d'un Irlandais. Ses parents domptaient des poulains dans les rodéos et formaient un couple d'artistes, Tex et Flo. Elle, c'était une ivrogne qui couchait avec tout le monde ; aussi le père de Perry avait-il pris le large et était-il devenu trappeur dans la lointaine Alaska. Flo avait continué à boire avec une avidité criminelle et, un jour, elle avait réussi à s'étouffer dans son propre vomi (comme la mère de Zarza s'étouffait dans l'écume rosée des barbituriques). Elle avait laissé quatre enfants en bas âge dans la rue, qui furent ensuite répartis dans divers orphelinats. Quand il lui avait attaché les mains et l'avait bâillonné, Perry avait craint que Herb Clutter ne se sente pas à son aise couché sur le sol froid de la cave; il avait donc apporté un matelas et avait installé soigneusement et gentiment l'homme dessus. Puis il lui avait tranché la gorge avec un couteau.

Jusqu'où quelqu'un peut-il se protéger dans le malheur pour se laisser aller, n'aspirer à d'autre paysage que celui de sa propre brutalité ou de sa propre souffrance, pour vivre enterré dans le bois informe, sans la moindre conscience des limites? Ou bien, jusqu'où peut-on échapper à son propre destin, à une vie aussi rétrécie et mutilante que les dents en acier d'un piège à ours? Les enfants des ivrognes deviennent alcooliques, les enfants des déments deviennent fous, les enfants battus battent à leur tour leurs enfants.

Ou peut-être pas.

Nicolás avait été un enfant spécial, un garçon unique. À l'école, il avait toujours des notes fabuleuses alors qu'il ne se donnait guère la peine d'étudier. Il lisait tout, savait tout, se souvenait de tout. Il n'avait pas d'amis: il régnait avec une lointaine indifférence sur ses camarades. Il n'y avait que Zarza qui connaissait ses rêves de grandeur, parce que Nicolás brûlait de l'ambition frénétique de tout réussir. Il voulait être un immense écrivain, un philosophe révolutionnaire et un historien au jugement sans appel. Plus que tout, il voulait simplement être le meilleur, un fulgurant projet que son père se chargeait de faire avorter par un lourd programme d'humiliations. Mais Nicolás relevait toujours la tête, excité et enragé comme un jeune coq.

Jusqu'à ce qu'arrive la Reine. Peut-être qu'au départ, Nicolás y avait touché pour se rebeller contre son père, même si, à cette époque, M. Zarzamala avait déjà disparu pour toujours, menant sa deuxième vie de fugitif; mais les pères sont comme la variole, les cicatrices persistent très longtemps, bien que la maladie soit guérie. L'hypothèse la plus vraisemblable est cependant que Nicolás se soit jeté dans les bras de la Blanche pour se mesurer une fois de plus avec lui-même. Pour faire la démonstration de son propre pouvoir.

— Ce qu'on dit sur l'accoutumance, ce sont des conneries. Des histoires de mecs débiles. C'est comme l'alcool. On boit ce qu'on a envie de boire et il ne se passe rien, non?

Ils buvaient ce qu'ils avaient envie de boire et, de temps à autre, ils vomissaient. Ils vomirent aussi avec la Blanche, mais différemment. Tout était différent dans le royaume glacé de la Reine.

— Tu peux me faire confiance, disait Nicolás.

Et Zarza lui faisait confiance parce qu'elle avait toujours été soumise à son pouvoir.

Zarza marchait dans les rues en pensant à tout cela et, autour d'elle, la ville laborieuse s'éveillait. Les rideaux métalliques des bars grinçaient en remontant, la circulation devenait plus dense près des feux, quelques ouvriers de la voirie juchés sur une grue mobile démontaient les ampoules fanées de Noël et le monde entier semblait se préparer pour une nouvelle représentation de la vie fébrile. Elle, en revanche, elle se dirigeait peut-être vers sa mort. Elle avait peur mais, en même temps, elle se sentait étrangement déterminée à l'idée qu'il allait se passer quelque chose de définitif. Quelle que soit sa nature, elle pensait qu'elle était prête à l'accepter.

Quand elle arriva au 29 de la rue Rosas, il était huit heures moins le quart. Elle batailla avec la grille rouillée, se faufila par la fente et entra de nouveau dans le jardin en déshérence, dans ce pauvre éden décati et obsolète. Pensait-elle vraiment que Nicolás pouvait la tuer? Elle le savait, à coup sûr, capable de la plus grande violence: petit, il avait déjà été mis à la porte de l'école pour avoir enfoncé un crayon dans l'estomac d'un camarade. Il avait toujours été un garçon étrange et ses yeux étaient parfois traversés par un éclair de feu, une furie démente (les enfants de fous deviennent fous). Nico n'aimait pas non plus qu'on le touche: il était presque aussi farouche que Miguel. Il ne se laissait caresser que par Zarza au moment de la sieste, l'été, quand ils se glissaient dans les buissons, cachés par le feuillage et enveloppés par les fils patients et gluants des toiles d'araignée, tandis que l'air sentait l'herbe sèche et que le bourdonnement des taons perforait l'après-midi.

Zarza était maintenant devant ces mêmes buissons, simples moignons poussiéreux et nus, bouts de bois pointus, squelettes d'un jardin défunt depuis longtemps, et elle avait l'impression qu'elle aussi traînait en elle de semblables cadavres, les dépouilles sèches de toutes les Zarza qui avaient existé. Urbano avait raison; elle aussi était une bossue, une infirme. Une naine aux jambes brisées comme Perry. Nicolás le disait déjà : on ne pouvait pas recommencer. On ne pouvait pas repartir de zéro, parce qu'on portait toujours en soi ses petitesses et ses mutilations. Si on pouvait oublier; si on pouvait laver sa propre mémoire, comment les éclaboussures de sang se lavent-elles après un crime? Mais les souvenirs vous marquent comme au fer rouge.

Elle ouvrit la porte et pénétra dans la maison sombre, à peine éclairée par la lueur des réverbères. Elle referma la porte et écouta quelques instants le silence : il n'y avait, apparemment personne. Elle avança à pas de loup jusqu'au salon et alla vérifier si son pistolet était encore sur le manteau de la cheminée où elle l'avait oublié. Mais il n'y était plus. Zarza soupira; elle avait du mal à respirer cet air moisi et saturé d'anciennes existences. La maison, autour d'elle, avait quelque chose d'animal : c'était une créature blessée, une baleine hérissée de harpons s'apprêtant à s'enfoncer dans une mer de ténèbres.

Par un effort de volonté, Zarza s'arracha au salon et à sa sérénité de victime propitiatoire. Elle alla dans le couloir et se dirigea en tâtant le mur vers le bureau de son père. La porte de la pièce était encore entrebâillée, comme la dernière fois, quand elle avait eu peur d'y entrer et était repartie en courant. On y devinait une noirceur presque physique, un lourd poids d'obscurité. Zarza sentit la panique recommencer à grimper à l'intérieur d'elle-même, comme une araignée qui monte vers la gorge. Elle respira profondément plusieurs fois, sortit la petite lampe qu'Urbano lui avait donnée et poussa la porte du bout des doigts. Le faisceau de lumière heurta d'abord la grande baie aux vitres coulissantes, bouchée par la persienne cassée. Zarza fit un pas hésitant. Elle s'arrêta. Essaya de se calmer. Elle fit deux petits pas de plus. Maintenant, elle était dans le bureau. Paralysée par la tension, elle commença à pivoter sur elle-même, éclairant la pièce. Poussière entassée dans les coins, murs ternes, une tache d'humidité et, au fond, fermée comme toujours, la petite porte qui reliait le bureau et le salon. La pièce était entièrement vide ; non seulement la boîte à musique n'y était pas, mais il n'y avait même plus ces semblants de meubles dispersés dans le reste de la maison comme les restes d'un naufrage : le sommier rouillé de la chambre à coucher de la nounou, le miroir piqué du salon, la chaise de la cuisine. Rien, il n'y avait plus rien dans le bureau. Elle éteignit la lampe et retourna dans le salon, soulagée et troublée.

Huit heures moins cinq. Et si son frère ne venait pas ? La lumière cauteleuse des réverbères rendait tout un peu irréel : le salon ressemblait à un décor, un fond de décor peint sur lequel allait avoir lieu une représentation sans grande importance. Elle sortit les billets de son sac, les compta et les posa sur le manteau de la cheminée. Elle voulait que Nicolás voie que l'argent existait. Elle voulait qu'il puisse le prendre sans l'approcher. Son frère, son démon, son redoutable *berserker*. Chacun construit son propre tourment.

La vie est souffrance, pensa Zarza. La vie est une goutte de cruauté dans les ténèbres. Le Tartare était un enfer froid, un espace lugubre et sinistre. Hésiode disait que c'était un immense abîme : "Horrible, y compris pour les dieux immortels." La Blanche aussi était un lieu glacial. Trompée par la fausse promesse de propreté et d'ordre que donne le froid, Zarza s'était introduite dans le territoire cristallisé de la Reine et avait fini prise dans un glaçon. Le gel aussi brûle et Zarza avait vu sa dignité, ses espoirs et ses veines s'embraser. Elle avait parcouru le chemin de sa propre perdition jusqu'au bout, jusqu'au centre même de l'enfer, jusqu'au cœur du Tartare.

Quand il fut exécuté, Perry avait vingt-sept ans. Pendu à la corde de l'échafaud, il mit seize minutes à mourir. Les partisans de la peine capitale disent que le nœud de la potence brise le cou du condamné, que la moelle épinière s'abîme et que la mort descend pieusement et instantanément. Une histoire tartare, un mensonge atroce, une sinistre duperie. Perry gigota sur ses jambes paralysées un bon moment et il y a de fortes chances qu'entre-temps, sa langue se soit mise à enfler, qu'il ait eu une érection et que ses yeux aient menacé de sortir de leurs orbites. Jusqu'à ce qu'enfin arrive la mort bienveillante, la mort qui uniformise tout et efface tout. Cette mort qui est comme une pluie fine et persistante lavant le monde des minuscules vies des êtres humains.

La vie de Perry, pensait maintenant Zarza, avait été une absurdité, un gaspillage, un destin de bête destinée à l'abattoir. Bien que toutes les vies humaines soient, dans le fond, absurdes, contemplées du rideau de pluie qui les traîne dans son sillage. Tant le puissant et féroce Gengis Khan, qui rêvait d'empires monumentaux, que la plus humble de ses victimes, peut-être une petite fille violée et égorgée dans la steppe glacée, avaient disparu de la même façon dans le déversoir, ainsi qu'une légion de rois et de mendiants, de savants et de crétins, de dinosaures et d'amibes. Tous désormais pareils, décomposés, réduits en un simple grumeau organique. Le fracas fait par les anciennes civilisations en s'écroulant n'est, aujourd'hui, pas plus audible que le crissement d'une feuille sèche foulée.

Les réverbères s'éteignirent. Dehors, il faisait déjà jour, un jour d'hiver moribond avec un ciel bas taillé dans des nuages de pierre. L'éclat jaune de l'éclairage public avait été remplacé par une lumière plus faible mais plus décharnée, une lividité grisâtre qui avait rendu au salon sa vraie nature. L'endroit ne ressemblait plus à un décor mais à un espace consistant, désolé, vaguement menaçant. Zarza ravala sa salive ; elle avait l'impression, claire et inquiétante, de se réveiller après un long rêve.

Elle sentit alors quelque chose. Un remous, un crissement, un murmure. Un changement infinitésimal dans la matière. Et elle sut, sans avoir besoin de vérifier, qu'il était là, qu'elle n'était pas seule. Ses cheveux se dressèrent sur sa tête, d'abord à partir du bas de la nuque, puis en une lente vague remontant vers le sommet du crâne.

– C'est toi ? dit-elle d'une voix brisée. Tu es là ?

Autour d'elle, le silence se resserrait, mais c'était un silence qui respirait, qui battait, qui cachait un bouillon de sang coulant dans des veines bleutées. Zarza se remit à frissonner. Son cœur était un marteau de caoutchouc qui lui brisait la poitrine. Nicolás devait être en dehors de la pièce, dans le vestibule qui, vu de l'endroit où elle était, était un vague cube inondé d'ombres. Ou peut-être était-il à droite, derrière le battant de la porte qui menait à la cuisine. Mais il pouvait aussi faire irruption dans son dos, par la petite porte qui reliait le salon et le bureau de leur père. Cette minuscule porte, soudain aussi menaçante que celle du traître Mirval, avait toujours été fermée à clé, c'est pourquoi il ne lui était pas venu à l'esprit de l'ouvrir. Ni même de vérifier si le verrou était toujours poussé. Zarza remarqua que la griffe de la panique lui enserrait l'estomac. Elle fit un effort surhumain pour se maîtriser et se répéta que dans le bureau de son père il n'y avait rien. Rien. Il n'y avait donc aucune raison d'avoir peur. Sauf – chose logique – d'avoir peur de son frère. Sauf d'avoir peur du réel, peur qu'il était possible de surmonter.

– Je sais que tu es là. S'il te plaît, sors de ta cachette. Laisse-moi te parler.

Le silence avait quelque chose de vertigineux, comme si la réalité allait beaucoup plus vite qu'à l'ordinaire ; le temps lui filait entre les doigts, et s'il en était ainsi, comprit-elle tout à coup, c'était parce que, maintenant, elle voulait vivre. Il ne s'agissait plus d'une simple question de survie, respirer et continuer, de l'obstination aveugle des cellules, de l'acharnement désespéré de la bête qui se heurte aux barreaux. Non, maintenant Zarza *désirait* vivre de façon consciente et volontaire. Un espoir fou commençait à se loger en elle : l'intuition grandissante qu'elle pourrait peut-être s'accorder son propre pardon. C'est pourquoi, parce que la vie lui semblait de plus en plus estimable, elle n'était pas prête à aller de l'avant à n'importe quel prix.

– Nicolás, je ne sais comment t'expliquer… Je comprends que tu veuilles te venger de moi. Je ne vais pas résister. Je ne vais pas m'échapper. J'ai passé ma vie à m'enfuir et j'en ai assez. Je ne veux plus continuer comme ça. Punis-moi ou pardonne-moi, mais finissons-en une bonne fois pour toutes.

La maison craqua autour d'elle. Craquements de vieilles boiseries, de poutres fendues.

– Si tu veux que je te dise la vérité, je crois que j'ai déjà été suffisamment punie… Je comprends très bien ta rage : je ressens la même chose. Rage vis-à-vis de cette vie sale et laide, de cette vie de chien que nous avons vécue. Et encore toi, tu as de la chance parce que, maintenant, tu peux déverser ta fureur sur moi. C'est très commode de se chercher un coupable. Mais ensuite, quand tu te seras vengé, tout continuera comme avant. La même vie de merde, la même violence te dévorant le cœur, la même rage. L'autre jour, tu as dit qu'on ne pouvait pas recommencer. C'est vrai, mais j'ai un ami qui dit qu'on peut être heureux même si on est estropié. Je ne sais comment te l'expliquer. Nicolás, moi je veux vivre. J'ai fait des choses horribles, comme te dénoncer, mais toi aussi, tu as fait des choses horribles. Nous vivions tous les deux dans la souffrance, la souffrance qu'on nous avait infligée et celle que nous avons infligée. Impossible d'y vivre. C'est un trou sans oxygène.

Zarza sentit ses yeux s'inonder de nouveau de larmes, emportée comme elle l'était par sa nouvelle émotivité, par cette mollesse sentimentale à laquelle, ces derniers temps, elle cédait. C'était répugnant de niaiserie. Mais peut-être pas.

– Je t'ai apporté de l'argent. Tout l'argent que j'ai pu rassembler. Il est là, sur la cheminée. 950 000 pesetas. Ce n'est pas beaucoup, mais c'est tout ce que j'ai. Ne va pas t'imaginer que j'essaie de payer ta compassion. Ou ma faute. Ces choses n'ont pas de prix. Je te l'ai apporté parce que je t'aime. Non, ce n'est pas vrai : parce que je t'ai aimé. Pour tout notre amour, Nicolás. Je ne sais pas si tu t'en souviens. C'était dans cette même maison. Quand nous étions enfants et ignorants. Quand nous n'avions encore rien fait. Parce que nous avons fait de mauvaises choses. Nous avons voulu les faire. Toi et moi, nous avons été des lâches : nous nous sommes installés dans notre malheur, nous nous y sommes fait un nid, nous nous sommes crus moralement justifiés. Maintenant, je te demande une chose, que nous nous donnions une nouvelle chance, que nous fassions un meilleur choix. Pourquoi continuer à nous haïr et à haïr ? Essayons de vivre.

Zarza parvenait à peine à parler d'une voix audible. Elle avait la gorge si sèche et si nouée que les mots lui faisaient mal. Avec mon pistolet, pensa-t-elle. Peut-être va-t-il me tirer dessus avec mon propre pistolet. Ou peut-être pas, Nicolás n'agirait jamais ainsi, caché dans l'ombre. Il se montrerait d'abord et dirait quelque chose. Il avait toujours aimé entourer ses actes d'une certaine théâtralité.

— Je te le demande, frère. Au nom de toutes les bonnes choses que nous avons vécues ensemble. Et aussi de toutes les mauvaises. Écoute, nous n'avons pas eu de chance, mais nous n'avons pas non plus mérité d'en avoir. Moi aussi, je pourrais te reprocher des choses. C'est toi qui m'as menée à la Blanche, puis tu m'as trouvé un travail à la Tour. Mais pour moi, la partie est finie et les dettes soldées. Je te le demande, Nicolás. Essayons de vivre.

Zarza tourna la tête vers la fenêtre, angoissée par son incapacité à s'exprimer. La lumière extérieure était plus vive et elle tombait, blanche et uniforme, sur une fine couche de givre qui enveloppait la terre, comme la cellophane une friandise. Le jardin dévasté scintillait maintenant comme un parc de légende recouvert de diamants. Un merle transi de froid picotait la croûte cristalline : une poignée de plumes tremblotantes, une chaleur noire et fragile sur un fond de verglas. Zarza cilla, saisie à l'improviste par la magnificence du paysage. Elle se souvint d'elle-même contemplant une scène semblable, pendue à la main de son père, prête à dévorer la vie d'un coup de dent. Ses yeux s'embuèrent de nouveau de pénibles larmes et elle sentit remuer dans sa poitrine le désir minuscule et obstiné d'être heureuse. Et, à cet instant précis, fondit sur elle la beauté du monde, telle une révélation qui la consumait.

Les psychiatres les appellent des *moments océaniques*, les mystiques croient qu'en de tels instants, ils voient la face de Dieu, les biologistes affirment qu'il ne s'agit que d'une libération massive d'endorphine. Quoi qu'il en soit, ces intenses extases visionnaires font partie de la réalité des êtres humains : intuitions instantanées de la totalité, scintillements de gemmes dans la boue. Traversée par le rayon de l'entendement, Zarza vit tout. Elle vit les mères mourant stoïquement de faim lors du siège de Leningrad pour donner à manger à leurs enfants en bas âge. Elle vit tomber lors de la bataille de Leuctra les trois cents guerriers de la cohorte sacrée de Thèbes, ce mythique bataillon grec composé de cent cinquante couples d'amants qui, combattant dos à dos, redoublaient d'efforts pour protéger l'être aimé. Elle vit Einstein essayant de comprendre l'immensité de l'univers ; et Giordano Bruno se laissant brûler vif pour défendre la liberté intellectuelle et la vérité scientifique. Elle vit les anges terrestres comme Miguel et l'imagination peignant de magnifiques palais sur les murs des cabanes misérables. Elle vit la capacité des individus à se surpasser, la solidarité animale, la splendeur de la chair. Où les êtres humains trouvent-ils la force de résister à la souffrance absurde, au mal sans raison ? De leur obstination à devenir plus grands qu'ils ne le sont. Cet espoir, cette puissance, malgré le néant qui nous étreint. La vie est une étincelle dans les ténèbres.

Comment pourrais-je l'expliquer à Nicolás, se demanda Zarza, éblouie. Avec quels mots pourrait-elle lui faire comprendre qu'au fond de toute chose niche un prodige ? Et que même au cœur des ténèbres, au centre du Tartare, se cache un dernier virage, un ultime mouvement, un chemin qui permet d'accéder aux couleurs calmes.

— Écoute : même si tu ne le crois pas, tu peux décider. En dépit de tout, on peut toujours décider, dit Zarza d'une voix étranglée.

Ce fut à ce moment-là. Le regard de Zarza buta contre le miroir pourri du salon et, en un instant foudroyant, elle put embrasser des yeux toute la scène. Elle se vit elle-même, les traits altérés et pâles, les cernes violacés, les cheveux tel un feu qui s'éteint ; puis, elle le vit, lui, juste derrière elle, émergeant confusément des ombres, enveloppé dans une gabardine grise, grand et lourd, les joues tombantes, les cheveux clairsemés, son regard fiévreux et trouble rivé sur celui de Zarza par-dessus la surface glissante du vif-argent.

Ce n'était pas Nicolás.

C'était son père.

Zarza sentit la terre s'ouvrir sous ses pieds et son sang se pulvériser dans ses veines. Une terreur indicible lui traversa le corps comme une décharge électrique. Elle ferma les yeux, incapable de continuer à regarder ce spectre féroce venu des cavernes de l'enfance. Elle ferma les yeux et elle eut l'impression de flotter, à la dérive, dans le raz de marée de sa panique. Un temps sans temps s'écoula ainsi, indiscernable, peut-être cinq secondes, peut-être cinq minutes, tandis qu'elle était incapable de penser et de bouger, Zarza pétrifiée par la Gorgone, tombant, tombant jusqu'à ce qu'elle ne puisse tomber davantage, jusqu'à ce qu'elle heurte le fond le plus lointain de son être.

De ce gouffre abyssal, moribonde, elle réémergea lentement. Si la vie n'était qu'une question de mérite, Zarza aurait gagné le droit de vivre après l'effort héroïque qu'elle avait dû fournir pour rouvrir les paupières. Elle gémit, serra de nouveau les poings et réussit à poser de nouveau ses yeux sur le miroir. Il n'y avait personne derrière elle. Elle tourna prudemment la tête en faisant des gestes si raides qu'on aurait dit que ses vertèbres étaient soudées. Pas de doute, le salon était vide. Elle alla dans l'entrée : la porte était entrouverte. Elle retourna dans la pièce, son pouls s'emballant et d'un pas hésitant ; l'argent qui était sur la cheminée avait disparu et, à la place, il y avait la petite boîte à musique. La lumière du jour, de plus en plus vive, effaçait rapidement les nappes d'ombre des coins et le 29 de la rue Rosas ressemblait de plus en plus à un lieu sans histoire et sans mystère, une simple maison abandonnée et sale que d'autres personnes achèteraient et habiteraient un jour. Un passé négligeable, sans importance.

Un taxi la conduisit chez elle. Zarza ne se souvenait pas d'avoir déjà été aussi épuisée ; c'était une fatigue millénaire, un étrange engourdissement du cerveau et des muscles. Mais le désir de vivre continuait à battre dans sa poitrine, comme le merle battait des ailes dans le jardin glacé. La femme de ménage avait fait le lit et mis un peu d'ordre, mais l'appartement ressemblait toujours à une chambre d'hôtel que son occupant venait de quitter. Zarza poussa les livres qui étaient sur le buffet du salon et y mit la boîte à musique. Elle fit deux pas en arrière pour voir quel effet elle faisait : c'était la première touche décorative de l'appartement. Effet réussi. On la voyait bien. C'était un bel objet. Elle souleva le couvercle et la petite musique chinoise qui n'avait jamais été chinoise se mit à emplir la pièce de son fin et délicat chapelet de notes. Zarza eut envie de rire. C'était le rire grêle et absurde de la petite fille qui revient au bercail, exténuée, après une heureuse journée d'excursion. La boîte à musique s'entourait d'une tiède aura qui rendait l'appartement agréable. Zarza regarda autour d'elle et se sentit satisfaite. De l'appartement, des livres, de la couleur plombée du ciel d'hiver, de la chaleur du chauffage, du lit moelleux dans lequel elle allait se coucher, du manuscrit de Chrétien sur lequel elle travaillait. Parce que, pour quelqu'un qui a vécu en enfer, la vie quotidienne est synonyme d'abondance.

Elle décrocha le téléphone et fit le numéro d'Urbano tout en sentant son estomac gargouiller : c'était la première fois depuis des années et des années que quelqu'un attendait un appel d'elle, ce qui la rendait euphorique et craintive à la fois. Si bien qu'elle parla avec le menuisier et lui raconta ce qui s'était passé, lui dit qu'elle était chez elle et qu'elle allait se coucher pour dormir un peu ; mais qu'ensuite, s'il n'y voyait pas d'inconvénient, elle aimerait le voir. Et Urbano, apparemment, n'en voyait pas.

Elle téléphona aussi à la maison d'édition et parla avec Lola, l'autre directrice de la collection.

— Bonjour, Lola, c'est Zarza... Sofía Zarzamala. Écoute, c'est décidé, je vais inclure dans l'ouvrage la seconde version de Harris... Non, je ne vais pas changer le texte, je vais seulement ajouter l'autre dénouement... Je crois qu'il faut publier les deux versions. Je voulais te demander de me rendre un service, si tu n'y vois pas d'inconvénient, annonce ce que j'ai décidé pour le second texte à la réunion de ce matin… Je viendrai au bureau dans l'après-midi et j'en parlerai à la fab.

Même Lola avait l'air d'être plus accessible et plus aimable en ce nouveau jour de la nouvelle ère. Zarza entra dans sa chambre, ouvrit le lit et ôta ses vêtements sales et froissés, comme si elle s'arrachait une vieille peau. Elle se glissa entre les draps avec un soupir de soulagement et de plaisir, persuadée qu'elle allait pouvoir faire un bon somme sans rêve. Oui, sans cauchemar. Maintenant qu'elle y repensait, Zarza n'était pas du tout sûre de l'identité de l'homme du miroir. C'était peut-être, bien sûr, son père, comme elle l'avait cru au départ. Mais c'était peut-être aussi Nicolás. Il était enveloppé dans les ombres, on le voyait mal, il y avait sept ans qu'ils ne s'étaient pas revus, son frère avait dû vieillir et, en plus, ils s'étaient toujours ressemblés physiquement. Il était par ailleurs vrai que la perversité du harcèlement qu'elle avait subi, ce petit jeu, cette persécution stupide, correspondait davantage au caractère tordu de son père. Toujours est-il, et quel que soit celui qui était au 29 de la rue Rosas, il était évident que son père et son frère étaient encore tous les deux là, quelque part dans le monde vaste et hostile. Dangereux et malades, ils pouvaient réapparaître n'importe quand et recommencer à la harceler et à la persécuter.

Ou peut-être pas.

Zarza se rappela mollement, enroulée dans le lit tout en sentant le sommeil lisser ses pensées comme les vagues de la mer lissent le sable de la plage, que dans quelques heures elle reverrait Urbano; dans quelques heures, elle reverrait le menuisier et sans doute se remettraient-ils ensemble, puis, au bout de quelques mois à peine, elle l'abandonnerait de nouveau, lui referait du mal et rebriserait tout.

Ou peut-être pas.

L'hépatite C pouvait lui faire éclater le foie et dégénérer en cirrhose comme dans le cas de Harris. Ou peut-être pas. Le désir ardent et insatiable de la Blanche, inscrit à jamais au fer rouge dans sa mémoire, pouvait rejeter Zarza dans les bras de la

Reine. Ou peut-être pas. La vie était pure incertitude. La vie n'était pas comme dans les romans du XIXᵉ siècle ; elle n'avait ni intrigue ni dénouement, il n'existait ni origine ni ordre des choses, et même les réalités les plus simples n'étaient pas fiables. Ainsi, Zarza croyait qu'elle avait eu des relations interdites avec son père, mais Martina pensait que non. L'homme du miroir était aussi bien Nicolás que ce père peut-être incestueux. Et *Le Chevalier à la Rose* était aussi bien une œuvre de Chrétien qu'un faux de Harris. Il était même possible que ce Harris n'ait jamais existé, pas plus que la sorcière de Poitiers ou ce Mirval au sujet de qui Borges n'avait pas écrit. Et Capote ? Truman Capote avait-il existé ? Et Perry, l'assassin nain aux jambes paralysées ? Au bord de la tiède inconscience, s'apprêtant à plonger dans l'eau gélatineuse des rêves, Zarza pensa qu'en fait il n'y avait qu'une seule chose dont elle était sûre, c'était qu'elle allait, un jour, mourir. Mais peut-être aurait-elle à ce moment-là découvert que, malgré tout, la vie valait la peine d'être vécue.

Le traducteur remercie Jean-Marie Gabastou pour l'aide précieuse qu'il lui a apportée.

Impression réalisée sur CAMERON par

**BUSSIÈRE CAMEDAN IMPRIMERIES**

GROUPE CPI

*à Saint-Amand-Montrond (Cher)*
*en juin 2002*

N° d'édition : 1609001. — N° d'impression : 022694/1.
Dépôt légal : septembre 2002.

*Imprimé en France*